KB166660

「이 정도 피라미를 상대로 왜 이렇게 고전하는 건지. 용사는 당신 하나밖에 없나요?」

그리고 슈욱 하는 소리와 함께 사람의 모습이 나타난다.

뭐야, 이건?

차원의 소울 이터와는 비교도 할 수 없을 만큼의 압박감이 주위를 지배하고 있다.

뭐, 뭐야?! 등골이 오싹하게 얼어붙는 것 같은 섬뜩한 감각이 느껴진다.

목차

# 프롤로그

"하아, 성가신 일이 늘어날 것 같잖아. 거절할 걸 그랬어."

일이 이렇게 된 계기는, 동쪽 마을 녀석들이 부탁해 온 의뢰였다.

──마물 토벌.

산을 오염시키던 드래곤 좀비를 우리가 청소하긴 했지만, 남아 있던 마물들이 조금씩 마을 쪽으로 다가오고 있다는 것이었다.

마을로 다가오면 위험하다는 걸 알게 되면 마물들도 알아서 도망칠 거라는 생각에, 일종의 해결사 같은 의뢰를 맡게 된 것이었다.

실은 거절하고 싶었지만, 신세를 진 게 있기에 받아들이기로 했다. 아무래도 라프타리아 치료에 도움을 받아 놓고 거절할 수는 없는 노릇이라, 우리는 산 쪽으로 발걸음을 옮겼다.

"할 수 없지. 하는 수밖에."

내 이름은 이와타니 나오후미, 현대 일본에 살던 오타쿠 취미를 가진 대학생이다. 나이는 스무 살.

그날, 도서관에서 사성무기서(四聖武器書)라는 책을 읽다가 갑자기 의식을 잃었고, 정신을 차리고 보니 그 책에 등장하던 방패 용사가 되어 이세계에 소환되어 있었다.

내가 소환된 세계에는 '파도'라 불리는 재해가 존재한다. 파도란, 찢어진 차원의 틈새로 마물이 출현하는 현상을 가리키며, 그 재해를 극복하기 위해서 용사의 힘을 필요로 하는 것이라 했다.

방패 용사로서 소환된 나는 강제적으로 그 '파도'에 맞서야만 했다.

처음에는 그저 꿈같은 시추에이션이라고만 생각했었지만, 내가 소환되었을 때 소지하고 있던 방패는 성가신 성능을 갖고 있어서, 상대에게 부상을 입히는 게 불가능했다.

내가 아무리 힘을 주어서 후려쳐도 상대에게는 모기에 물리는 정도의 고통밖에 줄 수 없어서, 유효한 공격 수단이 없었던 것이다.

유일한 장점은 튼튼한 방어력. 뭐, 지키는 것 말고는 아무것도 못하는 거라고 표현할 수도 있겠지만.

그런 나는 현재, 동료들과 함께 여행을 하고 있다. 현재는 마물을 상대로 싸우는 중이다.

"──윽?!"

별안간 드래곤플라이가 나를 향해 돌진해 왔다.

하지만 마물은 둔탁한 소리와 함께 방패에 튕겨 나간다.

이 방패는 마물이며 물건들을 소재로 삼아 흡수할 수 있고, 그에 따라 출현하는 새로운 방패의 능력을 해방함으로써 나와 함께 성장해 나간다. 더불어 이런저런 기능이며 능력을 획득하는 것도 가능하다.

뭐, 문제점도 많은 방패지만, 방패의 도움을 받은 적도 수없이 많다.

약을 만드는 걸 보조해 주기도 하고, 요리의 질을 향상시켜 주기도 하고. 뭐, 편리하다면 편리한 물건이긴 하다.

이딴 장비, 확 떼어 버리고 싶은 심정은 굴뚝같지만, 무슨 저주가 걸려 있는 건지 떼어놓는 게 불가능하도록 내 몸에 달라붙어 있다. 상황이 이러니 동료에게 의존할 수밖에 없고, 특히 공격은 그 동료들에게 일임하고 있다.

"나오후미 님, 괜찮으세요?!"

너구리의 귀와 꼬리가 돋아 있는 소녀가, 포이즌 플라이의 몸통을 통째로 베어 버렸다.

그녀의 이름은 라프타리아. 라쿤 종이라 불리는 아인(亞人)으로, 성에서 쫓겨난 내가 적을 물리치기 위해서 구입한 노예다.

구입한 당초에는 열 살 정도로 보이는 여자아이였지만, 아인은 급격한 레벨업을 거치면 육체도 성장하게 되어 있어서, 지금의 외모는 18세 전후로 보인다.

얼굴은 미소녀라 장담할 수 있을 정도다. 뭐, 미녀라기보다는 귀여운 계열이랄까.

성격은 성실하다. 무엇이 옳은 일인지를 항상 확인하려는 것 같은 인상이다.

그녀는 내가 소환되기 이전에 세계를 덮쳤던 파도 때 소중한 마을과 부모를 동시에 잃었다고 한다. 그래서 파도에 맞서 싸우는 용사에게 적극적으로 힘을 보태고 있는 것이리라.

"수비 쪽은 나오후미 님만 믿을게요!"

"알았어."

고맙게도, 라프타리아는 나를 신뢰해 준다.

그녀의 성장 과정을 줄곧 지켜봐 왔기에, 나는 그녀에게 부모와 같은 심정을 품고 있다. 고작 스무 살인 주제에 부모라는 것도 좀 기분이 이상하긴 하지만, 한 소녀를 훌륭하게 키워냈으니 그런 마음도 들 만도 하다.

아마, 그건 라프타리아도 마찬가지일 것이다. 줄곧 함께해 왔던 그녀도 나를 부모처럼 바라보고 있을 게 틀림없다.

그러니까 나도 그녀의 신뢰에 보답하고 싶은 심정이었다.

그때였다. 그림자 하나가 내 앞에 나타난다.

"핫~!"

조류형 마물 필로리알이 내게 접근해 온 포이즌 트리를 걷어찬다.

마물이긴 해도, 이 녀석은 내 동료다.

이름은 필로이고, 나를 잘 따르는 필로리알이다.

필로는 신비한 힘을 갖고 있어서 인간의 모습으로 변신할수 있다. 변신했을 때의 필로는 등에 날개가 달린 금발벽안의 소녀가 된다.

본래의 모습은…… 필로리알이긴 하지만, 보통 필로리알과는 약간 다르다. 뭐랄까, 타조와 부엉이를 섞어 놓은 것같은 거대한 마물이다.

일단은 필로리알 퀸이라고 생각해 두기로 했다.

무거운 마차를 끌 수 있을 만큼의 힘을 갖고 있지만, 그만큼 먹기도 많이 먹어서 뭐든지 일단 입에 넣고 본다. 귀여운외모에 현혹됐다가는 쓴맛을 보게 되겠지.

성격은…… 천진난만하다고 할까, 자유롭다고 할까. 순진하다는 표현이 가장 딱 들어맞는지도 모르겠다. 항상 행복해 보이는 표정을 하고 있다.

처음 만난 곳은 라프타리아를 구입한 노예 상인의 텐트였다. 마물의 알을 이용한 추첨이었다. 거의 똑같이 생긴 알들중에서 마음에 드는 걸 은화 100닢에 구입했고, 거기서 부화해서 태어난 것이 필로.

나이는…… 생후 2주일. 외모와는 약간 거리가 있는 나이다. 일단은 내가 키운 아이다.

"그럭저럭 정리가 돼 가네요, 나오후미 님."

"필로는 더 싸우고 싶었는데~."

우리의 싸움은 생각보다 빨리 효과를 발휘해서, 한 시간 쯤 지나자 마물들은 산으로 도망쳤다.

"괜찮아, 라프타리아?"

그녀는 저주 때문에 움직임이 둔하다. 저주 자체가 워낙 강력한 것도 한 원인이리라.

그녀에게 걸려있는 저주는, 어제 여기서 드래곤 좀비와 싸웠을 때 나 때문에 걸린 것이었다.

뭐, 더 근본적인 원인을 찾자면, 나와 함께 소환됐던 용사가 남긴 골칫덩이 때문이지만.

드래곤 좀비라는 마물을 상대로 싸웠을 때, '커스 시리즈' 분노의 방패라는 힘이 눈을 떴고, 나는 그것을 사용했다. 그 방패가 내쏜 저주의 불꽃이 소중한 동료인 라프타리아에게까지 이빨을 드러낸 것이었다.

라프타리아는 저주받은 방패에게 의식을 잠식당할 뻔했던 나를 구하기 위해서 스스로를 희생했고, 그 결과로 저주에 의한 부상을 입고 말았다.

그래서 방패로 지키는 것밖에는 할 수 없는 나는 라프타리아를 중점적으로 보호하기 위해 앞으로 나서서 싸우고 있다.

"상처 말씀인데, 그렇게까지 큰 문제는 없어요, 나오후미 님."

"그래?"

"후후……. 이렇게 걱정해 주시니 조금 기쁜 기분도 드는 걸요."

"……정말 미안해."

"그런 말씀은 안 하시기로 해요."

신경 쓰지 말라면서 미소 짓는 라프타리아를 보며, 나는 죄책감에 휩싸인다.

"언니, 괜찮아?"

"네, 괜찮아요. 그죠, 나오후미 님?"

"그래. 그래도 너무 무리하지는 마."

"걱정해 주셔서…… 고마워요."

뭐, 라프타리아도 그렇게까지 중상은 아닌 것 같으니 다행이긴 하지만.

"어디 보자, 이번 일은 이 정도면 된 것 같은데. 내일은 라프타리아 치료를 위해 메르로마르크 성 밑 마을로 가자고."

마물 토벌을 마치고 귀환하는 길. 산에서 내려와서, 마을로 향하는 평원을 걷고 있을 때였다.

"주인님, 뭔가가 있는 것 같은데~?"

야생의 필로리알A가 나타났다!

야생의 필로리알B가 나타났다!

야생의 필로리알C가 나타났다!

필로리알 근처에 파란 머리 소녀가 있다!

아니, 왜 여자애가 야생 필로리알이랑 같이 있는 거야?!

내심 태클을 걸면서, 자세히 관찰해 본다. ……아무리 살펴봐도 평범한 소녀처럼만 보인다.

"이봐, 거기! 혹시 마을 사람이야?"

확인을 위해 물어보자 소녀보다 먼저 필로리알들이 반응했다.

"""그아?!"""

필로리알들은 필로를 보고 경악한 표정을 짓고 있다!

필로리알A, B, C는 재빨리 도망쳤다!

"아……."

소녀가 아쉬운 듯 필로리알들을 향해 손을 뻗고 있다.

뭐야, 얘는? 필로리알들이랑 놀고 있었던 건가?

뭐…… 나야 필로를 봐왔으니 필로리알이 어떤 마물인지는 대강 짐작이 가지만.

아마 먹이라도 주고 있었던 것이리라. 필로리알은 먹보니까 말이지.

이 소녀, 얼핏 보기에 옷차림이 제법 말끔해 보인다. 지나가던 귀족이나 행상의 딸일까?

"대체 뭐였지?"

저 여자애를 두고 떠나 버린 걸 보면 기르던 필로리알은 아니었다는 뜻일 텐데.

그렇다면 야생인가.

조우하기가 무섭게 도망치다니……. 뭔가 경험치와 돈만 짭짤하게 주는 레어 몬스터 같은 행동 패턴이다. 뭐, 흔해 빠진 필로리알을 해치운다고 해서 그리 높은 경험치를 기대하기는 힘들 것 같긴 하지만.

아마 필로리알 퀸을 목격하고 놀라서 도망친 것이리라.

"뭔가 먹음직스러운 새란 말야~. 사람들이 키우는 걸 볼 때마다 그런 생각이 들더라구."

"저건 네 동족이야."

입술을 핥는 필로에게 주의를 준다.

이 녀석 눈에는 뭐든 다 음식으로만 보이는 거 아냐? 동족상잔도 거리낌 없이 벌일 것 같아서 무섭다.

"지금이라면 쫓아가서 해치울 수 있어, 주인님~."

"관둬."

정말이지, 긴장감이라곤 발톱만큼도 없는 녀석이라니까.

경험치 얘기가 나오니 생각나는데, 드래곤 좀비와 싸운 후에 레벨을 확인 안 했었네.

나 레벨38

라프타리아 레벨40★

필로 레벨40★

★……. 별?

"이봐, 너희 레벨에 별이 붙어 있는데, 이게 뭔지 알아?"

뭔지는 몰라도, 무지하게 불길한 예감이 든다.

"글쎄요……."

"필로도 모르겠어."

으……. 도움말을 찾아보자.

……모르겠다. 어쩌면 아예 안 나와 있는 건지도 모르겠다. ★에 대한 설명을 찾을 수가 없다.

이건 일단 나중에 알아보기로 하자.

응? 아까 그 야생 필로리알들 곁에 있던 소녀가 우리를 발견하고 다가온다.

"와아……. 필로리알이니?"

"후에? 필로 말야?"

"말을 할 수 있는 거야?"

어째 여자애와 필로가 서로 마주 보고 있잖아.

"응."

"나, 필로리알이랑 얘기해 보는 게 꿈이었어! 우리 더 얘기하자!"

여자아이가 흥분한 기색으로 필로에게 말을 건다.

생김새는 열 살 전후의 소녀. 머리는 파란색……. 색깔이

짙으니 감색이라고 해야 할까? 헤어스타일은 트윈 테일. 약간 기가 드세게 느껴지고, 의지가 확고해 보이는 얼굴을 하고 있다.

입고 있는 옷도 값비싸 보여서, 좋은 집안에서 태어난 아이임을 한눈에 알 수 있었다.

"주인님~, 어떡해?"

흐음……. 어쩌면 좋지. 어딘가의 귀족 집안 따님이 필로를 탐내고 있는 것처럼 보이기도 한다.

뭐, 그 귀족과 친분을 쌓으면 짭짤한 돈벌이가 될 만한 장사 거리가 굴러들어올 가능성도 부정할 수 없긴 한데…….

지금 나는 방패 용사가 아니라 신조의 마차의 주인인 성인이 된 상황이다. 성인님이 행상에 쓰고 있는 마물인 필로를 팔아 달라는 제안은 몇 번인가 들은 바 있었다.

물론 팔 생각은 없다. 하지만, 거기부터 얘기가 진척돼서 싸구려 액세서리를 비싼 값에 판 적도 여러 번 있었던 건 사실이다.

방패 용사인 걸 숨기고 있는 덕분에 상대방도 호의적으로 대해 주는 경우도 많아졌다. 그런 의미에서는 조금이라도 은혜를 베풀어 두는 게 옳을지도 모르겠다.

그나저나 이 아이, 필로가 필로리알이라는 걸 한눈에 꿰뚫어 봤잖아.

"말하는 필로리알아, 네 이름은 뭐니?"

"필로."

"필로란 말이지? 나는…… 메르라고 해!"

"그럼, 메르라고 부를게."

"응! 필로, 이거 먹을래?"

메르라고 자기소개를 한 여자아이는, 주머니에서 말린 고기를 꺼내 필로에게 내민다.

오오, 필로리알이 먹보라는 걸 잘 알고 있잖아.

"와아……. 고마워!"

필로는 메르가 준 말린 고기를 맛있게 받아먹는다.

"우후후."

메르는 말린 고기를 입안 가득 넣고 우물거리는 필로를 보며 행복하게 웃고 있다. 그리고 필로의 깃털을 다정하게 쓰다듬었다.

필로리알을 진심으로 좋아한다는 것만은 확실하게 알 수 있었다. 그저 신기한 개체라서 탐내는 녀석들과는 다른 무언가가 느껴졌다.

뭐, 필로와는 좋은 친구가 될 수 있을 것 같다. 인맥을 쌓는다는 측면에서 이 녀석의 힘을 좀 빌리기로 할까.

"필로. 오늘 우리는 마을에서 할 일이 아직 남아 있으니까 마음대로 놀아도 돼. 최대한 즐겁게 놀아 줘."

"알았어~. 가자!"

"응!"

필로는 메르와 같이 놀기 위해 평원을 달려갔다.

마을로 돌아온 우리는 역병 근절을 위해서 열심히 일했다.

거들어줄 일이 없느냐고 치료사에게 물으니 조합을 도와 달라는 부탁을 받았다.

나는 약의 재료를 조합했고, 작업은 예정보다 빨리 끝났다.

병으로 고통받는 사람들이 사라져서 마을이 평온을 되찾기를 기원해 본다.

바깥을 보니 필로가 아이들과 놀고 있었다.

"저, 성인님……. 드릴 게 있습니다."

마을 우두머리가 그런 말과 함께 건네준 것은 돈이 든 보따리였다.

"성인님이 말씀하신 돈입니다. 부디 받아 주십시오."

그리고 보니 이번에는 아직 내 정체가 들키지 않은 상태였다. 지금의 나는 범죄자인 방패 용사가 아니라, 행상 일을 하며 기적을 흩뿌리는 신조의 성인으로 알려져 있다.

"그래……."

나는 돈이 든 보따리를 받아 들고, 어느 정도 들어있는지를 헤아려 본다.

그리고 그중 반 정도를 다른 보따리에 담아서 돌려주었다.

"이건……?"

"내 힘만 갖고 한 일이 아냐. 이 마을에 있는 치료사의 공이기도 하니까. 그 녀석한테 갖다 줘."

"아, 네⋯⋯."

그 치료사가 없었더라면 이번엔 정말 위험할 뻔했다. 내힘만 가지고는 병의 진행만 억제하는 게 한계였으리라. 그런 의미에서 보면 공로자는 오히려 그 녀석이다.

"그럼⋯⋯."

라프타리아 치료를 위해 큰 교회를 찾아가고 싶지만 이미날이 저물어 가고 있다.

오늘은 하룻밤 더 묵고 가는 게 좋을 것 같군.

마을 여관에서 쉬고 있으려니, 필로가 들뜬 얼굴로 돌아왔다.

"있잖아, 필로한테 새로운 친구가 생겼어~."

"그래? 그거 잘됐군. 마을로 돌아오는 길에 만났던 그 애말야?"

애당초 지금까지 이 녀석한테 친구가 있었던가? 이럴 땐 '새로운 친구' 가 아니라 '첫 번째 친구' 라고 해야 하는 거 아닌가?

라프타리아는 친구라기보다는 엄마⋯⋯. 굳이 따지자면언니겠지.

"응! 있잖아~, 아까 그 애는 말이지~, 필로랑 마찬가지로 여러 곳을 여행하고 있대~."

"호오······. 여행자 같은 건가? 그런 것치고는 차림새가 말끔했던 것 같은데."

어쩌면 그 애는 부자 상인의 외동딸이고, 우연히 역병이 돌고 있는 마을 근처를 지나고 있었던 것뿐이었는지도 모른다.

뭐, 어쨌거나 필로는 애들한테는 인기가 좋으니까. 붙임성도 좋고.

게다가 아까 그 아이는 인간형으로 변신한 필로를 보고도 바로 받아들였다는 모양이다. 그런 걸 보면 순응성까지 갖추고 있는 아이인지도 모르겠다.

"그래서 말야~, 필로가 모르던 걸 잔뜩 가르쳐준 거 있지~. 필로리알이 어떤 마물인가 하는 것도 가르쳐주고 어떤 전설이 있는가 하는 것도 잔뜩 얘기해줬어!"

"호오."

대충 맞장구나 쳐 주자. 필로는 말재주가 어설퍼서 얘기의 요점을 파악하기가 힘들다.

난 잊지 않았다고. 마법 사용법을 물어봤더니 '꾸~욱 하고~.' 라느니 하는 알아들을 수 없는 표현으로 설명했던 때의 기억을.

"그래서 있지~, 필로리알들이랑 놀다 보니까 사람들이랑 떨어져 버려서 어떻게 해야 할지 모르겠다나 봐."

"헤에."

"저기····· 나오후미 님? 얘기 제대로 듣고 계셨어요?"

"응?"

솔직히 말하자면 대충 흘려듣고 있었다. 그래도 무슨 얘기를 하고 있었는지 떠올려 보자.

필로가 그 메르라는 이름의 여자아이와 친구가 됐는데, 그 친구는 동행하던 일행들과 떨어져 버렸다고?

뭔가 불길한 소리를 들은 것 같은 기분에 돌아보니, 필로 옆에 여자아이가 서 있었다.

"밤늦은 시간에 죄송해요. 저기…… 제발 한동안 함께하게 해 주시면 안 될까요?"

"잠깐, 잠깐. 어떻게 된 건지 정리부터 좀 하자고. 으음, 메르 양이라고 했던가? 왜 필로랑 같이 나한테 온 거지? 사람들이랑 떨어졌다면 찾아달라고 하면 그만이잖아?"

"저기…… 필로리알들을 따라서 여기까지 왔는데, 여기가 어딘지 도무지 알 수가 없어서……. 목적지가 어딘지는 알지만, 호위 분들과도 한참 전에 헤어지는 바람에……."

"호위? 그나저나 너 귀족이야? 아니면 상인의 딸 같은 거야?"

"그게……."

메르는 잠시 시선을 외면했다. 그러다가 가만히 고개를 끄덕인다.

"네. 귀족의 딸이라고 생각하셔도 틀린 건 아니에요. 그리고 그냥 편하게 메르라고 부르세요. 듣자 하니 필로와 그 마차의 주인…… 성인님이라고 했던가요? 내일이면 메르로 마르크 성 밑 도시에 간다고 들었어요. 부디 저도 같이 거기까지 데려가 주시면 안 될까요?"

메르는 예의 바른 태도로 내게 부탁해 온다.

흐음, 제대로 데려다주면 사례비를 받을 수 있을 것 같군. 행방불명됐던 귀족 집 딸을 데려다줬다고 기뻐할지도 모른다.

하지만 방패 용사인 내가 데려다줬다가는 귀족 유괴 혐의를 뒤집어써서 도리어 성가신 일에 휘말려들게 될 수도 있을 텐데…….

"으~음……."

"주인님~, 필로도 부탁할게. 메르, 곤경에 처했다잖아."

"위험에 휘말릴 가능성이 있으니까 말이지."

"나오후미 님, 저도 부탁드릴게요. 이런 작은 아이가 미아가 되는 걸 보고 그냥 지나칠 수는 없어요."

"사례는 드릴게요. 제발 좀 데려가 주시면 안 될까요?"

라프타리아와 필로까지 부탁하고 든다. 게다가 돈도 준다는 말인가. 최악의 경우 필로의 빠른 발로 도망치면 그만이라고 생각하면…….

"사례금은 확실하게 청구할 거야. 사례금은 필로를 통해서 받을 생각인데, 괜찮겠어?"

"네! 아버지에게 부탁드릴게요. 그럼, 잘 부탁드립니다."

……할 수 없지.

그나저나 성 밑 도시에 집을 갖고 있는 귀족이라니 보통 높은 신분이 아닐 것 같다. 그런 아이가 야생 필로리알과 놀다가 혼자 남게 되다니, 호위 녀석들도 얼빠진 놈들이군. 뭔가 사건에라도 휘말렸다면 어쩔 작정이었지?

"수상한 짓이라도 하면 그 자리에서 내버릴 테니까, 그런 줄 알아."

"알고 있어요. 모쪼록 잘 부탁드릴게요. 성인님."

이렇게 해서, 필로의 친구인 메르가 성 밑 도시까지 동행하게 되었다.

필로가 끄는 마차를 타고, 이제 성 밑 도시로 향한다.

"감사합니다! 다음에 또 와 주십시오."

"그럼 잘들 있으라고."

마을 녀석들이 모두 나와 우리를 배웅해 주었다.

훗날 내 정체를 알게 되면 녀석들은 떨떠름한 표정을 지을까? 그런 생각을 해보면 심란한 기분이다.

"잘 부탁드릴게요, 메르 양. 제 이름은 라프타리아라고 해요. 짧은 시간 동안이지만 함께 잘 지내 봐요."

"네. 잘 부탁드려요, 라프타리아 양."

라프타리아의 몸 상태를 회복시켜야 하니, 한시라도 빨리 치료용 성수를 구하고 싶다.

"메르. 우리는 라프타리아의 치료를 우선시해야 한다는 걸 명심해 둬."

"라프타리아 양에게 무슨 일이라도 있었나요?"

메르가 묻는다.

"그렇게 됐어. 그 마을 근처에 있는 산에서 흉악한 마물과 싸우다가 저주를 뒤집어쓰는 바람에 말이지."

"그러셨군요……."

나는 약을 만들고, 그것을 판매함으로써 돈을 벌고 있다.

하지만 지금은 라프타리아의 저주를 푸는 것을 최우선으로 삼기로 마음먹은 상태다. 마음 같아서는 그 돈으로 무기상 아저씨한테 가서 파도에 대비할 무기를 구입하고 싶지만, 라프타리아의 부상과 장비를 저울에 달아 보면, 당연히 라프타리아 쪽으로 기우는 것이다.

애당초 그 저주는 내가 건 저주이기도 하고, 파도에 맞서려면 싸우기에 조금이라도 더 용이한 상황을 갖춰 둬야만 한다. 무기 쪽은 나중에라도 보충할 수 있지만, 라프타리아 쪽은 저주라는 병에 걸린 상태다. 가능한 한 빨리 고치는 게 좋을 것이다.

"큰 교회에서 만든 성수가 필요해."

"수도에 있는 교회까지 가야 할 만큼 강력한 저주인 모양이군요."

"그래."

라프타리아를 치료하기 위해서는 교회에서 만든 강력한 성수가 필요하다는 게 치료사의 조언이었다.

　그래서 나는 제일 큰 교회가 있는 성 밑 도시로 가기로 결심한 것이었다.

　"필로, 빨리 성 밑 도시로 가자!"

　"알았어~!"

　"와앗!"

　필로가 속도를 올리자 메르가 탄성을 내지른다.

　아아, 그러고 보니 필로의 마차는 워낙 심하게 흔들려서 보통 사람들은 멀미를 한단 말이지.

　얘는 괜찮으려나 모르겠군.

　"아하하하하하, 필로 무지 빠르다!"

　"에헤헤~, 더 빨리도 달릴 수 있다구~!"

　오오…… 괜찮은 모양이다.

　"너무 심하게 뛰어다니면 위험하니까 조심하세요!"

　라프타리아가 주의를 주지만, 필로는 전혀 귀담아듣지 않는 것 같았다.

　말을 듣기는커녕 메르가 가세한 탓에 평소보다도 움직임이 더 격렬해져 있다.

　라프타리아는 벌써부터 속이 울렁거리는 것 같은 기색이고…….

　"나오후미 님, 저 좀 쉬어도 될까요?"

"그래."

……오히려 병이 더 악화된 건가?

"하아, 성가신 일이 늘어날 것 같군. 거절할 걸 그랬어."

나는 그렇게 뇌까렸다.

만남의 계기가 된 마물 퇴치 의뢰를 받아들인 것을, 살짝 후회하면서.

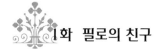 ## 1화 필로의 친구

타닥타닥 소리를 내며 모닥불이 타고 있다. 이날은 야숙을 하게 되었다.

내일이면 메르로마르크 성 밑 도시에 도착할 수 있을 터였다.

"아하하하하, 필로~!"

"거기 서~! 잡~았다!"

"잡혔네~!"

인간형 필로와 메르는 야숙에 지치지도 않는지 신나게 뛰어다니고 있다.

사이좋은 친구와 침식을 함께한다는 건 즐거운 일이다. 나도 수학여행이며 바다 학교며 자연교실 등의 학교 행사에 여러 번 참가해 본 적이 있으니, 그 심정을 모르는 바는 아니다.

아무리 그렇다고 해도…… 이 녀석들은 진짜 무지하게 친한데.

필로는 지금껏 친구다운 친구가 한 명도 없었으니까.

하지만 메르는 귀족인 모양이니, 신분으로 따지면 가축과 그 주인 같은 느낌이다.

그래도 얼핏 보기에는 친구처럼 보이는 걸 보면, 메르 입장에서는 필로가 마물이라는 점은 별 상관이 없는 건지도 모른다.

그러고 보니 마차 속에서 필로의 종족, 즉 필로리알에 대해서 열변을 토하기도 했었다. 듣자 하니 오랫동안 여행을 하고 다녔다는 것 같으니, 그 과정에서 필로리알이 끄는 마차를 탈 기회도 많았던 덕분에 필로리알을 좋아하게 된 것이리라.

"좀 작작 좀 떠들어!"

"네~에!"

"나오후미 님, 그냥 내버려 두세요. 필로에게 친한 친구가 생겼으니까요."

"뭐……. 그야 그렇긴 하지."

나 참, 안 그래도 시끄러운 필로에게 친구가 생기니 이렇게까지 시끄러워지는군.

"메르한테는 필로의 보물을 보여줄게."

"응!"

필로는 그렇게 말하고, 항상 마차에 소중히 감춰 두고 다니던 보따리를 메르에게 보여준다.

뭐가 들어있는 걸까. 어째 좀 궁금하긴 한걸. 하지만 그래봤자 필로의 보물이다. 보나 마나 잡동사니 같은 것일 테지만…… 내 소지품들 중에서 빼돌린 거라면 몰수해 버려야지.

"주인님도 볼래?"

"그, 그러지."

나는 손짓하는 필로에게 다가가서, 보따리 안을 들여다보았다.

으음, 부러진 검 파편. 내가 액세서리 제작을 시도하다 실패하고 버린 보석. 빈 병. 유리구슬 같은 유리 조각.

"반짝반짝 예쁘지?"

"응, 예쁘네."

메르의 표정이 살짝 미묘하다. 하긴, 들어있는 건 쓰레기뿐이니까.

광물이 많은 건 원래 정체가 새이기 때문일까. 까마귀가 광물을 훔쳐서 소동을 일으켰다는 식의 얘기를 들은 적이 있었다. 그것과 비슷한 건지도 모른다.

응?

"이건 뭐지?"

보따리 사이에 이상한 게 섞여 있는 걸 발견하고 꺼내 본다.

갈색의…… 커다란 털실? 공 같기도 하고, 뭔가 좀 이상하게 말랑말랑한 물체……. 안에는 딱딱한 것들이 띄엄띄엄 섞여 있다. 이상한 냄새가 은근하게 감도는 것 같기도 하다.

엄청나게 불길한 예감이 몰려든다.

"그건 있지…… 필로 입에서 나온 거야."

입에서 나온 것…… 필로의 입에서.

고양이로 따지자면 헤어볼. 인간으로 따지자면 오바이트. 하지만 필로의 정체는 새.

새의 구토물=펠릿(Pellet).

다시 말해 이 딱딱한 부스러기 같은 물체는 마물의 뼈며 필로 자신의 깃털 따위가 뭉쳐진 잔해.

"더러워!"

생각이 있는 거야 없는 거야! 무심코 만졌잖아! 나는 펠릿을 내던졌다.

"아~, 필로의 보물!"

"보물은 무슨! 그건 배설물이야! 한 번만 더 보따리에 그걸 집어넣으면 네 보물을 모조리 내다 버릴 줄 알아!"

"우우……."

메르는 뭐라 형언할 수 없는 표정으로 나와 필로의 실랑이를 지켜보고 있다.

그런 대화 후, 나는 저녁밥을 만들었다.

오늘의 저녁밥은 오늘 조우한 마물의 고기를 꼬치에 꽂아서 구운 꼬치구이다.

"주인님은 밥을 엄청 잘 만든다구."

"네. 정말 솜씨가 좋으셔서 먹어 본 사람들은 모두 맛있다고 한답니다. 메르 양도 드셔 보세요."

라프타리아가 꼬치구이를 권해 주자 메르는 고분고분 받아들고 먹기 시작한다.

"그냥 꼬치에 끼워서 구운 것뿐인데 정말 맛있어요! 어떻게 한 거예요?!"

뭐든지 가리는 것 없이 잘 먹는 메르. 분명 "이런 야만스러운 음식은 못 먹어요!"라면서 뺄댈 거라고만 생각했는데 그건 기우였던 모양이다.

오랫동안 여행을 하면서 여러 곳을 돌아다닌 영향일까?

역시 사람은 겉모습만 보고 판단해서는 안 되는 법이다. 생긴 것과는 딴판으로 겁 없는 성격이리라.

이렇게 식사도 끝나고 이제 잘 일만 남았지만 자리에 눕기에는 아직 좀 이르다.

한마디로 한가한 시간이라는 거다.

야숙에도 이제 제법 익숙해졌지만, 일단 초급 마법서를 읽으며 새로운 마법을 익히기 위한 공부라도 해 볼까.

잠시 시간이 흐르자 필로와 메르는 잠잠해졌다. 아마 피곤에 지쳐 잠든 것이리라.

라프타리아는 미리 잠깐 재워 두었다. 필로와 메르에게 모닥불을 맡기는 건 약간 불안하니까 말이지.

"흐음……."

초급이라고는 해도 꽤 다양한 마법들이 실려 있다.

패스트 가드나 패스트 힐의 범위 확장형 마법이 바로 그 것이다.

아직 사용할 수는 없지만, 초급에서 마지막으로 습득하는 마법인 모양이다. 지금은 공격력이며 속도를 향상시키는 마법 부분을 읽고 있다. 빨리 익히고 싶은 마음이야 굴뚝같지만 어려운 문법이나 개념 설명이 있어서 여간 어려운 게 아니다.

모닥불에 장작을 넣어 가며 공부로 시간을 보낸다.

"으응……."

라프타리아가 눈을 뜨고, 졸음에 겨운 얼굴로 눈을 비빈다.

"나 때문에 깼어?"

"아뇨. 교대해 드릴까요?"

"라프타리아가 괜찮다면."

"네."

마침 공부가 일단락된 시점이었으므로, 나는 라프타리아의 말에 따라 자기로 했다.

"저기, 나오후미 님?"

"왜 그래?"

"필로랑 메르 양이……."

라프타리아는 뭔가 떨리는 손을 억누르며, 잠잠해져 있는 마물 형태의 필로 쪽을 가리킨다.

거기에는 메르가 입고 있던 옷이 널브러져 있고, 어째선지 마물 형태의 필로가 홀로 앉아있다.

"으음……."

메르는 어디 갔지? 필로의 등 뒤에서 반라 상태로 자고 있는 건가 싶어서 뒤로 가 보았지만, 역시나 없다.

신발까지 나뒹굴고 있고…… 본체는 어디 간 거야?

"설마……."

아무리 먹보라고 해도…….

"나오후미 님이 예전에 도적단을 협박할 때 사람을 잡아먹는 마물이라고 하는 바람에, 필로가 그걸 듣고……."

"아니아니아니! 그럴 리가!"

"그치만…… 필로잖아요?"

"으……."

가능성은 충분하다. 친구=언제든 먹을 수 있는 상대로 인식하고 있던 건가?

"라프타리아, 아무것도 못 본 걸로 치고 증거인멸을 해 버리는 건 어때?"

"무, 무슨 말씀을 하시는 거예요?!"

"그럼 필로가 사람을, 그것도 귀족 가문 딸을 잡아먹었다고 자백하러 갈까?"

책임을 회피하고 싶다. 아니, 눈을 떼고 있던 내가 잘못이라는 건 나도 알긴 하지만!

나 원 참, 이 돼지 새가 도대체 무슨 일을 저지른 거란 말인가.

"후냐?"

필로가 덜컥 하고 고개를 심하게 꾸벅거렸다가 눈을 뜬다.

"왜 그래? 주인님이랑 라프타리아 언니."

"메르 양을 어떻게 한 거예요, 필로?"

"메르? 메르는 필로의 깃털 속에서 자고 있는데?"

"하? 아무리 봐도 안 보이잖아."

아까 확인했으니 잘못 봤을 리가 없다.

"메르, 일어나 봐."

필로가 등의 깃털을 곤두세운다.

"으응~?"

무성한 깃털이 기묘하게 곤두서고, 놀랍게도 메르가 필로의 등에서 고개를 내민다.

"뭐야?!"

아니아니, 필로의 체표 면적을 생각하면 여자애 하나를 몸속에 넣을 만큼의 여유는 없을 텐데? 그런데도 엉뚱한 곳에서 메르가 튀어나온 것이다.

"왜 그러니, 필로?"

"메르는 어디 있냐고 주인님이 물어봐서 깨운 거야."

"그야 필로의 등…… 여기, 정말 따뜻한걸."

"옷은 왜 벗은 거지?"

"더우니까."

하아…… 괜히 놀랐잖아.

"그나저나 어떻게 그렇게 깊숙하게 파고들어 간 거야?"

"필로의 깃털은 신기할 정도로 푹신푹신하고 두껍다구. 손 한 번 넣어 볼래?"

"그, 그러지."

좋은 기회다. 필로의 몸이 어떻게 생겨 먹었는지 확인이나 해 볼까.

메르가 손짓하는 대로 나도 손을 뻗는다.

"우와…… 이상하게 깊잖아."

두 팔을 어깨까지 쑥 집어넣고 나서야 겨우 맨살 같은 부분에 닿는다. 역시 이 녀석은 체온이 높군. 이 정도로 깃털이 깊으니, 메르가 기대고 잠들면 발견하지 못하는 것도 무리는 아닐지도 모르겠다.

"구조가 어떻게 돼먹은 거야?"

"그러게요……."

"언제 한번 털을 전부 뽑아서 조사해 볼까. 덤으로 깃털을 팔면 꽤 돈이 될지도 몰라."

"싫어~."

"성인님! 필로한테 난폭한 짓을 하면 안 돼!"

"농담이야."

으으음……. 필로의 이상한 생태를 하나 더 엿보게 됐군.

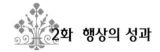

2화 행상의 성과

이튿날 아침, 문이 열리는 것과 동시에 성 밑 도시로 들어 갔다.

성 밑 마을을 돌아다니자면 마차는 좀 성가시다. 어딘가 에 주차해 둘 필요가 있다.

그래서 무기상 아저씨의 가게에 세워 두기로 했다.

무기상 아저씨는 이 세계에 얼마 되지 않는, 내게 호의적 으로 대해 주는 사람이다.

억울한 누명을 뒤집어쓴 나에게도 양심적인 가격으로 무 기를 팔아 준, 신용할 수 있는 인물이다.

"아저씨, 무기와 방어구를 사고 싶어."

오랜만에 만난 무기상 아저씨가 미간에 손을 대고 번민에 잠긴다.

"형씨는 항상 밑도 끝도 없이 나타나는구려."

"장사란 게 원래 갑작스러운 일들의 연속이라는 생각 안 들어?"

"뭐, 그건 그렇지. 예산 금액은 어느 정도나 있수?"

"글쎄."

아저씨가 서 있는 카운터에 최근 3주 동안 벌어들인 수입을 쿵 하고 올려놓는다.

묵직하고 커다란 돈주머니가 세 개다.

"은화가 몇 닢인지는 까먹었지만, 대충 이 정도야."

"형씨, 제대로 헤아려서 달라고!"

"하하하, 행상으로 벌어들인 돈이야."

"나 참……. 혹시 형씨는 날 놀라게 만드는 데 취미라도 들린 거요?"

"미안하지만 그런 취미는 없어."

"좋아, 그럼 돈이 어느 정도인지 헤아려 보겠수."

"그러지."

아저씨와 나, 그리고 라프타리아가 힘을 모아 돈주머니에 든 돈을 헤아린다.

"그러고 보니 아가씨, 혹시 어디 다친 거야? 움직임이 좀 뻣뻣해 보이는데."

"네, 요전에 마물의 공격을 받아서 강력한 저주를 뒤집어 쓰는 바람에……."

나는 저도 모르게 돈 세는 손길을 멈추고 라프타리아 쪽으로 시선을 돌린다.

"아아, 저주란 말이지. 거참 성가시게 됐군. 아직 치료 중인 모양이지?"

"네, 무기 구입이 끝나면 성당에 가서 성수를 살 생각이에요."

"그랬군."

무사히 얼버무렸나……. 아니, 애당초 내가 저주를 걸었을 거라고 생각할 리도 없겠지만.

양이 많아 보였지만, 동화도 많이 섞여 있었기에 은화로 환산하니 의외로 금액이 적어진다.

"금화 50닢에 상당하는 양이잖아! 엄청 많이 벌었구려, 형씨."

"내가 생각해도 난 장사에 소질이 있기는 한 것 같아."

어느덧 나 스스로도 자신의 장사 재능에 대해 자긍심을 갖게 된 것이다.

타인의 불행을 통해 돈을 벌고 있으니 썩 기분 좋은 일은 아니지만.

"그리고 도적들한테서 뺏은 장비도 있고, 이것저것 더 있어."

나는 가게 안 물건들을 두리번두리번하던 필로에게, 뒤뜰에 세워 놓은 후줄근한 마차에 가서 물건들을 가져오라고 지시를 내린다.

"필로는 메르를 바래다주러 가도 돼?"

"그래, 점심시간쯤에 한 번 돌아와. 그리고 사례는 확실히 받아 와야 해."

"네~에."

"성인님, 신세 많이 졌어요. 이 은혜는 꼭 갚겠습니다. 그럼 안녕히 계세요."

필로는 물건을 다 나르고, 메르를 부모님에게 데려다주러 떠나갔다.

뭐, 어차피 성 밑 도시까지만 데려다주기로 약속했던 관계고, 필로가 무례하게 굴었다고 해서 원한을 가지거나 할 아이도 아닌 것 같다. 함께한 시간은 하루에 불과했지만 메르라는 아이의 성격은 어렴풋이 알 수 있었다.

예의도 바른 것 같으니 부모가 생트집을 잡는다 해도 별 탈은 없을 것이다. 혹시 뭔가 문제가 생기면 당장 도망쳐 오라고 필로에게 말해 두기도 했고.

"그럼, 이것들도 팔아 볼까."

아저씨에게로 시선을 되돌려서 흥정을 계속한다.

이건 요전에 도적단의 습격을 받았을 때 그 녀석들에게서 빼앗은 무기와 방어구들이다.

"형씨, 꽤 폭넓은 분야에 손대고 있군."

"그래서, 이걸 팔면 어느 정도 장비를 살 수 있지?"

"글쎄올시다……. 지금 아가씨가 차고 있는 무기와 방어구, 거기에 형씨의 방어구도 다 재매입한다고 치면……."

무기상 아저씨가 팔짱을 끼고 고민에 잠긴다.

"우리 가게를 애용해 주는 건 고맙지만, 다른 가게에 가는 방법도 있을 텐데?"

"무슨 뜻이지?"

"그게 말이지, 요즘 다른 용사들은 우리 가게에는 코빼기도 안 비치거든. 어딘가 더 좋은 가게가 있는 게 아닐까 싶어서 말이우."

"흐음……."

가능성 없는 얘기는 아니다. 그 녀석들은 게임을 통해 얻은 정보를 갖고 있으니, 아저씨의 가게보다 상품 수가 풍부하거나 더 높은 품질의 무기를 팔고 있는 곳을 알고 있을 가능성이 상당히 높다.

성 밑 도시에서 가장 상품 수가 풍부한 가게가 아저씨의 가게라고 치면…… 어딘가 다른 나라에 있는 건가?

"뭔가 짐작 가는 곳 있어?"

"이웃 나라까지 가면 내 가게보다 더 좋은 걸 파는 곳이 있을지도 모르지."

"그런 뜬구름 잡는 것 같은 가능성에 거느니, 그냥 아저씨 가게에서 사는 게 나아."

"형씨……. 좋아! 그럼 형씨의 기대에 부응해 줘야지!"

"최악의 경우, 아저씨한테 무기와 방어구 제작을 맡기면 돼. 보아 하니…… 실력은 괜찮잖아?"

"그렇고말고! 젊은 시절에 동방의 명공에게서 기술을 배운 몸이란 말씀이지."

"그럼 됐어. 그러니까 나는 효율 같은 것까지 다 따진 끝에 아저씨한테 부탁하는 거야."

"형씨, 알았어. 나도 기대에 부응해야겠군."

무기상 아저씨가 카운터에서 나와서 자기 가게에 있는 상품들을 둘러보았다.

"어디 보자……. 아가씨 무기로는 마법 상등은(上等銀)으로 만든 검 정도가 적당할 것 같군. 물론 블러드 클린 코팅 가공도 완비된 녀석이지."

금화 열 닢 상당의 가격이라면서 넘겨준다. 물론, 금화 열 닢이라는 건 보상판매 가격이다.

블러드 클린 코팅이란 피가 검에 엉겨 붙지 않게 해 주는 편리한 가공이라고 한다.

피가 엉겨 붙으면 녹이 슬거나 날이 무뎌지거나 하게 마련이니 상당히 우수한 가공이다.

"거기에 마력 방어 가공이 된 마법은(魔法銀) 갑옷 정도면 적당할 것 같군."

"마력 방어 가공?"

"장착자의 마력을 흡수해서 방어력을 상승시키는 가공이라우."

"그런 게 있었군."

내가 채 보호해 주지 못해서 부상을 입게 될 가능성을 고려해서, 라프타리아의 장비에는 중점적으로 입혀 두고 싶은 가공이다.

아저씨는 다시 금화 열 닢 상당을 가져간다. 상당한 금액인데.

하지만…….

"이봐. 돈이 더 들어도 좋으니, 더 좋은 장비를 보여줘도 돼."

"형씨, 아가씨 치료비는 어쩌려고 그러슈? 그리고 자기에게 맞지 않은 장비를 차면 아무래도 무리가 생기는 법이라고."

"그런 건가?"

"그리고 지금 우리 가게에 있는 재고 장비로는 이 정도가 한계라오."

"아아, 그런 거였군."

아저씨네 가게에서 파는 물건 중에서도 고가 상품에 해당하는 물건인가. 그렇다면 수긍할 수 있다.

"이 등급 이상의 장비라면 주문 제작을 해야 할 거유. 그렇게 되면 시간도 많이 걸릴 테고."

"만드는 데 시간이 걸릴 테니까 말이지."

"지금은…… 나름대로 다양한 소재를 들여오긴 했지만,

하나같이 태부족이라오. 주로 광석이."

"썩은 용의 가죽 같은 건 꽤 쓸모 있을 줄 알았는데……."

"바로 그게 문제란 말이지. 형씨는 어쩔 셈이우?"

"어쩌다니, 뭘?"

"형씨의 경우는 무거운 장비를 에어웨이크 가공으로 가볍게 만들어서 팔 수도 있지만, 가져온 소재로 새로운 장비를 만들 수도 있단 말씀이지."

"참고로 어느 쪽이 더 성능이 좋지?"

"엇비슷한 정도일 거요."

"흐음……. 그러고 보니 야만인의 갑옷에 뼈를 부여하면 성능이 향상된다고 그랬지?"

"그래, 바로 그걸 권하려던 참이었다니까. 키메라와 드래곤의 뼈라면 굉장한 소재 아니우? 거기에 썩은 용의 가죽을 덧대고…… 썩은 용의 핵을 갑옷 중심에 장착하면 완성이지."

썩은 용의 핵은, 죽어서 썩은 드래곤의 심장을 대신해서 드래곤을 움직이던 핵이다. 필로가 거의 다 먹어치워 버렸지만 일부는 내게 선물로 주었다.

이런 레어 아이템 같은 소재는 좋은 장비 재료가 될 것 같다.

"호오……. 그럼 그걸로 부탁하지."

"고맙수다! 뼈의 능력을 부여하는 작업은 공짜로 해 주기로 하고, 가공비랑 부족한 소재 값만 받기로 하지."

아저씨는 그렇게 말하고 금화 다섯 닢을 가져간 후, 소재를 카운터 안쪽으로 가져간다.

"형씨도 지금 장비하고 있는 야만인의 갑옷을 벗어 두고 가슈."

"알았어."

탈의실로 가서 옷을 갈아입고, 야만인의 갑옷을 카운터에 올려놓았다.

"그럼, 어디 보자……. 이틀 정도면 완성될 테니, 그때쯤에 다시 오슈. 그 정도면 형씨의 장비도 다 만들어져 있을 거요."

"그러지. 있잖아, 아저씨."

"뭐지?"

"레벨 옆에 별이 생겼는데, 이게 뭔지 몰라?"

"오? 형씨들도 클래스 업 영역에 도달했다는 거군."

"클래스 업?"

"뭐야, 몰랐수? 클래스 업이라는 건, 성장한계 돌파를 말하는 거라오. 그걸 뛰어넘으면 한층 더 레벨을 올릴 수 있게 되는 거지. 게다가 클래스 업을 하면 파워업 효과도 상당하다우."

뭐라고?! 말하자면 그런 건가, 게임 같은 것으로 말하자면「전직」같은, 통과의례 비슷한 거?

"본래 클래스 업은 국가의 인정을 받은 기사나 마술사,

혹은 일부 정부 고용 모험가들만이 가능한 거지만 말이지. 형씨는 용사니까 신용에는 문제없을 거 아니우?"

이걸 뒤집어 생각해 보면 도적단이 생각보다 약했던 것도 수긍이 가는군. 일반인의 최고 레벨이 40이다. 신용할 수 없는 모험가나 마을 사람에게는 클래스 업을 허가하지 않는 식의 족쇄를 걸어서, 힘으로 관리하고 있는 것이다.

그러고 보니 도적들이 고용한 해결사와 싸웠을 때도 비슷한 얘기를 들었었던 것 같다.

"클래스 업을 할 때 자신의 방향성을 정할 수 있는데, 나도 얼마나 고민했는지 모른다우. 별의 영역에 도달해 있다면, 모든 가능성이 다 열려 있는 셈이니 더더욱 그렇겠지."

"그 클래스 업이라는 건 어디서 할 수 있지?"

"형씨, 가 본 적 없수? 용각(龍刻)의 시계탑에서 할 수 있는데."

거기서 그런 것도 할 수 있는 건가? 곰곰이 생각해 보면, 확실히 고상해 보이는, 엄중하게 관리되는 것 같은 시설이었다.

용각의 시계탑이라는 건 이 세계를 덮쳐올 파도의 도래 시간을 알려주는 시설이다.

예전에 나 이외의 다른 용사들과 재회했던 곳이기도 하다.

……혹시 거기서 다른 용사들과 만났던 것도 클래스 업 때문이었나?

그 녀석들은 대체 레벨이 얼마나 되는 거야. 이렇게 되니 초조하지 않을 수 없었다.

"일단 라프타리아 치료가 우선이야. 필로도 나가 있는 상태니까……. 클래스 업은 일단 필로와 합류한 후에 하지."

할 수만 있다면야, 당장에라도 클래스 업을 하는 게 맞을 것이다.

"그럼 아저씨, 가게를 합류 장소로 삼아도 괜찮겠어?"

"뭐, 형씨의 부탁이라면 어쩔 수 없지."

정말이지, 무기상 아저씨는 나한테 잘 대해 준단 말야. 꼭 후원자로 심고 싶은 인물이다.

이렇게 해서 나는 라프타리아와 함께 교회로 향했다.

성 밑 도시 안, 상당히 눈에 띄는 곳에 서 있는 교회로 간다.

꽤 큰 교회네……. 심벌은 검과 창과 활을 겹쳐 놓은 것 같은 형태를 하고 있다.

어째 불쾌한 심벌인데. 왜 방패만 쏙 빼 놓은 건데?

"바, 방패 용사?!"

들어가는 동시에, 수녀가 엄청나게 떨떠름한 얼굴로 내 쪽을 노려본다. 아무리 그래도 너무 노골적으로 거부감을 드러내는 거 아닌가? 제아무리 용사라도 강간 혐의를 뒤집어쓰고 있는 사람은 교회에 들여보내고 싶지 않다는 건가?

"그렇게 허둥대시면 안 됩니다."

교회의 신부 같은 차분한 태도의 남자가 수녀에게 주의를 주었다.

……뭔가 좀 마음에 걸리지만, 그냥 넘어가자.

"교황님!"

"오늘은 무슨 일로 우리 교회에 오셨는지요?"

"아, 동료가 심각한 저주를 받아서 말이지. 저주를 풀 수 있는 강력한 성수를 얻고 싶어."

이 녀석들이 딱히 나에게 피해 준 건 없으니, 지금은 일단 태연하게 상대하자.

"그럼 보시를 주시죠."

요금표가 벽에 걸려 있으니 가격은 알 수 있다. 그래도 시험 삼아 물어볼까.

"얼마지?"

"성수라면 저렴한 것부터 각각 은화 다섯 닢, 열 닢, 쉰 닢, 금화 한 닢. 효과가 높을수록 가격이 올라가지요."

흐음…… 바가지를 씌우지는 않는 모양이다.

혹시라도 바가지를 씌우려고 들었다면 따끔한 맛을 보여 주려고 했는데…….

"신 앞에서 가격 흥정을 하는 것도 좀 그렇긴 하지. 그럼 금화 한 닢짜리 강력한 녀석을 줘."

"안 돼요, 나오후미 님. 그런 값비싼 물건은 받을 수 없어요."

"괜찮아. 전에도 내가 말했잖아. 난 너를 소중히 여기고 있다고. 라프타리아에 비하면 금화 한 닢 정도는 비싼 것도 아냐."

"가, 감사합니다! 저, 반드시 기대에 부응하도록 할게요!"

나는 금화 한 닢을 꺼내서 교황에게 건넨다.

"알겠습니다."

교황은 수녀에게 성수가 든 병을 가져오도록 지시했다.

……안력 스킬이 작동해서 품질을 체크한다.

저급 성수

품질 조악함

저급한 품질에 교황을 쏘아본다. 그러자 성수를 확인한 교황의 안색이 돌변했다.

"왜 질 나쁜 물건을 가져오는 거죠?"

"하오나……."

"신은 자비로우신 분입니다. 당신 개인의 정의감을 만족시키기 위한 만행이라면, 지금 당장 회개하세요."

"저, 정말 죄송합니다!"

"미안하게 됐군요. 우리 교회 사람이 무례한 짓을 저질렀습니다."

"최종적으로 값에 걸맞은 물건을 주기만 한다면 나도 불만은 없어."

"자비로운 마음에 감사드립니다."

이번에는 교황이 손수 성수를 가져왔다. 나는 성수를 재차 체크한다.

저주 해제용 성수

품질 고품질

"뭐, 이 정도면 되겠지."

나는 성수가 든 병을 받아든다.

"신의 인도에 감사하십시오. 모든 것은 우리 신의 자비 덕분이니까요."

종교란 왜들 이렇게 생색을 내나 몰라. 꼭 '너는 악인이지만 용서해 주마'라는 것처럼 말하잖아.

그런 감상을 느끼며 교회를 나섰다.

 **3화 천사 취향**

"아! 방패 용사──!"

교회를 나섰다가, 낯선 목소리에 뒤를 돌아본다.

거기에는 병사 차림을 한 14, 5세 정도의 병사가 숨을 헐떡거리며 이쪽을 향해 달려오고 있었다.

여기는 성 밑 도시이니, 병사가 내 쪽으로 달려오면 기본적으로 안 좋은 일밖에 안 생긴다.

재빨리 내빼듯이 내달린다. 라프타리아도 내 뒤를 따른다. 짐작 가는 게 너무 많았으니까.

나에게 누명을 씌운 이 나라 왕……. 마음속으로 쓰레기라고 부르고 있는 그 녀석은 워낙 변덕쟁이니까, 또 터무니없는 누명을 씌운 건지도 모른다.

"잠깐만요!"

알 게 뭐야. 멈춰 봤자 좋은 꼴을 보기 힘들 거라는 건 이미 뻔한 일이다. 태곳적부터 지금까지, 서라고 한다고 고분고분 멈춰 서는 바보는 하나도 없었다.

그래서 도망치기 시작했는데 잘 생각해 보면, 진짜 도망쳤다간 필로와 합류할 수가 없게 되잖아. 고분고분 붙잡힐 수도 없는 노릇이고, 그렇다고 성 밑 도시 밖으로 나간다 해도 필로가 없으면 마차를 출발시킬 수가 없다.

"잠깐만요——."

"거 되게 끈질기네! 라프타리아, 필로를 데려와 줘. 아무래도 물건 구입은 그만두고 도망쳐야 할 상황인 것 같아."

"알았어요!"

나는 라프타리아와 서로 갈라져서 병사로부터 도망치기

로 했다.

아니나 다를까, 병사는 나를 쫓아온다.

"간신히 따돌렸군."

제법 끈질긴 병사였어. 뒷골목을 지나 큰길의 인파 속을 헤치고 나간 끝에, 간신히 병사를 따돌렸다. 이제 남은 일은 들키기 전에 성 밑 도시를 떠나는 것뿐이다.

……문제는 합류인데, 무기상 아저씨한테 가면 바로 합류할 수 있을 것이다.

그런 생각을 하고 있으려니──.

"아아아아아아아아아──!"

뭐지?

돌아보니, 모토야스 일행이 나를 삿대질하며 다가오고 있다. 인파가 갈라져 길을 터준다.

쳇! 여기서 눈에 띄는 짓을 하면 기껏 따돌린 게 말짱 도루묵이 되잖아.

"나오후미, 드디어 찾았다!"

이 녀석의 이름은 키타무라 모토야스. 내가 살던 곳과는 다른 일본으로부터 이 세계에 소환된 창의 용사다. 그리고 나에게 누명을 씌운 빗치 같은 왕녀의 마음에 들어서, 방약 무인하게 이세계 생활을 만끽하고 있다.

외모는 용사들 중에서 제일 반반하다고 봐도 좋으리라.

성격은 경박하고, 여자를 밝히는 바람둥이다. 머릿속도 텅 텅 비어 있는 것 같다.

이 녀석 때문에 내가 입은 피해는 이만저만이 아니다.

"너 이 자식! 도대체 무슨 꿍꿍이냐!"

"무슨 소리야? 괜히 생트집 잡지 마."

"시치미 뗄 작정이냐?! 다 알아. 그 뚱보 새의 주인이 너 라는 걸."

뚱보 새……. 필로 얘긴가?

"닥치고 그 뚱보 새를 내놔! 확 죽여 버릴 테니까!"

"무슨 밑도 끝도 없는 소린지 원……. 도대체 왜 그러는 건데? 그때는 네놈이 섣부르게 다가갔다가 걷어차인 거였 잖아."

모토야스는 과거에 필로에게 사타구니를 걷어차인 적이 있었다. 나선형으로 회전하며 나가떨어지는 모습이 얼마나 통쾌하던지.

"이 자식이 어디서 발뺌이야?! 그 뚱보 새, 나를 볼 때마 다 걷어찼단 말이다!"

응? 무슨 소리를 하는 거람? 생트집을 잡는 건가.

"무슨 소리야?"

"그러니까, 네가 기르고 있는 뒤룩뒤룩 살찐 못생긴 새 가, 마주칠 때마다 날 치고 간다 이거야!"

모토야스를 살펴보니, 장비는 더더욱 호화스러워졌으면

서, 사타구니에 낭심 보호대를 차고 있다는 걸 알아챌 수 있었다.

이거 웃기다! 이 녀석, 제대로 트라우마가 생겼다! 웃겨 뒤집어질 일이다.

그래, 그랬었단 말이지. 나중에 필로한테 상을 줘야겠는데. 내 마음을 알아채고 그런 일을 해 주고 있었던 건가.

"왜 히죽히죽 웃고 있는 거냐!"

"앗핫핫!"

"이 자식이!"

나 참, 왜 화를 내는 건지 원. 이렇게 통쾌할 수가.

모토야스는 나와는 말이 안 통한다는 걸 깨달았는지, 말 머리를 다른 곳으로 돌렸다.

"그리고 그 애를 해방해 줘! 노예나 부려먹는 못된 용사놈!"

"또 그 얘기……. 너도 참 끈질기군."

이 녀석은 예전에, 라프타리아가 미소녀이면서 노예라는 이유로 나에게서 몰수하려고 했던 적이 있다. 그래서 내 쪽에는 전혀 승산이 없는 결투를 벌인 주제에, 뒤에 있던 음탕한 왕녀의 비겁한 기습 덕분에 가까스로 승리했다.

정신상태가 그때랑 전혀 달라진 게 없잖아!

"라프타리아는 분명 거절했을 텐데."

진실을 알고 상황을 이해한 라프타리아가 해방을 거부하

는 바람에, 해방 얘기는 흐지부지하게 끝났었다.

"라프타리아 얘기를 하는 게 아냐!"

모토야스가 주먹을 그러쥐며 단호하게 말했다.

"난 다 알고 있다고! 요즘에 새 노예를 손에 넣었잖아? 무기상에서 나가는 모습을 내 두 눈으로 똑똑히 봤다 이거야!"

누구 얘길 하는 거지? 통 짐작이 안 간다.

내 수하에 있는 녀석은 라프타리아와 필로뿐이다.

그런데 모토야스는 분명 방금 필로에 대해 격노했었다. 그래 놓고 노예를 해방하라고?

"누구 얘길 하는 거야? 메르라는 애는 노예가 아냐."

"그 금발머리 이름이 메르였단 말이지!"

금발?

"파란 머리라면 메르가 맞지만, 금발? 필로 얘기냐?"

"그래! 그, 날개가 돋아 있는 여자애 얘기를 하는 거야! 이름이 필로였단 말이지."

모토야스는 뭔가 엄청나게 열의가 깃든 목소리로 단언했다.

조금 전에는 죽여 버리겠다고 하더니, 이번에는 해방하라니 무슨 소리를 하는 거야? 역시 이놈의 생각은 이해를 할 수가 없다.

"너는 그냥 여자라면 다 좋은 거냐?"

"아냐!"

말투가 굉장히 단호하다.

"그런 이상적인 여자애는 난생처음 봤어…….

"하……?"

"마계대지의 프레온 같은 애가 현실에 존재할 줄은 생각
도 못 했어!"

그건 또 뭔데?

……보나 마나 게임 캐릭터겠지.

그러고 보면 필로의 외모는, 내 세계의 게임에도 흔히 있
는 전형적인 순수한 천사 공주님의 모습이긴 하다.

"나, 천사 취향이거든…….

"닥쳐! 네놈의 성적 취향 같은 거 관심 없어!"

"역시 이세계는 최고야! 그 애를 본 순간부터 내 마음이
얼마나 환해졌는지 모른다니까!"

모토야스의 흥분도가 최고조에 달해 있다. 조금 전까지만
해도 조류형 필로에 대해 격노하고 있던 녀석이라고는 도무
지 믿어지지 않을 만큼, 황홀한 표정으로 인간형 필로에 대
해 열변을 토하고 있다.

반면에 모토야스의 패거리는 영 언짢은 표정이다. 아아,
그래서 잠자코 보고만 있었던 거군.

"그 애의 주인이 너라는 건 다 알아! 당장 해방시켜 줘!"

"하아……. 성가신 녀석 같으니."

한마디로 자기 취향의 스트라이크존 안에 들어왔으니까

필로를 내놓으라는 소리로군.

헛소리도 정도껏 하라고.

"내가 그걸 받아들일 것 같아?"

"안 받아들인다면, 받아들일 때까지 싸워 주지!"

모토야스가 창을 움켜잡고 나를 겨눈다.

"어이, 어이, 여기서 붙자는 거냐? 장소를 좀 생각해!"

"찌르기 난무!"

모토야스가 다짜고짜 나를 향해 스킬을 발동시켰다. 나는 가볍게 방패를 들어 방어했지만, 유탄이라고 해야 할까, 나에게 맞지 않은 창의 찌르기 공격이 등 뒤의 상점을 후려쳐서 벽을 무너뜨린다.

사람들이 모여 있는 상태에서 모토야스가 스킬을 발동하는 바람에 비명 소리가 울려 퍼졌다.

"어이!"

"에어스트 자벨린!"

모토야스가 나를 향해서 창을 투척했다.

크윽……. 내가 피하면 일반인들이 맞는다. 이 나라 녀석들이 어떻게 되건 내 알 바 아니긴 하지만, 싸워도 될 곳과 안 될 곳이 있다는 것쯤은 나도 안다고. 모토야스는 나 말고 다른 사람들은 안중에도 없는 거 아냐?

"그 애를 해방시켜!"

"어림 반 푼어치도 없는 소리!"

나 원 참, 그 식욕 마조(魔鳥)를 해방? 말도 안 되는 소리!

섣불리 해방했다간 무슨 짓을 저지를지 짐작도 안 간다고.

"이래도 내 말에 안 따를 거냐!"

주위는 혼란에 휩싸여 가고 있다.

"이 자식! 적당히 좀 해!"

"아무리 용사라도 이런 데서 싸우면 어쩌자는 거냐!"

주위 구경꾼들의 야유가 점점 더 커진다.

난감한데. 이건 아무리 모토야스가 날뛰어도 책임은 내가 뒤집어쓰는 패턴이잖아?

"모토야스, 작작 좀 해!"

상황이 상황이다. 기왕 이렇게 된 거, 드래곤 좀비를 불살랐던 분노의 방패로 바꿔서 카운터 공격을 노려 볼까?

아니, 분노의 방패가 가진 힘은 주위 일대를 모조리 불살라 버린다. 라프타리아도 그 때문에 저주에 걸렸으니, 민간인들이 있는 이런 곳에서 써서는 안 된다. 그렇다고 도망칠 수도 없고…….

"어이! 너희도 좀 말려!"

모토야스의 패거리인 음탕한 왕녀와 그 동료 여자들에게 주의를 준다.

너희 용사님이 폭주하고 있다고.

그렇게 생각했지만, 빗치 녀석은 히죽히죽 웃으며 이쪽을 쳐다보고만 있다.

불길한 예감이 든다. 저 녀석은 남이 싫어하는 일이라면 기를 쓰고 하고 마는 타입이다.

"여러분! 진정하세요! 창의 용사님과 방패 용사의 맞대결! 이것은 정당한 결투! 국가의 권한으로서 결투 승인을 선언하겠습니다!"

음탕한 왕녀는 마인이라는 이름으로 모험가 행세를 하고 있던 주제에, 이번에는 국가가 인정한 증서 같은 것을 치켜들고 있다.

"웃기는 소리 마!"

제일 먼저 항의한 것은 내 등 뒤에 있던 가게의 점주다. 근처에 있던 가게에서도 마찬가지로 항의의 목소리를 터뜨린다.

그야 그럴 만도 하다. 누가 봐도, 다짜고짜 먼저 공격을 시작한 건 모토야스였으니까. 결투니 뭐니 말도 안 되는 소리다.

"국가의 의지에 거역하겠다는 거야? 무례한 것!"

누가 누굴 보고 무례하다는 거야? 이 빗치 왕녀!

증서를 보고 "싸워라-!"라는 응원과 "그만둬!"라는 목소리가 교차한다.

이윽고 혼란은 번져 가기 시작해서, 인파 바깥쪽에서도 난투가 시작되었다.

"큭……."

이건 심각하게 위험한 상황이다.

그도 그럴 것이, 나는 지금 낯선 녀석들의 추적을 따돌린 직후인 것이다.

그 추적자는 아직도 이 부근을 어슬렁거리고 있을 테고, 이렇게 소동이 커지면 들킬 것이다.

"세컨드 자벨린!"

모토야스가 빛나는 창 두 자루를 만들어내서 내게 내던진다.

나는 그것을 방패로 막아내서 근처 가게를 보호했지만, 그 와중에 창이 어깨에 스치고 말았다.

"패스트 힐."

받은 대미지는 마법으로 회복시킬 수 있다. 다만 계속 방어만 해서는 승부 자체가 성립하지 않는다.

어쩌지? 라프타리아와 필로가 없는 이상 내게는 승산이 없다.

애당초 모토야스는 내게 반격수단이 없다는 걸 알고 얕잡아 보고 있다.

이 자식은 항상 승리할 수 있는 승부밖에 안 하는 건가, 빌어먹을!

불만이 용솟음치는 이런 상황에서는 도망치는 게 최선의 방책이다.

이번에는 라프타리아 때 같은 인질도 없다. 그렇다면 굳이 상대할 이유도 없다.

　그렇게 생각한 순간.

　"그만두시지요! 창의 용사님!"

　아까 나를 쫓아오던 병사가 인파 속에서 나타나서 나와 모토야스 사이를 막아선다.

　"여기는 백성들의 거주지예요. 이런 곳에서 사적인 싸움은 허가할 수 없어요."

　"허가할 수 있어요."

　병사가 주의를 주지만 빗치가 곧바로 부정한다. 그리고 증서를 살랑살랑 내보이면서 선언했다.

　"잔말 말고 비키세요. 이건 용사들끼리의 결투예요. 일개 병사가 가로막는다는 건 주제넘은 짓이에요."

　빗치…… 넌 도대체 어디까지 썩어 문드러져 있는 거냐.

　"우……."

　병사가 어쩔 줄을 몰라 한다. 상대는 현재 신분을 숨기고 있지만 사실은 이 나라 왕녀이니 그럴 만도 한 일이다. 어차피 나를 옹호해 주지는 않겠지.

　"그래도…… 저는 나라를, 백성을 지키는 병사입니다. 병사는 백성을 지키기 위해 존재하는 법. 잘못된 사적 결투를 벌이는 자라면, 그게 비록 용사라 해도 주의를 줘야겠습니다!"

　오? 뭔가 상황이 좋은 방향으로 흘러가는 것 같은 느낌이

드는데?

"그러니까…… 지키는 것밖에 할 수 없는 방패 용사님을 대신해서 제가 검이 되겠습니다!"

그러면서, 병사는 허리에 차고 있던 칼집에서 검을 뽑아 든다.

"이게 무슨…….”

"하……?"

나와 모토야스는 동시에 할 말을 잃었다.

일개 병사가…… 나를 감싸는 것도 모자라서 모토야스에게 검을 겨눈다? 도대체 뭐가 어떻게 된 거야?

"나도…….”

마법사 같은 아이가 쭈뼛쭈뼛 인파 속에서 나타나 내 배후로 이동하더니 지팡이를 들어 자세를 잡았다.

이쪽도 병사인 것 같다.

"무례하구나. 내 뜻을 거스르다니, 분수를 알고서 하는 짓이야?"

빗치가 '만일에 이 자리에서 살아남는다 해도, 이 병사들은 반드시 처분하겠다' 라고 은연중에 으름장을 놓는다.

"분수 같은 건 모릅니다. 저희는 그저 사명을 다하고자 하는 것뿐입니다."

그런 병사들의 선언에 상당히 열이 뻗쳤는지, 빗치의 얼굴이 빨갛게 물들어 간다.

"무례한 것! 국가의 의지를 무시하다니——."

"용사들 간의 사적인 결투는 허가할 수 없어요."

그런 낭랑한 목소리의 주인이 인파를 헤치고 나타났다.

그 모습은 마치 사태를 수습하는 권력자가 나타난 것 같은 태도다. 이 세계에 온 후로 이런 상황과 조우한 적은 한 번도 없었는데, 참으로 놀라운 일이다.

내가 아는 권력자들이란 하나같이 허튼짓이나 해대는 놈들이었다. 이 나라에서 두 번째 정도로 높은 녀석은 아예 이 문제를 즐기고 있는 지경이다.

그 녀석에게 반론하다니 도대체 어떤 녀석인가 싶어서 눈길을 돌린다.

상당히 낯이 익은 얼굴인데…… 아니, 메르잖아!

필로와 라프타리아가 어쩔 줄 몰라 하며 그 옆에서 걸어온다.

"너는…… 왜 여기에 있는 건데?!"

"오랜만이에요, 언니."

"언니?!"

그리고 메르는 품속에서 한 장의 증서를 꺼냈다.

"그, 그건——."

그 증서를 본 주위 녀석들의 말문이 막힌다. 그리고 고개를 조아렸다.

엉? 빗치의 증서보다 더 위력이 강한 건가?

"창의 용사님, 모쪼록 이해해 주시길. 이번 소동을 용사의 권력이나 언니의 권력으로 해결할 수 있을 거라고 생각하시면 곤란할 거예요."

"하, 하지만!"

"주위를 잘 확인해 보세요! 백성들이 다니는 길거리에서 사적인 결투를 벌이는 자를, 누가 용사라고 생각한다는 거죠?!"

"으⋯⋯."

상황을 파악한 모토야스가 천천히 제정신을 되찾아 간다.

"나오후미 님!"

라프타리아가 내 쪽으로 달려온다.

"괜찮으세요?"

"그럭저럭. 그건 그렇고⋯⋯ 메르가 저 녀석의 동생이라고?"

"성인님⋯⋯이 아니었죠? 다시 인사드리겠어요, 방패 용사님. 저는 메르티라고 해요. 성 밑 도시까지 데려다주셔서 감사합니다. 정말 즐거운 여행이었어요."

메르는 내게 가볍게 인사한다.

"방패 용사님, 도대체 무슨 일이 있었던 거죠?"

"몰라. 모토야스가 또 멋대로 내 부하를 넘기라면서 결투를 신청했어."

"또요?"

라프타리아가 황당한 목소리로 그렇게 되묻고는 미간을 찌푸린 채 모토야스를 노려본다.

그러자 모토야스는 라프타리아의 시선을 가볍게 무시하고, 필로에게로 시선을 옮겼다.

"아가씨, 이름은?"

"내 이름은 있지~, 필로야."

"고분고분 대답하지 마!"

모토야스 녀석, 필로에게 느끼하게 손을 내민다.

"이 녀석이 널 마차 끄는 말처럼 부려먹고 있지? 내가 구해줄게."

"하긴, 무거운 마차를 말처럼 매일 끌고 있기는 하지."

그건 솔직하게 인정해야만 한다. 원래부터가 그런 생물이기도 하고.

못 끌게 하면 더 시끄럽게 졸라댄다. 말 그대로 꺅꺅거리면서.

"이 자식——! 설마 그 돼지 새를 다루는 것처럼 필로를 부려먹고 있는 거냐?!"

모토야스 녀석, 뭐가 이렇게 시끄러워. 부려먹든 말든 네놈이 알 게 뭐야.

"필로를 풀어줘!"

"헛소리도 작작 좀 지껄여, 이 자식!"

주위 사람들도 아까부터 그만하라고 계속 주의를 주고 있잖아.

모토야스가 살기를 내뿜으며 내게 창을 겨눈다.

"결투는 안 된다고 분명히 말씀드렸을 텐데요."

메르가 다시 주의를 주었지만, 모토야스에게는 마이동풍이다.

그냥 막 나가자는 건가? 여자 일만 얽히면 상식이 날아가 버리는 타입이군.

"아가씨들! 빨리 도망쳐! 이 녀석은 무지하게 위험한 놈이라고."

모토야스가 필로를 향해 필사적으로 착한 척을 하고 있다.

그 녀석은 아까부터 네놈이 죽여 버리겠다는 소리를 연발하던 돼지 새라고.

아아, 그러고 보니 지금은 인간의 모습이었지. 일반적인 기준으로 보면 미소녀이기에 이러는 건가. 모토야스다운 발상이다.

"응~? 주인님은 위험한 사람 아닌걸~."

"주인님이라고?! 이 자식! 에어스트 자벨린!"

모토야스가 경고를 무시하고 내게 스킬을 내쏜다.

"주인님한테 뭐 하는 거야?!"

"걱정 마, 필로. 내가 너를 구해줄 테니까."

사람 말 좀 들어! 필로가 싸우지 말라잖아!

"어쩔 수 없네요……."

메르가 눈을 감고 손을 들어 올린다.

"필로, 부탁할게요. 창의 용사님을 저지해 주세요."

"응! 필로는 주인님을 지킬 거야~!"

필로가 모토야스 앞을 막고 나선다.

"자, 길을 비켜, 필로. 안 그러면 그 녀석을 처단할 수 없잖아."

하지만 필로는 모토야스에게 길을 열어주기는커녕 오히려 양팔을 벌렸다.

"필로를 보고 뚱보 새라고 그랬어."

"나오후미! 이 자식, 여자애한테 그런 몹쓸 소리를 하다니."

"네놈이야. 네가 조금 전에 필로 보고 뚱보 새라고 그랬다고. 죽여 버리겠다고도 했고."

"전에 만났을 때도 필로를 비웃었어. 창 든 사람 싫어!"

"비웃었다고? 언제 내가 너를 비웃었다는 거지?"

풍 하는 소리와 함께 필로가 본래 모습으로 돌아온다. 그렇다. 필로리알 퀸의 모습이다.

"엉? 얼래?"

모토야스는 필로리알 퀸의 모습으로 변한 필로를 보고 얼어붙어 있었다. 저도 모르게 사타구니를 막으려는 것 같은 포즈를 취하고 있다.

필로는 아연실색한 모토야스의 사타구니를 겨냥하고 강인한 다리를 차올렸다.

"아아아아아아————!"

내 눈에는 보였다. 여전히 당황한 얼굴로, 나선형으로 회전하며 10미터 이상 나가떨어지는 모토야스의 모습이.

게다가 낭심 보호대가 산산조각으로 부서져 버렸다.

"으걱!"

"필로가 이겼다~!"

필로가 한쪽 날개를 치켜들고 승리의 포즈를 취한다.

이번에는 확실히 터졌을까? 아니, 아마 괜찮을 거야. 보호대도 차고 있었으니까.

라프타리아가 새파랗게 질린 얼굴로 어쩔 줄 몰라 하며 뭔가 중얼거리고 있지만, 뭐, 상관없겠지.

모토야스의 패거리들도 모토야스의 행동에 불쾌했는지 도우려 나서지 않는다. 아니, 도우려야 도울 수가 없는 상황이다.

주위 구경꾼들도 환호하고 있다. 이 자리에 있는 자들에게 있어서, 어느 쪽의 주장이 옳은지 하는 것쯤은 일목요연한 일일 테니까.

이것 참…… 조금 전의 불쾌했던 기분이 약간 풀리는데.

"창의 용사님을 치료원으로 옮기세요."

소동을 듣고 달려왔던 병사가 모토야스를 짊어지고 데려

갔다.

"자, 언니? 아주 독단적인 행동을 하고 계셨던 것 같은데, 이제 어떻게 된 일이죠? 상황과 경우에 따라서는 어머니께 보고를 드릴 거예요."

"나, 나는, 용사님의 보좌로서 책무를 다하고 있는 것뿐이에요."

"제 눈에는 도저히 그렇게는 안 보이던걸요?"

"이번 일만 갖고 판단하면 못써요, 메르티."

"과연 그럴까요? 보고를 살펴보니, 언니의 만행들이 꽤 많이 보이던걸요?"

"동생 주제에 이 언니에게 대드는 거예요?"

"그 말씀, 그대로 돌려드리지요."

"칫……."

빗치가 혀를 차고 나를 쏘아본다.

둘이 무슨 관계지? 보기에는 이 메르티 쪽이 더 강한 권력을 갖고 있는 것 같다.

빗치와 그 패거리가 도망치듯이 모토야스를 쫓아갔다.

"칭찬해줘, 주인님~."

필로가 자신이 한 행동에 대한 대가를 요구해 온다.

어쩔 수 없지. 나는 필로의 머리를 쓰다듬어 준다.

"그래, 잘했어. 지금까지 모토야스를 만날 때마다 걷어차 왔던 것 맞지? 잘했어. 엄청나게 통쾌한 순간이었어."

"응. 볼 때마다 걷어찼어."

"그랬단 말이지? 잘했어!"

"에헤헤~."

"왜 칭찬하고 계신 거예요?!"

라프타리아가 화를 낸다.

하지만 나는 반성하지 않는다. 필로가 모토야스에게 한 일은 훌륭한 일이었으니까.

"이거야 원…… 용사님도 참……."

메르티가 이마에 손을 짚고 말을 건다.

"성 밑 도시에서 너무 소란을 피우지 말아 주셨으면 좋겠네요."

"으음……. 일단은 고맙다는 인사를 해 두지."

"우선은 이런 곳 말고 좀 더 차분하게 얘기할 수 있는 곳으로 갈까요?"

주위를 둘러보니 구경꾼들이 이쪽을 주목하고 있다.

일리 있는 얘기다. 이런 곳에서 하는 얘기가 남들 귀에 들어가는 건 솔직히 바람직하지 않은 일이다.

"알았어."

"방패 용사님."

나를 보호했던 병사들이 양손을 모으고 애원한다.

"알았어, 알았다고. 너희도 같이 가겠다는 거지? 무슨 용건인지는 모르겠지만……."

"저희는 방패 용사님을 붙잡으려 하던 게 아닙니다. 그것만은 믿어 주십시오."

아무리 임무에 충실했던 것뿐이라고는 해도, 그런 상황에서 뛰어든 녀석들이니…… 얘기를 들어 주는 것 정도는 괜찮겠지.

4화 지원자

"자, 여기가 나를 후원해 주는 무기상이야. 아까도 왔었지?"

"네."

"형씨, 설명 좀 해 주겠소?"

"사정이 좀 있어서 말야. 여기서 회의를 좀 하고 싶은데."

"아무리 그래도 그건 곤란해. 어딘가 딴 곳을 알아보슈."

나로서는 성 밑 도시에서 다른 사람들과 얘기할 수 있는 곳이라면, 떠오르는 곳이 무기상밖에는 없었다.

그래서 그대로 메르티와 병사들을 데려왔다.

"여기 말고 다른 곳이라면 마물상의 텐트 정도밖에 없어."

"형씨, 마물상이라니……."

아아, 이 아저씨도 알고 있는 건가. 그 녀석이 실제로 무슨 장사를 하고 있는 건지를.

"어린애를 데리고 거기로 가야 할 정도의 상황이라면, 어쩔 수 없지……."

"자, 이제 가게의 허가는 떨어졌어. 그래서? 넌 정체가 뭐지? 이름이 메르티라고 했던가?"

"저는 메르로마르크 왕위 계승권 1위, 제2왕녀 메르티 메르로마르크라고 해요."

"하?"

으음, 장녀는 빗치잖아? 왜 제2왕녀 쪽이 더 계승권이 높은 거지?

"아시다시피 언니는 성격이 저 모양이라서, 옛날부터 여러모로 문제를 일으키는 바람에 지금은 저보다 계승권이 더 낮아진 거예요."

하긴, 빗치에 비하면 그래도 말이 통할 것 같긴 하다.

아니, 지금 내가 왜 분위기에 휩쓸려서 곧이곧대로 믿으려고 하고 있는 거지?

어쨌거나 그 빗치와 같은 혈통, 다시 말해 쓰레기 왕의 딸이니 믿어서는 안 된다.

"필로."

"왜~애?"

"이젠 애랑도 같이 놀면 안 된단다."

"나오후미 님, 갑자기 아버지 같은 말투로 왜 그렇게 잔인한 말씀을 하시는 거예요?!"

그야 빗치의 동생이잖아? 빗치보다 계승권이 더 높은 건 아마 내숭을 더 잘 떨기 때문이겠지. 나이도 어린 것이, 빗치보다 더 강력한 마성을 가진 여자일 가능성이 높다.

목적은 필로인가? 그렇다면 모토야스의 심부름꾼인가!

내 신뢰를 얻으려고 그런 쇼를 벌인 건가! 충분히 일리 있는 얘기다!

역병이 유행하던 동쪽 마을 부근에서 잠입하다니 제법 머리를 굴렸군. 아마 필로를 성으로 들이는 동시에 붙잡을 꿍꿍이였던 거 아닐까? 라프타리아가 달려와 주지 않았더라면 어떻게 됐을지…….

"그래서 말씀인데――."

"미안하지만 얘기는 여기서 끝이야. 난 널 믿을 수가 없어. 오히려 네 경력을 듣고 나니 신뢰할 수 없게 됐어."

"사람 말 좀 끝까지 들으세요!"

"네 언니와 아버지는 남 얘기를 끝까지 들었던가? 애석하지만 대화 성립 자체가 안 돼."

진실을 얘기해 봤자 믿어 줄 거라는 보장이 없는 것이다.

하물며 이 녀석은 그 쓰레기의 혈통. 어떻게 이런 녀석을 믿으라는 말인가.

"방금 진 빚은 성 밑 도시까지 데려다준 사례금이라고 생각해 두지. 자, 나가, 나가!"

"이――."

제2왕녀가 그렇게 화를 내려 했을 때 기사단 녀석들이 무기상에 나타났다.

"메르티 님, 임금님께서 부르십니다. 모쪼록 동행해 주십시오."

"……알았어요."

어린애처럼 분노를 드러내는가 싶었으나, 제2왕녀는 옷을 꾹 움켜쥐고 표정을 가다듬은 채 기사를 따라갔다.

"그럼 잘 있어, 필로."

"응, 또 만나."

미안하지만 또 만날 일은 없어. 너와 모토야스에게 필로를 넘길 생각은 없으니까.

나 참, 이 나라 녀석들은 사사건건 내 걸 빼앗아가려고 악다구니를 쓴다니까.

"나오후미 님, 조금 정도는 얘기를 들어 줘도 괜찮지 않았을까요?"

"그 말이 맞아, 형씨."

"미안하지만 왕족이라는 점 하나만으로도 싫어."

"방패 용사님……."

"뭐야? 너 아직 안 가고 있었냐?"

제2왕녀와 함께 돌아간 줄 알았는데, 아까 우리를 쫓아오던 병사가 아직도 남아 있었다.

터무니없는 쇼에 휘말려 들었다. 이 병사도 보나 마나 한 패겠지.

나는 손짓으로 쫓아내려 했지만 병사들은 그 자리에서 꼼짝도 하지 않는다.

"돌아가! 너희하고 할 얘기는 아무것도 없어."

"얘기를 들어 주실 때까지는 한 발짝도 물러날 수 없습니다!"

아아, 진짜……. 보나 마나 필로를 제2왕녀에게 넘기라느니 하는 얘기일 거 아냐?

"얘기만 들어 주지. 한번 말해 봐."

안 그러면 이 녀석들은 끝까지 들러붙어 있을 것 같다.

"네……. 파도가 몰려오는…… 그동안만이라도, 함께 행동할 수 있게 해 주십시오."

"하아?"

무슨 소리를 하는 거야? 나는 얼빠진 목소리를 내며 소년을 쳐다본다.

"지난번 파도 때, 저희 하급 병사들은 방패 용사님께서 싸우시는 모습에 감명을 받아서……. 저기, 저는 류트 마을 출신이라, 방패 용사님께서 마을 사람들을 구해 주신 것에 대해 보답을 하고 싶습니다."

"그런 거였어?"

"네. 그리고 방패 용사님께서 싸우시는 모습을 보고, 진정으로 모두를 지켜주는 용사는 방패 용사님이라고 뜻을 같이하는 자들이 모인 것입니다."

"나를 말이지……. 나는 기사단 입장에서는 비난의 대상이었던 거 아냐?"

어째 이 나라 녀석들은 하나같이 나한테 비협조적이니까. 파도 때는 마물들을 유인하고 있던 나한테 불의 비를 퍼붓기까지 했고.

"네. 힘든 상황인 건 사실입니다. 하지만 방패 용사님이 사람들을 지켜주신 것처럼, 저희도 사람들을 지켜주는 힘이 되고 싶습니다."

"그래서 나를 찾고 있었다는 건가?"

"거리를 순찰하다가 방패 용사님을 발견하거든 이 말씀을 전해드리자고 다 함께 결의했습니다."

"과연 그럴까."

"저희의 임무는 파도와 싸우는 것이긴 합니다만, 그보다 국민들의 피해를 막는 게 최우선입니다."

고상한 생각이다. 그 용사 놈들에게 들려주고 싶은 말이군.

"그러니, 저기…… 방패 용사님. 부디 파도 때 저희도 함께하게 해 주십시오."

"파도에 맞서서 싸우고 싶은 것뿐이라면 딱히 내가 아니라도 상관없는 거 아냐?"

이 제안에는 꿍꿍이가 있다.

아마 파도와의 싸움 때 더 많이 활약한 병사며 기사에게 는 출세가 보장되어 있는 것이리라. 그렇다면 용사와 동행 한 동료로서 파도 때 활약하면, 그것만으로 자신의 입지가 향상된다는 뜻이 된다.

아무리 용사라고 해도 혼자서 파도를 물리칠 수는 없으니 전력은 반드시 필요하다.

스테이터스 마법의 동료 항목에는 '편대'라는 항목이 존 재한다. 아마 파도에 대비하기 위한 것이리라.

이것을 통해 부대를 편성해서 파도에 맞서는 것이야말로 내가 생각하던 올바른 전투법이다.

굳이 표현하자면, 온라인게임 속에서 길드나 팀을 이루어 공방전을 벌이는 것 같은 방식이 아닐까. 현재는 전투 상대가 인간이 아니지만 감각으로만 따지자면 틀리지 않을 것이다.

그게 아니라면 그런 대량의 마물을 상대로 혼자서 싸우는 건 무모하기 짝이 없는 짓이다.

보스급 마물을 물리치는 건 레벨 높은 에이스 플레이 어…… 이건 게임이 아니니까 이곳의 현실에서는 용사가 그 역할을 짊어지게 되겠지만, 다른 피라미들은 이 세계 주 민들의 힘으로도 대응할 수 있을 터.

지난번 파도가 그것을 증명해 주었다.

지난번 파도 때는 성 밑 도시에서 가까운 류트 마을이라 는 곳에서 파도가 일어났기에 기사단이 달려올 수 있었지만, 다음번에도 그렇다는 보장은 없다.

이 나라도 상당히 넓다. 만약에 먼 곳에서 파도가 발생하면 대참사를 피할 수 없다.

그렇다면 적은 인원으로 피해를 억제해야 하는 상황이 벌어지게 마련이다.

뭐, 파도에 맞서는 싸움에서의 정석 얘기는 제쳐두고서라도, 눈앞에 있는 소년이 왜 이런 제안을 해 왔는지가 의문이다. 다른 용사들은 워낙 경쟁률이 높으니, 가장 경쟁률이 낮아 보이는 나에게 고개를 숙이러 왔다고 보는 게 타당하겠지만.

아니면 이 얘기 자체가 순 거짓말이고, 파도 때 전송되는 동시에 나를 붙잡는다거나, 아니면 의욕이 있는 척하다가 전송되기 직전에 거절하거나 하는 식일까?

"아뇨, 저희는 방패 용사님과 함께 국민을 지키고 싶습니다."

겉으로는 무슨 소린들 못 하겠는가.

"출세가 목적이냐?"

"아닙니다."

소년은 서슴없이 대답하고 고개를 가로젓는다. 그리고 내 뒤쪽에 있는 마법사 같은 차림의 소년에게 손짓을 보낸다. 마법사 같다고는 해도 마법상 같은 보라색 의상이 아닌, 어째 좀 싸구려 같은 노란색이다. 그리고 그 둘은 나란히 내게 고개를 숙였다.

"저는…… 류트 마을 출신입니다. 그래서 제 가족들도 방패 용사님 덕분에 목숨을 건졌으니까…… 그러니까 조금이라도 방패 용사님께 도움이 되고 싶어요."

"아아, 그랬었군."

내가 가족들을 구해줬으니 그 보답을 하겠다는 건가. 류트 마을 녀석들이라면 조금은 신뢰가 간다.

"방패 용사님이 말씀하신 것처럼 출세를 원하는 자들도 있을지 모릅니다. 하지만, 저는 방패 용사님의 힘이 되고 싶습니다."

"그런가, 유별난 녀석도 있군……. 응?"

"저…… 용사님."

마법사 같은 차림의 소년이 고개를 든다.

……자세히 보니, 이 아이는 아인(亞人)이었다.

인간 지상주의 사회인 이 나라에서 아인이 병사가 되었다는 건, 뭔가 생각한 바가 있었기 때문이었는지도 모른다.

지난번 파도 때 기사단과 동행하던 마법사들에 비해 복장이 허름해 보이는 건, 나이나 계급 때문만은 아닌 것 같군.

"이 녀석은 방패 용사님의 팬이에요. 옛날부터, 이 나라의 것과는 다른 용사 전승을 듣고서 방패 용사님을 동경해 왔거든요."

"호오……."

나를 신용하는 극히 일부 녀석들이 내게 힘이 되어주려 하고 있다는 건가. 그렇다면, 직접 얘기하지는 않았지만 이 마법사 소년병도 내가 행상 일을 하는 와중에 구원했던 마을 출신이라 같은 마음으로 모인 것일지도 모르겠다.

……한번 시험해 볼까.

나는 마차에 싣고 있던 보따리에서 팔다 남은 액세서리를 꺼낸다.

"은화 150닢짜리다. 그만한 금액을 낼 수 있다면 한번 생각해 보지."

"네……?"

"왜들 그래? 이것만 사면 내 신용을 얻을 수 있다니까?"

"나오후미 님……."

라프타리아가 약간 황당해하는 얼굴로 말했다. 뭐, 동료가 되고 싶으면 돈을 내놓으라는 얘기나 마찬가지니까 그럴 만도 하지.

원래 성격이 이런 걸 어쩌라고. 출세 혹은 금전이 목적이라면 이 시점에서 물러나겠지.

솔직히 제2왕녀와 연관이 있을지도 모르는 녀석들이니 신뢰가 안 가기도 하고.

"알겠습니다. 당장 다 함께 돈을 모아 올 테니 잠시만 기다려 주십시오."

그렇게 말하고, 대표 소년병이 혼자서 떠나갔다.

"형씨도 참 못돼 먹었군."

"그럴싸한 얘기에는 뭔가 꿍꿍이가 있기 마련이야. 거짓말이라는 의혹을 도저히 떨칠 수가 없어."

혼자 남은 마법사 차림 소년병은 묵묵히 그 자리에 서 있었다.

"나한테 환멸을 느꼈나?"

마법사 차림 소년병은 고개를 가로젓는다.

"믿고 있어요."

"……흥."

별난 놈도 다 있군, 하고 생각하며 한동안 기다리고 있자니 소년병이 숨을 헐떡거리며 돌아왔다.

"하아…… 하아…… 다 함께 모금해서 가져왔습니다."

"생각보다 빨리 왔는데."

"원래 기사단 대기소에서 모일 예정이어서, 가는 길에 기숙사까지 돌고 왔습니다. 거의 전원에게서 모금한 돈입니다."

흐음……. 여기저기 돌고 왔다는 건가.

요구했던 금액이 나름 고액이었기에, 소년병이 가져온 돈주머니 속을 찬찬히 확인해 본다.

"모두 조금씩 모아 두고 있던 돈을 모금해 주었습니다. 이제 믿어 주시겠습니까?"

"그래, 알았어. 대표자는 몇 명이지?"

"으음……. 저를 포함해서 다섯 명입니다."

"그래?"

나는 보따리 속에서 액세서리 다섯 개를 꺼내서, 돈주머니와 함께 소년에게 건넨다.

그중에 하나는, 일정 대미지를 대신 맞아 주는 부여효과를 가진 편리한 목걸이다.

소년병을 상대로 실험하는 것 같아서 좀 그렇긴 하지만, 우연히 만들어진 것 중 하나를 건네준다.

파도가 닥쳐오면 언제 죽을지 알 수가 없으니까. 지원자에게는 유용한 물건이리라.

"저기…… 이건……."

"돈을 내놓으라고 했지, 내가 갖겠다고 한 적은 없어. 난 그저 거짓말인지 아닌지 확인하려던 것뿐이었어. 덕분에 너희도 진짜로 의욕이 있는 녀석인지 출세 목적으로 나선 녀석인지 알아낼 수 있었잖아?"

뭐, 애당초 이 돈도 국가에서 내준 것일 가능성도 있긴 하지만. 그래도 최소한의 성의는 보여줬으니 일단은 믿어 주기로 한다.

나는 '편대' 항목에서 분대장의 권한을 눈앞에 있는 소년에게로 보냈다.

파티 상태는 리더인 나를 비롯해서 라프타리아와 필로가 포함되어 있다. 그 상태에서 분대장 권한을 부여한 것이다.

이 권한은 내 쪽이 우선시되는 파티 상태. 다시 말해, 분대장에게 경험치가 전해지지 않도록 설정하는 것도 가능하다.

"이건……."

"뭔지 못 알아보겠나?"

"아뇨."

"너 말고 다른 녀석이 대표라면 그걸 그 녀석한테 넘겨. 그리고 참가하고 싶은 녀석들을 모아 오면 돼. 하지만 착각하지 마. 단순히 나를 이용하려고 들거나, 뭔가 괘씸한 짓을 저지르려고 하면 분대장 자리에서 해임하고 파티를 해산시켜 버릴 테니까."

"네! 감사합니다!"

둘이서 나란히 경례를 붙이고 자리에서 떠나갔다.

의심스러운 구석은 있지만 저들의 마음이 진심이라면, 그건 나도 이 나라에서 조금씩 신용을 얻기 시작했다는 뜻인지도 모른다.

물론 방금 말했다시피 엉뚱한 짓을 하려고 들면 용서하지 않을 테지만.

"자, 그럼 이번엔 클래스 업을 하러 가 볼까."

"형씨. 수단은 더럽지만, 역시 용사는 용사구려."

"진심인지 거짓인지를 확인하려던 거였군요."

"내가 말했잖아? 하지만 이렇게까지 했는데도 거짓말일

가능성도 있어. 엉뚱한 짓을 하면 대가를 톡톡히 치르게 해 줘야지."

소년병들을 떠나보낸 우리는 무기상을 나섰다.

괜히 성가신 일에 말려들긴 했지만 원래 목적은 클래스 업이었으니까.

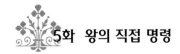

5화 왕의 직접 명령

우리는 클래스 업을 위해 용각의 시계탑으로 발걸음을 옮긴다.

"그러고 보니, 클래스 업은 가능성을 넓혀 준다고 하던데, 라프타리아는 어떤 식으로 하고 싶어?"

"저는 나오후미 님이 원하시는 대로 클래스 업 하고 싶어요."

"그건 접어 둬, 라프타리아. 너 자신의 가능성은 네가 직접 정해."

예전에 했던 게임에는 빛의 루트와 어둠의 루트를 선택할 수 있는 클래스 체인지라는 시스템이 있었지만, 중요한 일은 본인이 직접 결정해야 한다.

"파도가 끝나고 내가 원래 세계로 돌아갔을 때, 나 없이도 살아갈 수 있을 거라고 여겨지는 길을 선택해."

"어…… 나오후미 님, 원래 세계로 돌아가세요?"

"그래."

이 세계에는 아무런 애착도 없다. 신세를 진 녀석들도 있기는 하지만, 그에 대한 보답은 이 세상을 구하는 것만으로도 충분하리라. 그렇다면 이런 기분 나쁜 세계에 남을 이유는 아무것도 없다.

"저는 같이 안 데려가 주실 건가요?"

"어디로?"

무슨 소리를 하는 거야? 라프타리아 같은 애가 내 세계로 와 봤자 호기심 어린 시선만 잔뜩 쏟아질 텐데.

"필로가 데려다주고 싶어. 어디로 가는 건데?"

"필로는 못 가는 곳인데……."

"그런 거야?"

"그 얘기는 접어 둬. 필로는 어떤 식으로 클래스 업 하고 싶지?"

"있잖아, 필로는 독을 내뿜어 보고 싶어."

"……."

말문이 턱 막혔다. 이놈의 새는 무슨 뚱딴지같은 소리를 하는 거람.

어찌 된 건지 대충 짐작은 간다. 요즘에 독을 쓰는 마물들과 하도 많이 싸우다 보니 필로가 동경심을 품게 된 건가?

바이오플랜트나 드래곤 좀비 같은 것들.

"독은 지금도 뿜고 있잖아."

독설이라는 의미에서 말이지. 분위기 파악도 못 하고 주절주절 잘도 지껄여대니까.

"진짜?!"

필로는 입을 내밀고 후~ 하고 숨을 내뱉는다.

"안 나오는데?"

"그런 뜻이 아니라고. 어쨌거나 일단 가 보자."

우리는 클래스 업에 대한 기대로 부푼 가슴을 안고, 용각의 시계탑으로 향했다.

용각의 시계탑은 메르로마르크 성 밑 도시 중에서 꽤 높은 곳에 있다. 덕분에 전망도 좋다. 이 부근은 볕도 잘 드는 듯, 느긋하게 햇볕을 쬐고 있는 녀석들도 있는 것 같다.

그런 생각을 하며 걸어가다 보니 어느덧 용각의 시계탑에 도착했다.

지난번에 왔을 때와 다름없이 고요하면서도 묵직한 분위기가 감도는 시설이다.

"방패 용사님이시군요."

전에 왔을 때와 마찬가지로 불쾌한 표정의 수녀가 말을 걸었다.

"그래."

"이번엔 무슨 용건이죠?"

"클래스 업을 하러 왔어."

"그럼…… 한 명 당 금화 열다섯 닢을 내 주십시오."

금화 열다섯 닢이라고?! 그건 비싸도 너무 비싸잖아!

수녀의 표정은 변함이 없었지만 눈매만은 웃고 있다.

어차피 못 낼 거라고 보고 비웃기라도 할 작정인 걸까?

"한 명당 금화 열다섯 닢이라고 했지?"

라프타리아와 필로 둘만 하면 되지만 소지금이 약간 모자란다.

파도가 올 때까지는 아직 시간이 좀 있으니 그동안 돈을 모으는 것도 고려해 봐야겠군.

"라프타리아, 네가 먼저 클래스 업을 해."

"에? 언니만 한다구?"

"돈이 모자라니 어쩔 수 없잖아. 다음에 왔을 때 너도 클래스 업 시켜줄 테니까 이번엔 참아. 가는 길에 맛있는 거 사 줄 테니까."

"뿌~."

안 그래도, 모토야스를 걷어찬 것에 대한 상을 주려던 참이었다. 마침 잘된 셈이다.

나는 라프타리아의 클래스 업 비용인 금화 열다섯 닢 상당의 금액이 든 돈주머니를 마지못해 내보였다.

그러자 수녀 녀석은 당황해서 어쩔 줄을 모르며 접수 데

스크에서 서류를 꺼냈다.

"……방패 용사님에게는 금지돼 있네요."

"뭐라고?! 그게 무슨 소리야?"

"임금님의 직접 명령이에요. 방패 용사님 일행의 클래스 업은 불허하게 돼 있어요."

그 쓰레기 왕! 본격적으로 구린 짓을 해 대다니!

일부러 터무니없이 비싼 클래스 업 비용을 요구하고, 그 걸 충족하더라도 허가를 안 내리고 퇴짜를 놓다니, 악랄한 짓도 정도껏 하라고! 레벨업을 못하면 나는 어쩌라는 거냐!

전직이 가능한 게임인데도 안 하고 계속 그대로 플레이하다니, 난 그렇게까지 고수는 아니라고!

"헛소리하지 마!"

"규칙입니다. 무엇보다 방패 용사님은 처음부터……. 아닙니다."

"처음부터 뭐가 어쨌다는 건데?!"

내가 벌떡 일어서자, 안쪽에서 기사 같은 녀석들이 줄줄이 튀어나왔다.

"칫! 알았다니까!"

힘을 꽉 준 발로 바닥을 걷어차서 요란한 소리를 내며, 우리는 용각의 시계탑을 떠났다.

제2왕녀가 정말로 내게 힘을 빌려줄 심산인지를 확인해 봤어야 했다.

제1계승자라는 모양이니 정말로 말이 통하는 녀석이었다면 내 클래스 업에 대한 허가도 내줬을 터였다.

　　그리고 이 상황에서 아무것도 못했다면, 그때 가서 그걸 구실로 쫓아내도 늦지 않았을 터였다.

　　"그나저나, 이제 어쩌죠?"

　　라프타리아가 곤혹스러운 듯 중얼거린다. 확실히 이건 큰 문제다.

　　"있잖아, 저 시계탑은 뭐였어~? 필로는 좀 더 구경하고 싶었는데."

　　"좀 참아."

　　일단 도움말을 다시 한 번 확인해 본다.

　　……클래스 업 항목을 찾았다. 새삼 보니 군더더기 없는 설명이다.

**　　클래스 업이란 용사의 동료가 된 멤버의 가능성을 넓혀 주는 의식입니다.**

**　　국가에 있는 용각의 시계탑을 찾아갑시다.**

**　　★이 생길 때까지 성장시킨 후에 진행할 것을 추천합니다.**

**　　용사에게는 성장 한계가 존재하지 않습니다.**

　　용사에게는 성장 한계 제한이 없다……. 그 말인즉슨, 오직 나만이 40 이상까지 레벨을 올릴 수 있다는 건가.

그나저나 이건 정말 불쾌하기 짝이 없다!

어떻게든 라프타리아와 필로에게 클래스 업을 시켜주지 않으면 공격 면에서 불안 요소가 생겨난다.

"어쩔 수 없지. 이건 나중에 하는 수밖에."

다행히도 파도가 지나갈 때까지는 레벨업을 할 예정이 없었으니, 파도가 지난 후에 고민하면 그만이다.

이를테면 소개장을 갖고 있을 법한 모험가에게 라프타리아와 필로를 맡겨서 대신 클래스 업을 시키는 대안도 생각해 두고 있다. 돈으로 낚으면 어떻게든 될 것이다.

그러고 보니 노예상의 노예들 중에 레벨 40을 넘긴 녀석이 있었지. 그 녀석한테 가는 건 썩 내키지 않지만 어쩔 수 없다.

"좋아, 그럼 당장 노예상한테 가 볼까."

필로가 겁에 질린 표정으로 물었다.

"필로를 팔 거야?"

"안 팔 거니까 걱정 마."

덜덜 떨고 있는 필로에게 그렇게 말해 주고, 나는 노예상의 가게를 향해 발걸음을 옮겼다. 그나저나 기분 정말 더러운데. 필로에게 걷어차이는 모토야스의 모습이라도 떠올려서 이 울분을 풀어야겠다.

"나오후미 님이 지금까지 본 적이 없었던 해맑은 미소를!"

라프타리아도 참 왜 이렇게 야단이람. 추억에 잠겨 웃음을 짓는 게 뭐 어떻다는 거야.

6화 웰컴

우리는 노예상의 가게를 찾아갔다.

"이거 용사님 아니십니까. 오늘은 어쩐 일이신지?"

"그런 것보다……."

나는 노예상의 차림이 너무도 마음에 걸렸다.

위세가 대단해 보이기까지 할 만큼, 장신구가 호화스러워져 있기 때문이다.

"요즘 수입이 제법 짭짤한 모양이군."

"다 용사님 덕분입니다. 네."

"엉?"

"용사님께서 행상 일을 하고 돌아다니신 덕분에, 저희 쪽도 돈벌이가 원활해져 있습죠."

"무슨 뜻이지?"

여러 가지 이유가 떠오르지만 결정타가 될 만한 재료가 부족하다.

"우선 필로리알 퀸에 대한 평판 때문입니다. 어떻게 하면 그 마물을 구할 수 있을까 싶어서, 귀족 수집가들이 몰려들고 있는 거죠. 네."

아아, 필로가 마차를 끈 덕분에 평판이 올라갔다는 건가. 확실히 희귀한 마물이긴 하니 어떻게 구할 수 있는지를 조사하다 보면 전문적인 마물상이라는 직함도 갖고 있는 이 녀석에게 찾아오게 되기 마련이겠지.

넘겨달라고 나한테 직접 부탁하는 녀석도 몇 명 있었을 정도니까.

그 제2왕녀도 그럴 목적으로 나한테 접근했던 거였을 테고.

하지만 필로는 내게 중요한 전력이고 행상의 도구니까. 애석하게도 나로서는 섣불리 팔 수 없는 노릇이다.

"그러면 말주변을 구사해서 이런저런 마물들을 판매하면 그만입죠. 네."

"너도 참 어지간한 놈이군."

필로리알 퀸이 되는 조건은 지금까지도 불명이다.

그런 녀석을 어떻게 함부로 팔 수가 있겠는가.

용사가 키우면 퀸이 되는 건가? 필로 한 마리만으로도 성가셔서 죽겠는데, 두 마리라니 생각만 해도 끔찍하다.

"더불어 용사님의 노예 덕분에 제 가게의 노예는 질이 좋다는 소문이 나서, 그 덕분에 제법 돈을 만지고 있는 겁니다. 네."

이번에는 라프타리아인가. 확실히 라프타리아는 내 눈으로 봐도 미소녀로 여겨질 만큼 가지런한 이목구비와 체형을 갖고 있으니까. 라프타리아의 출처가 여기라는 게 알려지면 신용할 수 있는 노예상으로서 평가가 올라가는 것도 당연하다.

노예상에 대한 평가를 향상시키는 데 내가 한몫을 하게 된 셈이다.

"그나저나 이번에는 어떤 용건으로 오셨는지? 노예를 사러 오셨습니까? 아니면 필로리알 실험에 협조해 주시러?"

"이봐, 노예상. 네 가게에서 클래스 업을 알선해 줄 수는 없을까?"

"클래스 업 말씀입니까?"

"그래, 이 나라 쓰레기 왕이 내 부하들의 클래스 업을 허가 안 해 줘서 골머리를 앓고 있거든. 네 가게에 레벨이 40을 넘긴 노예가 있었잖아? 그래서 혹시 소개장 같은 거라도 있는 건가 싶어서 와 봤어."

내 부탁에 노예상 녀석은 뭔가 고민에 잠긴 듯 손으로 턱을 짚었다.

"용사님의 기대에 부응하지 못해서 애석할 따름입니다. 저희에겐 소개장 같은 건 없습니다."

"그렇단 말이지……. 기대가 어그러졌군."

그 노예는 노예상의 권력으로 클래스 업을 한 게 아니었단 말인가.

"클래스 업이라면, 이웃 나라에서 신용을 얻으면, 그 나라에 있는 용각의 시계탑에서 하실 수 있을 텐데요."

"뭐라고?"

잠깐 기다려 봐. 용각의 시계탑이라는 게 이 나라 밖에도 있는 거였어?

"메르로마르크 이외에도 용각의 시계탑이 있다는 거야?"

"네, 하지만 신용을 얻으려면 상당한 시간이 필요하니까 말입죠……."

시급히 클래스 업을 하고 싶은 내 입장에서 그 시간은 아깝기 짝이 없다.

이웃 나라에도 방패 용사의 악명이 울려 퍼지고 있을까? 만약 그렇다면 이웃 나라로 옮겨가더라도 힘들 것이다.

"방패 용사님이라도 쉽게 클래스 업을 할 수 있는 나라라면 용병의 나라인 제르토블, 아인의 나라 실트벨트, 실드프리덴 정도가 있겠군요. 네. 다른 나라라면 시간이 좀 걸릴 겁니다."

"그렇게 많은 나라들이 있었군."

"네, 제가 추천하는 곳은 실트벨트나 실드프리덴입니다. 그 나라들은 입국하는 데도 그리 긴 시간이 걸리지 않을 테니까요."

"흐음……. 거기까지 가려면 시간이 얼마나 걸리지?"

"양쪽 모두 마차로는 한 달, 배로는 두 주쯤은 걸릴 겁니다."

노예상은 지도를 가져와서 내게 길을 가르쳐주었다.

확실히 하루 평균 이동 거리를 고려하면 상당히 멀다. 필로라면 2주일 남짓 걸릴까 말까 한 범위다. 넉넉하게 잡아서 3주는 걸릴 거라고 생각해 두는 편이 낫겠군.

"기룡으로 가면 더 빨리 도착할 수 있겠지만, 용사님의 이동수단을 고려하면 이 두 나라가 적합할 겁니다."

"너무 먼데……."

하지만 전력 향상을 생각하면 가야만 할 필요가 있다.

거기까지 가는 데 걸리는 시간만큼 다른 녀석들보다 뒤처지게 되지만, 라프타리아와 필로가 성장하지 못하는 한 여기에 머물러 있는 의미가 없다. 우리가 아인의 나라로 가는 건 필연적인 결정 사항이나 마찬가지다.

"파도가 끝나거든 가 보기로 하지."

정말이지, 그 쓰레기 왕은 나를 괴롭히는 데 너무 많은 정열을 기울이고 있단 말야.

"용사님, 이번 용건은 그게 전부입니까?"

손을 비비적거리는 노예상. 이대로 그냥 돌려보내 줄 것 같지가 않은데…….

"혹시 괜찮으시면, 필로리알 퀸의 무기 구입을 검토해 보시는 건 어떠실지?"

"필로의 무기?"

"무기~?"

그러고 보니 필로에게는 옷 이외에는 딱히 뭔가를 사 준 적이 없었네.

공격력은 지금도 충분하지만, 파도 때를 대비한다면 사는 것도 나쁘지는 않다. 하지만 무기상에게서 사는 게 더 좋은 걸 살 수 있을 것 같다. 드래곤의 뼈를 갈아서 발톱을 만든다든가 하는――.

"참고로 마물의 무기는 마물 상인의 관할이라 시내의 무기상에서는 취급하지 않습니다. 주문 제작이라면 가능하겠지만 값이 꽤 비쌀 텐데요?"

크읏…… 내 생각을 다 읽고 있었군.

"……그럼 부탁하지."

필로에 대한 상도 줄 겸 사 주도록 하자. 앞으로 무기를 찬 채로 모토야스를 걷어차면 일이 참 재미있어질 것 같다.

노예상 녀석이 필로 쪽으로 시선을 옮긴다.

지금까지 신이 나서 콧노래를 흥얼거리던 인간형 필로가 노예상의 시선을 받자마자 겁에 질린 듯 내 뒤로 숨었다. 역시 노예상이 무서운 모양이다.

"무기가 될 만한 거라면, 돌격 뿔이나 편자 정도가 있습죠. 방어구라면 필로리알용 갑옷도 있긴 합니다만……."

필로의 체형을 고려하면 갑옷은 무리겠지.

주문 제작을 하면 만들 수야 있겠지만, 그렇다 해도 변신을 하면 그때마다 갈아입어야만 하는 신세가 될 것이다.

"돌격 뿔이라는 건 어떤 거지?"

"머리에 쓰는 투구입니다. 돌격할 때 사용하죠."

"호오……."

편자는 말의 발굽에 씌우는 걸 말하는 것이리라.

"그 이외에는 발톱 정도가 있겠죠."

"흐음, 필로는 뭘 갖고 싶지?"

"응?"

필로 녀석, 노예상 때문에 겁에 질려 있느라 얘기를 제대로 못 들은 건가?

"머리에 쓰는 투구랑 발에 신는 신발 같은 거, 그리고 발톱 중에서 골라 봐."

"으~응……. 필로는 변신을 하니까, 모습이 변했을 때 살에 박히는 건 싫어~."

예전에 양장점에서 겁을 주면서 했던 말이 지금까지도 효력을 발휘하는 모양이다.

인간형 필로의 옷은 양장점에서 만든 것이다. 마력을 옷의 모양으로 변형시킨 것으로, 필로리알의 모습이 되면 옷이 리본으로 변하게 된다.

그걸 고려해 보면, 돌격 뿔은 마물의 모습일 때는 문제없겠지만 인간의 모습일 땐 무거울 것 같다. 편자도 발에 박힐 거고, 갑옷은 사이즈가 맞지 않을 것이다.

그렇다면 예전에 필로의 옷을 만드는 데 쓸 실을 제작해

준 마법상에 가서 그 실을 금속판으로 만들어줄 수는 없는지 물어보는 방법도 있지만, 엄청나게 돈이 들 것 같다. 방어력은 기껏해야 참새 눈물 정도 증가할 테고.

"끼웠다가 뺐다가 할 걸 고려하면 발톱이 좋겠군요. 네."

"그럼 그것만 사도 괜찮겠어, 필로?"

"응."

"사이즈를 잴 수 있게 마물 모습으로 변신해 주실 수 있겠습니까? 네."

"들었지?"

"알았어~."

펑 하는 소리와 함께, 필로는 마물의 모습으로 돌아가서 발을 앞으로 내민다.

그러자 곧바로 노예상의 부하가 나타나서 필로의 발 사이즈를 쟀다.

"흐음……. 필로리알의 평균 사이즈보다 상당히 크군요."

"당장은 준비하기 힘들 것 같다는 얘기야?"

"아뇨, 그럭저럭 맞는 게 있을 겁니다. 소재는 철로 하면 되겠습니까?"

이런 경우에는 어떤 기준으로 공격력을 추산해야 하는 거지?

단단해야 좋은 건가? 아니면 날카로워야……?

"돈에는 어느 정도 여유가 있으니까 질이 좋은 걸로 만들어 줘.”

“알겠습니다. 그럼, 현재 준비할 수 있는 수준에서는 마법철 정도가 되겠군요.”

“참고로 가격은 얼마지?”

“용사님께는 신세를 지고 있으니 특별히 시세의 반값인 금화 다섯 닢 가격에 제공해 드릴 생각입니다.”

“더 깎아도 될까?”

“용사님의 탐욕에 저릿저릿 전율이 이는군요. 알겠습니다. 네 개로 타협을 보죠.”

“좋아. 그리고 좋은 고삐도 내놔.”

“얼마든지 팔고말고요!”

노예상 녀석, 어째 들떠 보이는데. 덕분에 다루기도 쉽긴 하지만, 어쩐지 이용당하는 것 같은 기분도 든다. 그런 면에서 보자면, 이 녀석의 장사 수완은 무서울 정도라니까.

텐트 안쪽에서 부하가 커다란 발톱을 가져온다.

필로의 발에 딱 들어맞는 크기의 금속제 발톱이다.

“용케 이런 물건이 있었군.”

“기룡용 발톱입니다. 이보다 더 큰 것도 있습죠.”

필로리알용이 아니었나.

“이걸 신는 거야?”

“그래. 그게 네 무기야.”

필로는 바닥에 놓여 있는 발톱에 자신의 발을 얹는다.

"딱 들어맞는군요."

그런 모양이군. 이제 끈으로 발톱과 발을 묶기만 하면 된다.

필로는 한쪽 발을 들어서, 발톱을 찬 느낌을 확인해 보고 있다.

"뭔가 느낌이 이상해~."

"적응해. 적응하면 전보다 더 공격력을 높일 수 있어."

필로의 다리 힘에 의한 공격력은 지금도 상당하다. 거기서 더 강해진다는 건……

나의 뇌리에 필로가 모토야스를 걷어찼을 때의 상황이 떠오른다.

아까는 그저 재미있을 것 같다고만 생각했지만 발톱을 찬 상태에서 필로가 발로 걷어차 버리면 아예 찢어발겨질 것 같다. 상상 속에서 하는 건 괜찮지만 실제로 하는 건 위험하겠는걸.

"필로, 다음에 창 든 녀석을 걷어찰 때는, 발톱을 신은 채로 차면 안 돼."

"왜에~?"

"그랬다간 불알이 깨지는 것 정도로 끝나지 않을 것 같으니까."

어쨌거나 그놈도 용사는 용사다. 죽였다간 무슨 일이 일어날지 알 수가 없다. 뒤늦은 걱정인 것 같기도 하지만.

"흐~응."

필로는 선물 받은 발톱에 의식을 집중하느라 얘기는 듣는 둥 마는 둥 하는 느낌이다.

제대로 듣고 있긴 한 건가?

나는 노예상에게 금화 네 닢을 건넨다.

"또 신세를 졌군."

"그렇게 생각하신다면 모쪼록──."

"싫어. ……아, 맞아. 만약을 대비해서 시험 삼아 발톱을 낀 채로 발길질을 해 볼 수 없을까?"

"뭘 차면 돼?"

"글쎄요, 마물을 마련해 드렸다가 그 마물이 죽어 버리면 곤란합니다만. 네."

필로의 발길질이라면 실험 대상이 된 마물이 견뎌내지 못한다는 거다.

그렇다고 야생 마물을 대상으로 싸웠다가는, 만에 하나 발톱이 불량품일 경우에 대처하기가 곤란하다.

뭐, 성 밑 도시 밖의 초원에 가면…… 아니, 벌룬은 너무 약해서 위력을 알 수가 없잖아.

"강한 마물과 싸우고 싶은데, 쉽게 만날 수 없을까?"

"제르토블의 콜로세움에 가시면 마음껏 싸우실 수 있습니다만."

"거긴 멀잖아?"

"네."

그럼 무리다. 파도가 닥쳐올 날까지 시간이 많지 않다.

그렇다면 초원 근처로 타협하는 수밖에 없겠군. 아무리 그래도 노예를 상대로 시험해 보고 싶지는 않으니까.

"어디 보자, 이런 상황에 딱 맞는 의뢰가 있는 것 같습니다만."

노예상이 부하에게 뭔가를 캐묻고는, 나에게 말한다.

"그게 뭐지?"

"메르로마르크 하수도에는 어떤 귀족이 비밀리에 육성한 마물이 있었는데…… 그게 지나치게 자라서 감당하기 힘든 지경이 됐다는 모양입니다."

"마물문이 있을 거 아냐?"

"상시 작동하다 보면, 아무래도 마물에게도 내성이 생기기 마련인지라……."

그런 폐해가 있었을 줄이야…….

"게다가 지나치게 성장해서 그런지 마물문의 효력 자체도 약해져서…… 골치를 썩이고 있다고 하더군요."

성 밑 도시 하수도에 자리를 잡고 있다니……. 자칫 어린 애들이 놀러 들어가기라도 하면 끔찍한 일이 벌어지는 거 아냐?

이거 완전 영화 같은 일이잖아. 도시 하수도에 둥지를 튼 괴물이라니.

별 이유는 없지만, 내 머릿속에서 마물의 모습이 악어로 고정된다.

"아직 피해는 발생하지 않았지만 근시일 내에 모험가에게 의뢰를 한다는 소문입니다."

"보수는 받을 수 있겠지?"

"그야 물론입지요. 네."

나는 노예상의 말에 고개를 끄덕이고 의뢰를 받아들이기로 마음먹었다.

"그럼 이쪽으로 오시지요."

노예상은 우리를 텐트 안쪽으로 안내한다.

텐트를 나서자 노예상은 커다란 터널 같은 성 밑 도시 하수도 입구 중 하나로 우리를 데려갔다.

"……."

사전에 미리 준비를 해 뒀다니 좀 이상한 거 아닌가.

"자, 메르로마르크 하수도 지도를 드리겠습니다."

노예상이 건넨 지도에는 마법이 걸려 있어서 목적지에 불이 들어와 있었다.

"이번에 토벌을 부탁드릴 마물의 위치를 알 수 있게 해 두었습니다. 네."

"알았어. 그런데 그 마물…… 레벨은 얼마나 되지?"

"주인의 기록에 남아 있는 마지막 상태에서의 레벨은 50이었습니다. 네. 현재 레벨은 알 수 없습니다."

다시 말해 50 이상이라는 거군. 클래스 업까지 한 상태라니, 이게 말이 되는 일인가.

다만, 사육되는 마물은 야생 마물처럼 알아서 레벨이 오르는 일은 없다는 모양이니, 기껏해야 메르로마르크 하수도 안에 사는 마물들을 먹이로 삼아 성장한 정도……일 것이다.

코를 싸쥔 채, 악취가 감도는 하수도 안을 나아간다.

"냄새 나~."

"그러게요……."

"좀 참아. 거의 다 왔으니까."

우리는 딱히 위험한 마물과는 마주치지 않은 채 하수도 안을 나아갈 수 있었다.

곳곳에서 노예상의 부하들이 기다리고 있다가 길을 가르쳐준 덕분에, 손쉽게 도착할 수 있었다.

그리고 그 결과 마주친 것은…… 예상대로 악어처럼 생긴 마물이었다.

색깔은 노란 기운이 감도는 흰색. 눈은 빨갛고, 어두운 하수도 속에서도 섬뜩하게 번뜩인다.

전체 길이는 대략 6미터. 제법 큰 녀석인데. 드래곤 정도는 아니지만, 강해 보이기는 한다.

"그르르르르……."

"이거랑 싸우는 거야~?"

"그래. 덤으로 라프타리아도 새로 산 검의 성능을 시험해
봐."

"네!"

우리는 악어 마물, 크림 앨리게이터와의 전투를 시작했다.

"간다!"

나는 우리를 물어뜯으려 하는 크림 앨리게이터의 주둥이
를 종이 한 장 차이로 피하고는, 그 주둥이가 닫힌 것을 확
인하는 동시에 체중을 이용, 주둥이를 벌리지 못하도록 짓
누른다.

악어에 대한 대처법은 옛날에 책에서 본 적이 있었다. 물
론 그건 내가 원래 살던 세계의 악어에 대한 대처 방법이었
지만.

하지만 이건 이세계에서도 통한 모양이었다.

"그으?!"

내가 짓누르자 크림 앨리게이터는 눈을 끔벅거리며 입을
벌리려고 필사적으로 애를 쓴다.

하지만 내가 상당히 힘을 주어서 억누르는 바람에, 좀처
럼 뜻대로 되지 않는 모양이다.

"지금이야!"

"에잇!"

라프타리아가 버둥거리는 크림 앨리게이터의 꼬리를 향
해 새로 산 검을 휘두른다.

문자로 표현하자면 사삭 하는 소리가 날 것만 같은 군더더기 없는 칼부림에, 크림 앨리게이터의 꼬리는 원통형으로 잘려나갔다.

"━━━━?!"

"언니 멋지다~! 필로도 안 질 거야~!"

필로가 최대한으로 자세를 낮추고, 크림 앨리게이터의 옆구리를 향해서 발길질을 날렸다.

크림 앨리게이터가 위쪽으로 나가떨어진다.

"이걸로 끝~!"

차올리는 동시에 공중으로 떠올랐던 필로가 크림 앨리게이터의 머리를 향해서 낙하했다.

그 뒤는…… 뭐, 두개골이 함몰된 크림 앨리게이터는 맥없이 숨통이 끊어졌다. 낙하지점 가까이에 있던 나는 피투성이가 되고 말았지만.

"와, 진짜 좋다~! 발톱 진짜 좋아~. 이게 없었으면 아마 이것보단 고생했을 거야!"

"이봐, 필로……."

발톱의 위력을 실감한 필로는 흥분에 못 이겨 깡충깡충 뛰며 승리를 선언하고 있었다.

최소한 레벨이 50을 넘는 마물이니까, 무기 시험을 위해 싸운 것치고는 큰 성과이려나?

이렇게 해서 라프타리아의 검과 필로의 발톱 시험은 순조

롭게 마무리되었다.

서둘러 노예상의 텐트로 돌아온다. 물론 나는 도중에 먼저 피부터 씻어냈지만.

참고로 크림 앨리게이터를 해체해서 방패에 먹여 보았지만, 키메라 바이퍼 실드보다도 약한 방패였다. 방패 해방 보너스도 「**야간 전투 기능1**」이라는, 밤눈을 밝게 해 주는 기능이 전부였다.

"이것 참. 이 얼마 안 되는 시간에 토벌을 마치셨다는 얘기를 듣고, 방패 용사님 일행의 강력함에 경악하고 있었습니다. 네."

노예상은 약간 흥분한 기색으로 내게 보상금을 건넸다. 이렇게 해서 발톱 구입에 쓴 비용은 결과적으로 플러스가 됐다.

이제 여기서 해결할 용건은 다 끝났군…… 하고 생각하던 찰나에 퍼뜩 생각났다.

과거에 도적들을 물리쳤을 때, 도적들을 노예로 팔 수는 없을까 하고 생각했지만 귀찮아서 그만두었던 적이 있었다.

"이 나라에서 인간을 노예로 파는 건 무리입니다. 더 깊숙한 곳에 가면 사실 분도 있긴 하겠지만 그런 분들이라면 그만큼 더 질을 중시하는 법이고 위험성도 따르니까요."

그러니까 이 나라에서 안전한 경계선은 아인까지라는 거

군. 하긴, 여기는 인간 지상주의 국가니까.

"알았어. 그럼 또 보자고."

그리고 우리는 노예상의 텐트를 나섰다. 인간의 모습으로 변신한 필로는, 벗은 발톱을 끈으로 묶어서 들고 있다. 이렇게 물건 구입을 마친 우리는 무기상으로 돌아갔다.

"형씨가 타고 다니는 마차 말인데, 많이 낡아 있더구려."

"꽤 험하게 쓰고 있으니까."

필로는 여러모로 마차를 소중히 여기고는 있지만, 수리까지 할 능력은 없다.

일단 내가 수리하고는 있지만 내 실력으로는 한계가 있다.

"뭣하면 하나 만들어 줄까?"

"정말?"

필로의 눈이 기대감으로 초롱초롱 빛난다.

"방금 발톱을 사 줬잖아."

"그치만……."

요즘 들어 유난히 덜그럭거려서 새로 살까 고민하고 있었던 건 사실이지만, 그렇다고 새로 사야 할 정도인지는 좀 미묘하단 말이지.

"가능한 한 싸게 만들어 줄 수도 있는데."

글쎄……. 앞으로 행상 일을 할 걸 생각하면 내구성도 고려해야 하는 걸까? 너무 필로에게 오냐오냐하는 건지도 모르지만, 이렇게 여러 번 수리할 필요가 있는 싸구려 목제 마차보다는 차라리 튼튼한 마차를 만드는 게 최종적으로는 이득인지도 모른다.

"최대한 튼튼하면서도 많은 짐을 적재할 수 있는 마차가 좋겠는데. 예산은 금화 10닢 정도."

"그 정도면 근사한 마차를 만들 수 있지. 장식에는 연연하지 않는 성격이잖수?"

"당연하지. 실용성만 중시해서 만들어 주면 돼. 중량도 어느 정도는 무거워도 괜찮은 것 같으니까."

필로는 이따금 한 손으로 마차를 끌곤 한다. 조금 더 무거워도 문제는 없을 것이다.

"알았수, 형씨. 나만 믿으라고. 새 아가씨도 그 정도면 괜찮겠어?"

"난 있지~, 커다란 집 같은 마차를 갖고 싶어~."

"그거 대단한데."

예산 금액을 순식간에 돌파할 것 같다. 그렇게 말하려고 했더니, 아저씨가 손짓으로 괜찮다고 사인을 보낸다.

"그리고 말이지~."

"이봐, 아가씨. 꿈을 펼치는 것도 좋지만, 지금 아가씨가 가진 힘으로 그걸 끌 수 있겠어? 더 강하게 힘을 기른 다음에 만드는 게 나을 것 같은데."

"우⋯⋯."

"기껏 만들어도, 정작 끌 수가 없으면 창피할 거 아냐?"

"으, 응!"

오오, 설득 실력이 제법인데. 나였더라면 비싸서 안 된다고 딱 잘라 말했을 텐데.

"그럼, 디자인은 내 쪽에서 어느 정도 결정할 건데, 그래도 괜찮겠어?"

"응!"

"형씨도 들었지? 새 아가씨가 어느 정도까지 끌 수 있는지 나로선 알 수가 없으니, 이쪽도 어느 정도는 어림짐작으로 만들 수밖에 없으니 그리 아슈."

뭐, 주문제작인 셈이 되니까. 귀족들이 끄는 마차와는 종류부터가 다르니 어느 정도 중량으로 만들어야 할지 판단하기 힘들기도 할 것이다.

"알았어. 부탁하지."

"좋아!"

자, 파도가 올 때까지는 어느 정도 여유가 있다.

마차나 무기가 완성되려면 시간이 필요할 테니, 그사이에 행상 일을 하기로 하자.

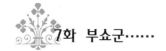

7화 부쇼군……

그 후에 우리는, 아직 작물 재고 처리에 골머리를 앓고 있을 거라 짐작되는 남서쪽 마을로 가서 작물을 싼 값에 구입했다.

그렇게 하기로 한 건, 기근이 일어났다는 소문이 퍼지고 있는 북쪽 지방에 가져가면 비싼 값에 팔 수 있을 거라 판단했기 때문이었다.

이곳은 얼마 전에 바이오플랜트라는 식물형 마물 때문에 골치를 썩이던 마을이다.

우리가 그 사건을 해결했는데, 그 과정에서 바이오플랜트의 씨앗을 개조해서 넘겨주었다.

그러니까 식재료를 싸게 팔아 줄 거라 생각한 것이다.

게다가 은인이라는 점도 있고 해서, 남서쪽 마을 녀석들도 흔쾌히 작물을 팔아 주었다.

보아 하니 내가 개조해 준 바이오플랜트 씨앗에서 난 열매가 맞는 것 같군. 토마토 같은 빨간 열매가 남서쪽 마을의 밭에 주렁주렁 열려 있었다.

그 화물을 싣고 북쪽으로 향하는 도중에 들른 한 마을에서 있었던 일이다.

"아앙? 상업 통행증서라고?"

마을로 들어가려 했을 때, 검문소에 있던 문지기 녀석이 영주에게 낼 통행세와 상업세를 청구했다.

그래서 류트 마을에서 발행한 상업 통행증서를 내보인 거였는데…….

"그딴 건 취급 안 해! 냉큼 돈이나 내!"

"하지만……."

라프타리아가 교섭을 시도했지만, 문지기는 무시한 채 돈만 요구해댄다.

나도 앞으로 나서서 교섭을 시도해 보았지만, 문지기는 한 발짝도 물러서지 않았다.

"거참 끈질긴 놈이네!"

으음……. 이렇게까지 강경하게 나오는 데는 뭔가 이유가 있을 터였다.

이 세계에서 행상을 시작한 뒤로, 몇 가지 배운 수법이 있다.

하나는 협박. 힘에 의한 압력을 행사함으로써 억지 주장을 관철하거나, 약점을 잡아서 물건을 비싼 값에 강매하는 것. 이건 이쪽을 얕잡아보는 상대에게 잘 통한다. 다만, 이 검문소 문지기의 반응으로 보건대 우리를 얕잡아 봐서 이러는 것 같지는 않다.

그다음은 교섭. 상대와 대화를 통해 분위기를 띄우거나 가라앉히거나 해 가면서 우호적인 관계를 쌓는다. 적의를 갖지 않은 상대에게 통한다. 이번 상대에게서는 적의라기보다는…… 초조함 같은 게 느껴진다.

이 두 가지가 통하지 않는다면, 이유로서 생각할 수 있는 건······.

"여기 영주는 어지간히도 질 나쁜 녀석인가 보군."

슬쩍 시내 쪽을 쳐다보면서 뇌까린다. 그러자 문지기 녀석의 표정이 약간 달라졌다.

"영주님을 험담하지 마라! 불경죄로 처벌하는 수가 있어."

알 것 같다. 이건 상부가 문제를 끌어안고 있는 패턴이다. 이런 경우에는 협박도 교섭도 의미가 없다.

상대도 물러서려야 물러설 수가 없는 것이다. 물러섰다가는 자기가 처벌당하게 되니까.

그런 상황에서 처한 상대를 물러서게 만들려면, 소동을 일으키거나 그 영주 본인이 나올 때까지 말썽을 일으키는 수밖에 없다. 하지만······ 그 정도 위험성을 감수할 만큼의 이득이 내겐 없다.

"알았어. 너도 참 고생이 많군."

문지기가 요구한 금액을 건넨다. 그러자 문지기 녀석은 예상 밖의 전개에 맥이 빠진 것 같은 표정을 지었다.

"그래······. 그럼 됐고."

그리고 문지기가 귓가에 대고 넌지시 말했다.

"미안하게 됐어······."

"어쩔 수 없는 일이잖아."

쓰레기 왕의 관할인가? 이 도시에도 썩어빠진 영주가 있는 모양이다.

이 도시……. 대부분의 장소에 세금이 걸려 있는 듯, 일용품부터 식품, 무기며 방어구, 세공품, 심지어는 숙박비까지 하나같이 다 상당히 비싸다.

상업도 쇠퇴하고 있는 듯 시장에도 활기가 없다. 상당히 무거운 세금이 부과되어 있는 게 틀림없다.

"어느 마을에 가면 식재료가 잘 팔릴지, 정보를 모아 올게."

"알았어요."

"네~에! 주인님~, 선물 기다릴게~."

"식재료가 그렇게 많은데 더 먹고 싶다는 거냐?!"

필로 녀석도 참, 이렇게 물가가 비싼데도 선물 같은 걸 요구하다니…….

라프타리아와 인간형으로 변신한 필로를 숙소 방 안에 남겨두고, 나는 술집 쪽에 얼굴을 내비쳤다.

참고로 방패는 북 실드로 바꾸고 헐렁한 차림으로 술집에 들어간 것이다.

거기서 낯이 익은, 별로 마주치고 싶지 않은 녀석을 발견했다.

"──인 것 같아요."

활을 갖고 있으면서도 어째선지 허리에는 검을 차고, 옷차림도 수수하고 조악해 보이는 복장이다. 게다가 내 북 실드처럼, 위장할 수 있는 작은 활이다. 안면이 없는 사이였다면 장갑으로 착각했을 것이다.

그리고 동료인 듯 그를 둘러싸고 있는 자들 중 하나에게 요란한 색깔의 갑옷을 입혀 놓고, 자기는 그 뒤에 숨어 있는 것 같은 느낌이었다.

그렇다. 활의 용사인 이츠키가 술집 구석에서 뭔가 얘기를 나누고 있었다.

모토야스와 마찬가지로, 이 녀석도 다른 일본에서 온 용사다.

나이는 열일곱 살이었던가. 피아노라도 치면 어울릴 것 같은 외모의 소년이다. 약간 뚝심이 약해 보이기도 한다.

이츠키 녀석은 나를 알아보지 못한 모양이다.

무슨 얘기를 하고 있는 걸까……. 최대한 가까이 다가가서 쫑긋 귀를 세워 봐야겠다.

"여기 영주는 말이죠……."

보아 하니 동료들과 함께 이곳 영주에 대한 정보를 수집하고 있었던 모양이다.

이츠키의 얘기에 따르면, 영주는 국가의 방침보다 더 무거운 세금을 거둬들이고, 인근 상인으로부터 뇌물을 받고, 이의를 제기하는 자가 있으면 용역을 고용해서 엄벌에 처하고 있다고 한다. 그 모든 것들은 오로지 제 배를 채우기 위해서라는 얘기다. 정말이지 흔해 빠진 악덕 영주 얘기로군.

"이건 살짝 따끔한 맛을 보여줄 필요가 있겠네요."

오오 이런! 이츠키의 말에 자칫하면 발이 미끄러질 뻔했다.

이걸, 어디부터 먼저 태클을 걸어야 하는 건지 원⋯⋯.

의미도 없이 자신의 정체를 감춘 채로 뭘 하려는 건가 하는 의문은 접어 두더라도, 네가 무슨 이야기 속 *부쇼군이라도 되는 줄 아냐.

세상을 바로잡는 여행이라도 다닐 심산일까.

지금껏 내가 들은 소문 중에, 활의 용사가 뭔가를 했다는 얘기는 아직 들은 적이 없었다.

결과론만으로 따지자면 나도 신조의 성인이라는 신분으로만 알려져 있으니 남 말 할 처지는 아니지만.

하지만 내 경우는, 방패 용사에 대한 악명 때문에 불가피하게 그런 거니까. 지금도 정체가 들통 나면 사람들의 경계를 사는 마당이라, 요즘은 아예 사람들의 착각에 편승해서 성인 행세를 하고 있다. 안 그러면 가끔 이 방패의 악마! 라는 욕지거리가 쏟아지기도 하는 지경이니까.

적어도 내가 아는 범위 안에서는 활의 용사인 이츠키가 신분을 감출 이유는 떠오르지 않는다.

이건⋯⋯ 혹시 국가의 의뢰인가? 하지만 이츠키에 대한 정보가 너무 적다. 활의 용사가 어떤 사건을 해결했다는 식

---

* 부쇼군(副將軍) : 에도시대, 도쿠가와 가문의 방계 가문 중 하나인 미토 도쿠가와 가문의 문주는, 그 특별한 지위 때문에 막부의 2인자로 여겨져서 막부의 우두머리인 정이대장군(쇼군)에 이은 '천하의 부쇼군'이라 불렸다. 그중 도쿠가와 이에야스의 손자인 도쿠가와 미츠쿠니는 통칭 미토 고몬이라 불렸는데, 일반인으로 위장하고 온 나라를 돌아다니며 악당들을 혼내 주었다는 이야기가 전해진다. 우리나라로 치면 암행어사 박문수 정도의 위치.

의 뒷소문도 흘러 다니지 않는다. 의도적으로 숨기고 있는 건가……?

"그럼 여러분. 가 보죠."

이야기를 마친 이츠키 패거리는 술집을 떠나 밤의 도시 속으로 사라져 갔다.

……내일이면 이 도시 영주는 퇴위당해 있겠군.

아마 영주의 저택에서 한바탕 난리를 치고 나서, 부하 동료가 이츠키의 정체를 밝히고 한바탕 설교를 늘어놓거나 하는 식이겠지. 내 세계의 사극 속에 나오는 암행을 다니는 귀인 같은 느낌으로.

그리고 그 소식이 쓰레기 왕의 귀에 들어가고 이곳 영주는 다른 놈으로 교체되는 식의 안이한 결말이 예상된다.

진짜 바보 아닌가? 얽히는 것 자체가 귀찮다.

나는 당초 목적이었던 식재료 매각처 정보를 가볍게 탐색하고, 그날은 일단 숙소로 돌아갔다.

필로에게 줄 선물? 이런 물가 비싼 도시에서 그런 걸 어떻게 살 수 있겠는가.

당연히 필로는 빈손으로 돌아온 내게 뭔가 투덜거렸지만, 나는 무시했다.

이튿날 아침. 내 예상대로 국가에서 고용한 모험가가 이 도시를 비밀리에 시찰했고, 그 결과 영주가 실각했다는 소식에 온 도시가 들썩거리고 있었다.

도시 길거리 한가운데에서 미인 여자애랑 뭔가 잡담을 나누고 있는 이츠키 패거리를 목격한다.

"후에에에에! 정말로 고맙습니다!"

"아뇨, 아뇨, 별일 아니에요. 그리고 방금 그 얘기는 비밀이에요."

비밀이에요? 웃기고 자빠졌네! 의혹은 확신으로 바뀌었다. 이츠키에 대한 소문이 안 나돌아 다니는 이유를 알아냈어.

이 자식은, 자기는 비록 눈에 띄지 않게 신분을 숨기고 있지만 실은 굉장한 녀석이라고 생각하는 타입이다.

그걸 실감하고 즐거워하다니 좀 지저분한 취향이다.

단지 자기 과시욕을 충족시키기 위해서 정체를 숨기고 있다. 그렇지 않다면 이렇게 사람들 이목이 많은 곳에서 잡담을 나누는 짓은 안 할 테니까. 적어도 나처럼 켕기는 구석이 있어서 이러는 게 아니라는 것만은 확실히 알겠다.

보나 마나 저 여자도 세금 대신 끌려갈 뻔했던, 병으로 몸져누운 노인의 손녀라거나 그런 식이리라. 그런 사극을 본 적이 있었다.

어처구니없는 짓거리다. 나는 서둘러 그 도시를 떠났다.

그 후로 한나절쯤 달려서, 이웃 나라 국경 인근의 마을에서 있었던 일.

어제 팔지 못한 마차 안 식재료를 판매하니 날개 돋친 듯이 팔려 나갔다. 기근에 시달리는 지역에 접어든 모양이다.

다만 개중에는 어째 이 마을 주민 같지 않은 녀석들이 많다.

복장 같은 게, 뭐라고 표현해야 할지 모르겠지만 이 나라와 미묘하게 다르다.

"이봐, 너희는……."

여기는 압정을 펼치던 왕이 쫓겨났다는 소문이 돌던 이웃 나라와 가까운 곳일 텐데.

그 나라 녀석들이 행상으로 와 있는 건가?

그들은 내 마차를 들여다보더니 무시무시한 기세로 구입 제의를 해 왔다.

어째선지 돈을 통한 거래가 아니라 물물교환으로 물건을 사려고 든다. 약초는 괜찮지만 목재나…… 목공 제품 같은 걸 들이대는 건 좀 곤란한데. 나는 마차에서 내려서 그 녀석들에게 사정을 물어보았다.

"내 입장에서는 돈이 더 나은데."

짚단이나 끈이나 숯 같은 건 받아 봤자 처분이 곤란하다. 대량의 약초는 약으로 만들면 되니 받아 주겠지만.

"죄송합니다. 팔 수 있을 만한 물건이 거의 없는지라……."

하나같이 핼쑥하게 야윈, 당장에라도 죽어 버릴 것 같은 몰골이다.

"밥을 조금 지을 테니까 먹고들 가."

어쩔 수 없이 마을 사람들에게서 큼직한 냄비를 빌려온다. 마을 녀석들도 굶주림에 허덕이고 있던 참이라 흔쾌히 협조해 주었다.

"감사합니다!"

모두 내가 대접한 전골 요리를 허겁지겁 먹어치우고 있다.

그러는 동안에 일이 이렇게 된 경위를 물어보았다.

들자 하니, 압정을 펼치던 왕이 퇴치된 것까지는 좋았다고 한다. 세금도 가벼워지고, 사람들의 생활도 조금이나마 편해졌다는 것이다.

하지만 그것도 이내 원래대로 돌아오고 말았다.

황당하게도 얼마 전까지 레지스탕스였던 녀석들이 이번에는 세금을 쥐어짜기 시작한 것이었다.

"어째서? 기껏 힘들게 나쁜 왕을 물리쳤잖아?"

"……그게, 국가를 운영하다 보면 돈이 필요해지는 법이고, 전력 감소를 억제하기 위해서라도 세금을 거둘 수밖에 없는지라……."

그렇군. 이전 왕도 딱히 압정을 펼치던 악덕 왕이 아니라, 그저 국가를 지키기 위한 최소한의 군사력을 확보하려 했던 것뿐이었다는 건가.

백성 없는 나라는 없다는 말도 있지만, 백성을 지켜주지 못하면 국가 구실을 못하는 셈이라고 할 수도 있으니…….

그런 상황에서 왕에 대한 나쁜 소문만 긁어모으면, 퇴치당해 마땅한 왕이 될지도 모르겠군.

임금님의 기분 따위 내 알 바 아니지만, 악랄한 왕으로서 처분된 임금님에 대해 묘한 친근감이 느껴진다. 나쁜 일이라는 걸 알면서도 그렇게 하지 않을 수 없는 상황도 있는 법이니.

뭐, 이 나라의 쓰레기 왕은 처음부터 바보에 악당이지만.

"우두머리만 바뀌었다고 해서 형편이 나아지지는 않았습니다. 그래서 돈 될 만한 것들을 최대한 가져다가, 이렇게 조금이라도 유복한 메르로마르크국에 찾아온 겁니다."

"임금님이 불쌍해~! 실은 사람들을 제일 많이 걱정했는데 말야~. 지금 배가 고픈 건 누구 잘못이려나~?"

"조용히 해! 내 정신상태만 의심받잖아!"

"네~에."

남의 상처에 소금을 뿌리듯 독설을 내뱉는 필로를 꾸짖는다.

어디서 이상한 지식이라도 주워들었는지, 요즘 들어 이 녀석 입이 점점 험해지고 있다.

"도대체 누굴 닮은 건지……."

라프타리아가 탁 하고 손뼉을 치고는, 미묘한 표정으로 이쪽을 쳐다보고 있다.

"아마 나오후미 님일 걸요?"

"뭐라고?"

"아뇨, 아무것도 아니에요……."

필로는 이 국민들 탓인 양 말했지만, 소문으로 추측하건대, 이츠키가 레지스탕스에 가담한 건 분명했다. 그런 걸 보면 왕도 아주 선인은 아니었을지도 모른다. 어쨌거나 이 녀석들은 쌀이라도 밀수하러 밀입국해 들어온 건가?

그러고 보니 이 인근에 접어들면서 먹을 것의 물가가 급상승한 것 같았다. 그 덕분에 나는 짭짤한 수익을 올리기는 했지만.

이츠키…… 부쇼군님이 이 부근에서 세상을 바로잡고 있는 모양이군. 그럴 거면 애프터서비스까지 제대로 해 놓으라고……. 그 자리에서만 자신의 정의감을 만족시키는 걸로 끝내지 말란 말이다!

"이대로 가다가는 약해진 우리나라에 다른 나라가 쳐들어올지도 모릅니다……. 하지만 그 이전에 기근 때문에 생활 자체가 안 되는 걸 어쩌겠습니까."

"그렇게 된 거였군……."

파도의 영향인지 각지에서 기근이 빈발하고 있는 것 같은 느낌이다.

"할 수 없지."

나는 개조한 바이오플랜트 씨앗 하나를 그 녀석들의 리더로 보이는 녀석에게 건넨다.

"이건 뭡니까?"

"심으면 곧바로 자라는, 이 나라 남쪽 땅에서 말썽을 일으켰던 식물의 씨앗을 특수한 기술로 개조한 거야. 아마 별탈 없을 테지만 관리에는 주의를 기울이도록 해. 함부로 다루면 위험한 물건이기도 하니까."

"하, 하아⋯⋯."

"이른 시일 내에 다시 이 부근을 지날 거야. 그때 사례금을 내놓도록 해."

다음번에 이 인근에 들렀을 때 열렬한 환영을 받았다는 건 다음에 따로 얘기하기로 하자.

내 정체는 완전히 탄로 나 있었고, 그 작은 이웃 나라도 기근으로부터 벗어나서 주민들은 충분한 식량을 구할 수 있게 되었다고 한다.

8화 폭풍전야

해가 저물어 갔으므로, 그날은 숙소를 잡고 라프타리아의 치료에 전념하기로 한다.

구입한 성수를 다른 병에 옮겨 담고, 성수에 적신 붕대를 라프타리아의 몸에 감는다.

슈우욱, 하는 소리와 함께, 붕대를 감은 부분에서 검은 연기가 피어오른다. 피부는 이제 말끔해졌지만 저주는 아직도 끈질기게 남아 있는 모양이다. 그래도 착실히 치료하면 상처는 사라질 것이다.

"괜찮아?"

"아, 네. 뭐랄까 가려운 것 같기도 하고, 결리던 게 풀리는 것 같은 감각이 느껴져요."

"그렇단 말이지……."

가능하면 빨리 나았으면 좋겠다. 상처를 입힌 원흉이 바로 나였으니까.

"나오후미 님이 감아 주신 곳은 다른 곳보다 더 빨리 나아요."

"그렇다면 다행이긴 하지만 말야."

가능하면 더 빨리 완치돼 줬으면 좋겠다.

"아~, 라프타리아 언니만 혼자서 주인님이랑 애정행각을 벌이다니, 치사해~!"

한창 치료 중이건만, 필로가 개의치 않고 장난을 쳐댄다.

"애정행각은 누가 애정행각을 벌였다는 거예요!"

"맞아. 나는 라프타리아의 상처를 치료하고 있었던 거야."

나와 라프타리아가 애정행각이라니……. 표현이 좀 노인네 같은 거 아냐? 뭐, 내 알 바 아니지. 어디서 배운 말인지는 모르겠지만 나와 라프타리아는 그런 관계가 아니다.

"라프타리아 언니는 얌전한 고양이니까."

"부뚜막에 먼저 올라갈 거라는 식으로 말하지 마세요."

얘들도 참 사이가 좋다니까.

"뭐, 이제 파도가 올 날도 머지않았으니까, 성 밑 도시로 돌아가서 아저씨가 만들어 준 물건을 받아다가 느긋하게 쉬면서 기다리자고."

"네~에!"

"그래요. 요즘에는 여러모로 바빴었으니까, 가끔은 쉬는 것도 나쁘지 않겠죠."

"그래."

"주인님이 또 밥 만들어 줄 거야?"

"글쎄……. 내일 아저씨한테 철판이라도 빌려 볼까."

"알았어!"

그날은 이렇게, 여관에서 라프타리아를 치료하다가 잠들었다.

그리고 며칠 후, 강력한 성수를 매일 사용한 끝에, 라프타리아에게 걸렸던 저주도 완치. 간신히 다 나은 걸 보고 가슴을 쓸어내렸다. 빨리 부활해서 다행이었다.

행상 일도 일단락되었으므로, 아저씨에게 부탁한 방어구를 받으러 성 밑 도시에 돌아가기로 마음먹었다.

파도가 올 날이 거의 다 되었으니, 지금쯤 돌아가는 게 좋을 것 같았다.

무기상이 문을 열 시간에 맞추어 찾아간다.

"오, 형씨, 일찍도 나왔군."

"그래. 그나저나 어떻게 됐어? 다 됐어?"

"물론이지."

아저씨는 가게 안쪽에서 내 방어구를 가져왔다.

키메라와 드래곤의 뼈를 조각조각 쪼개서 만든 본 메일…… 이 아니라, 생김새는 지난번과 거의 달라진 게 없었다.

세기말의 양아치 Mk. II.

까놓고 말해서 멀리서 보면 지난번 갑옷과의 차이점을 알아볼 수도 없다. 광택이나 이런저런 요소들이 더해지긴 했지만 말이지…….

"아저씨, 그렇게도 날 도적 보스로 만들고 싶어?"

원래부터 야만인의 갑옷을 소재로 사용했기 때문인지도 모르지만, 방향성을 어떻게든 좀 바꿔 달라고.

"엉? 무슨 소리 하는 거요, 형씨?"

이걸 입어야 하는 건가……. 기껏 판타지 세계에 왔건만, 내가 차게 되는 장비들은 왜 이렇게 하나같이 악인처럼 생겨 먹은 것인가.

"참고로 이 갑옷은 이름이 뭐지?"

"주문 제작으로 더한 게 하도 많아서 뭐가 뭔지 모를 지경이라오. 그냥 야만인의 갑옷+1 정도면 되지 않겠수?"

"이건 +1로 넘어갈 수 있는 수준의 개조가 아닌 것 같은데."

전에는 데님 같은 소재의 세기말 양아치였는데, 썩은 용 가죽의 검은 광택이 어째 좀 고무 같기도 하고.

가슴 언저리만은 금속제. 솔직히 지난번 갑옷과 딱히 달라진 것 같지가 않다.

야만인의 갑옷+1?
방어력 상승 / 충격 내성(중) / 화염 내성(대) / 어둠 내성(대) / HP 회복(미약) / 마력 상승(중) / 마력 방어 가공 / 자동 수리 기능

꽤나 여러 가지 내성이 붙어 있는데.

자동 수리라니……. 글자만 봐도 성능이 이해가 되는군. 망가져도 알아서 고쳐진다는 거겠지…….

이렇게 성능이 높으면…… 앞으로도 계속 이것만 입게 될 것 같다.

"왜 그러슈, 형씨?"

"아저씨가 나한테 뭘 기대하고 있는 건지 궁금해서."

이런 복장에 무슨 의미가 있는 거지? 나를 악인 같은 외모로 만들고 싶은 건가?

"주인님, 이걸 입고 필로 위에 올라타 줄 거야? 필로, 아까 가게에서 검은 안경을 봤어. 그걸 끼고 달리면 상쾌할 것 같아."

필로가 초롱초롱 반짝이는 눈으로 나를 쳐다보고 있다. 너 도대체 뭘 하고 싶은 거냐.

"형씨, 새 아가씨가 인간의 모습으로 '올라타 줘' 라고 말하니 되게 음란하게 들리는데."

아저씨가 황당한 듯 뜨악한 표정으로 뇌까린다.

"시끄러! 난 그런 취향 없어!"

무기상 아저씨는 혹시, 방어구를 만들면서 나를 최대한으로 괴롭히려는 꿍꿍이 아닌가?

"왜 그러슈, 형씨?"

……그건 아니겠지. 뭐랄까, 악의는 전혀 없어 보인다.

"음, 뭐. 일단 받아 두지."

라프타리아는 내 차림새가 멋있다고 떠들어대고.

거리를 걸으면 영 어색하단 말이지…… 이 차림새.

"그럼 이제 뭘 하지?"

더 강해지려면 라프타리아와 필로의 클래스 업은 필수일 것이다.

어차피 다시 파도가 오면 자동으로 소환되게 되어 있다. 그동안 어딘가 다른 나라로 가서 돈벌이와 레벨업을 하면

된다.

"아직 시간에 여유가 있는데. 라프타리아, 필로. 갖고 싶은 액세서리 같은 거 없어?"

"액세서리 말인가요?"

"그래, 너희 장비 정도는 세공으로 만들 수 있을 테니까."

이건 최근 열심히 애써 주는 라프타리아와 필로에 대한 보상으로서 만들어 주기로 예전부터 마음먹고 있었던 일이다.

"라프타리아도 그런 게 갖고 싶을 나이잖아?"

"아, 네……."

"필로도!"

"나도 알아. 그래서 갖고 싶은 장신구가 있는지 물어본 거야."

라프타리아는 약간 어안이 벙벙한 얼굴이다. 내가 이런 얘기를 하는 게 그렇게 신기한가?

"필로는 있지~, 머리핀을 갖고 싶어~."

필로는 머리핀이라……. 안장이 갖고 싶다고 할 줄 알았는데 뜻밖이다.

"머리핀? 왜 머리핀이지?"

"변신해도 살에 안 박히니까~."

아직도 그걸 신경 쓰고 있는 건가. 뭐, 머리에 달기만 하면 되니 맞는 말이긴 하지만.

인간형일 때 필로의 외견상 나이를 고려하면 적당한 장신

구일 것도 같다.

"라프타리아는 뭘 갖고 싶어?"

"저 말인가요? 글쎄요…….."

라프타리아는 잠시 고민하다가 나를 쳐다보며 대답한다.

"팔찌를 갖고 싶어요. 중요한 건 부여효과예요. 이게 형편없으면 의미가 없어요."

"하?"

"능력 상승을 기대할 수 있는 거였으면 좋겠어요, 나오후미 님."

이게 뭔가. 라프타리아의 대답이 내 상상의 범위를 한참 웃돌아서, 내 이해 능력으로는 따라잡을 수가 없다.

반지나 귀걸이나 목걸이 같은 걸 원할 줄 알았는데 팔찌, 그것도 부여효과를 더 중시하다니.

두뇌까지 근육이 되도록 키워 온 내가 잘못한 건가?

"아, 알았어. 고려해 보지."

"필로도!"

"그래, 그래."

9화 사칭 누명

"아! 찾았어요!"

무기상에서 나왔을 때, 어째선지 이츠키와 렌과 그 패거리들이 내 쪽으로 달려든다.

렌은 나와 마찬가지로…… 아니, 좀 다르지. 네트워크 세계로 들어갈 수 있는 SF영화 같은 일본에서 온 이세계인이다.

그리고 검의 용사로서 소환되었다. 모토야스에 비할 정도는 아니지만, 미소년의 부류에 들어가는 얼굴이다. 여자애 같다고나 할까……. 검은 머리카락에는 윤기가 돌고, 일단은 과묵하다. 쿨한 모습을 의식하는 녀석이다.

뭐야, 이놈들은. 둘 다 성 밑 도시로 돌아오다니, 상황이 어떻게 된 거야?

이츠키 녀석은 이번에는 저번 같은 조잡한 방어구가 아니라 좋은 방어구를 입고 있다.

내가 불쾌한 표정으로 쳐다보고 있으려니, 성격에 어울리지 않게 이츠키가 앞장서서 내게 말을 걸었다.

"당신이죠?! 제가 달성한 의뢰에 대한 보수를 저인 척하면서 빼앗아 간 게!"

"하아?!"

왜 내가 이츠키가 달성한 의뢰의 보수를 가로챘다는 건데?

"나도 마찬가지야. 내 쪽으로 들어온 의뢰를 가로챘겠다?"

렌도 나를 규탄하는 눈매로 쏘아붙인다.

이쪽은 짐작 가는 게 있다. 역병이 돌던 마을의 문제를 해결했을 때 일을 말하는 거겠지.

"렌 쪽은 내가 한 게 맞지만, 이츠키, 네 얘기는 난 모르는 일이야."

"시치미 떼는 건가요?!"

"모르니까 모른다고 한 것뿐이야."

"이봐, 잠깐. 우선 얘기부터 해야 나오후미도 자백을 할 거 아냐."

"내가 범인이라는 걸 전제로 깔고 얘기를 진행시키지 마."

"주인님, 나쁜 짓 했어?"

"저도 기억에 없는걸요."

나는 그런 필로와 라프타리아를 다독이면서 이츠키와 렌을 노려본다.

"일단 사정이 어떻게 된 건지 얘기부터 해 봐."

"그럼 저부터 얘기하죠."

이츠키는 사건의 경위를 내게 설명했다.

"성 북쪽 지역에서 말썽을 일으키는 영주 일파에 대한 조사와 퇴치 의뢰를 달성했을 때의 일이었어요……."

이츠키는 늘 그래 왔듯, 국가의 의뢰를 받은 길드에 대한 보수를 받는 자리에 요란한 갑옷 차림의 동료 녀석을 대신 보냈다고 한다. 하지만 활의 용사가 달성한 의뢰에 대한 보수는 이미 지급되었다는 대답이 돌아왔고, 이츠키는 이런 짓을 할 인물은 나밖에 없다고 단정하고 이리로 달려왔다는 것이었다.

"이봐, 부쇼군 님⋯⋯. 너는 남의 뒤에 숨어서 악인을 물리쳐 놓고 나중에 자신의 정체를 밝혀서 남들을 놀래 주는 취미를 갖고 있는 것 같던데, 완전 비밀주의를 준수하면 용사가 해결했다는 소문 자체가 전혀 안 퍼진다는 건 알고 하는 짓이야?"

"부쇼군?! 무, 무슨 소리를 하는 거예요?!"

"허리에 검을 차고 모험가 행세를 하고 있었잖아, 부쇼군 님."

찔리는 게 있었는지, 이츠키 녀석은 당황한 기색으로 내게 고함만 쳐댄다. 그렇다. 의뢰에 대한 이츠키의 태도는 이런 상황에서 문제를 일으키는 것이다.

활의 용사가 어떤 차림을 하고 어떤 활약을 하고 있는지 종잡을 수가 없다.

그렇기에 국내에서 좋은 의미로 화제를 모으는 건 검의 용사와 창의 용사뿐인 상황이 벌어진다.

실제로는 맹활약하고 있어도 그게 실제 평가로는 이어지지 않는 것이다.

남몰래 악당을 처단하는 건 확실히 히어로처럼 멋진 일이긴 하지만, 세상 사람들은 그걸 알 도리가 없다.

나도 아직 대학생에 불과하지만 사회에 나가면 자신의 공적은 자기가 지켜야 한다는 것쯤은 이해하고 있다. 이츠키처럼 행동하다 보면 이쪽이 이룬 공적을 다른 사람이 자기거라고 목청을 높여서 우겨댈 경우, 평소의 태도 때문에 아무도 이쪽을 믿어주지 않게 된다.

애당초 그런 부류의 히어로라면 악당을 퇴치하면서 금전이나 명성을 탐내지도 않는 법이지만.

……안타까운 문제다. 나 자신도 성인님이라는 탈을 쓰고 있는 입장이니까.

"이츠키가 해결한 의뢰라는 게, 확실히 활의 용사가 해결한 거 맞아? 내가 들은 바로는 네가 한 거라고 확신할 수 있는 건 세금이 비싸던 도시의 사건뿐이었어. 그때는 나도 현장에 있었으니까."

"그건 제가 비밀로 하고 있었으니까 그런 거예요."

"그럼 확인해 보지. 북쪽 나라에서 레지스탕스에 가담했다는 활잡이 모험가 너 맞아?"

"네, 맞아요! 악정을 펼치는 왕을 제가 레지스탕스와 함께 토벌했다고요."

"그 후에 그 나라가 어떻게 됐는지는 알고 있나?"

"악당 왕이 쫓겨났으니, 다시 풍요로운 나라가 됐겠죠."

"풍요롭기는 개뿔! 물물교환으로 식재료를 사려고 밀입국까지 해야 할 정도로 굶주려 있었다고."

"말도 안 돼! 어째서?!"

"이봐, 왕도 잘못했을지 모르지만, 그 나라는 원래부터 기근 때문에 생활이 피폐해져 있었다고. 그런 상황에서 우두머리만 바뀌는 건 아무런 의미도 없어."

"그건 저랑은 상관없는 일이에요. 말꼬리 돌리지 마세요!"

하아…… 무책임한 놈……. 관심 좀 가지라고…….

"그럼 얘기를 되돌리지. 보수는 부하를 시켜서 수령했다고 했지? 그 녀석은 자기가 네 부하라는 걸 증명할 수 있었나?"

"그, 그럼요! 증명할 수 있어요! 할 수 있고말고요!"

"길드라고 했던가? 그 접수처 같은 곳에 네 부하임을 증명할 만한 수단이 있다는 거야?"

"그, 그건…… 증서예요. 왕이 직접 도장을 찍어 준 증서를 보여주면 돼요!"

이츠키가 확신에 찬 얼굴로 내뱉는다. 무슨 헛소릴 하는 거람.

"특수한 기술로 만들어진 증서예요! 쉽게 위조할 수 있는 물건이 아니라고요."

"그럼 말야, 그런 걸 받은 적이 없는 나는 너인 척 위장할 수 없잖아."

"칫!"

이츠키 녀석은 정곡을 찔린 듯 혀를 찼다.

"그, 그럼 무기로 한 거겠죠!"

이번에는 억지로 쥐어짠 변명인가……. 무슨 수를 써서

든 내 탓으로 만들고 싶은 모양이다.

"무기 형태를 손쉽게 바꿀 수 있는 건 용사만의 특권이에요. 활이랑 비슷한 방패로 변화시켜서, 증서 없이도 저인 척 위장한 거겠죠!"

"과연 그럴까? 이 세계에는 용사의 무기 말고도 변형할 수 있는 게 더 있을지도 모르잖아."

"그, 그런 게 있다는 증거가 어디 있어요?"

"필로."

"왜~애?"

"본래 모습으로 돌아가."

"응."

필로가 원래 모습으로 변신했다. 그러자 필로가 입고 있던 원피스가 사라지고, 목걸이 같은 리본만이 남는다. 나는 그 목걸이를 가리켰다.

"이럴 수가!"

"알겠어? 여기는 이런 방어구도 만들 수 있는 세계라고. 형태를 활 모양으로 바꿀 수 있는 도구쯤은 얼마든지 있을 수도 있잖아. 그리고 말야, 네 말이 맞다고 쳐도, 나 말고 다른 용사도 의심해 봐야 하는 거 아냐?"

"하, 하지만……."

"이츠키, 포기해. 현재 가진 증거만 갖고는 나오후미가 범인이라고 확증할 수 없어."

이츠키는 끝까지 내 탓으로 만들고 싶어 안달이었지만, 렌이 그 앞에 나서서 주의를 준다.

"애당초 너로 위장했다는 녀석이 어떤 차림이었는지 물어보기는 한 거냐?"

"아, 아뇨…… 그건……."

렌의 질문에 이츠키는 말끝을 흐린다.

"그럼 포기하는 수밖에 없어. 네가 용사라는 걸 어느 정도는 좀 퍼뜨리도록 해. 그럼, 이번엔 내 차례군."

"동쪽 지역에서 퍼졌던 역병 일 말이지?"

"알고 있다면 긴말할 것도 없겠군. 왜 가로챈 거지?"

"현지에 있었으니까. 넌 모르고 있었냐? 네가 물리친 드래곤의 시체 때문에 역병이 창궐했었다고."

"뭐야?!"

렌 녀석, 어째 넋이 나간 듯 말문이 막혀 있다.

왜 이러는 거지? 좀 더 냉정한 녀석인 줄 알았는데.

"사망자도 꽤 많이 나온 모양이야. 수용시설 뒤에 새로 생긴 묘지가 있더군. 내가 없었더라면 더 많이 죽었을 테지."

"그럴 리가……."

비틀거리며 동쪽으로 떠나려 하는 렌.

"이봐, 잠깐! 이제 와서 가 봤자 이미 늦었어. 파도에도 대비해야 할 거 아냐?"

"하지만, 나 때문에———."

"드래곤 시체는 내가 제거했어. 역병에 걸렸던 녀석들도 현지 치료사와 힘을 모아서 치유했고. 이런 걸 가지고 의뢰를 가로챘느니 하는 소리를 들을 줄은 몰랐는데."

"그, 그랬었군……. 그렇다면 할 수 없지."

렌 녀석의 안색이 창백하다.

"저 말을 믿으시는 거예요?!"

이츠키 녀석이 곤혹스러운 얼굴로 렌을 다그친다.

"거짓말을 할 이유가 없어. 의뢰는 내가 가기 전에 해결됐기에 취소된 거였어. 그러니까 이 얘기는 순리에 맞아."

"드래곤 시체가 드래곤 좀비로 변했을 때는 얼마나 놀랐는지 몰라. 그때 싸우다가 라프타리아가 저주를 받기까지 했고. 일단 낫기는 했지만, 고생이 이만저만 아니었어."

거짓말은 아니다. 내 잘못으로 그렇게 된 거긴 하지만.

"그랬나. 미안하게 됐군."

렌은 라프타리아에게 고개를 숙였다.

……뜻밖이다. 렌은 좀 더 냉정한 녀석인 줄 알았는데, 자신의 행동으로 인해 발생한 문제에 대해서는 약한 모양이다. 솔직히, '약한 녀석이 잘못이야.' 라는 식으로 나올 줄 알았었다.

"왜 드래곤의 시체를 방치한 거지?"

"그건…… 내 동료가 '다른 모험가들이 소재로 가져다 쓸 수 있도록 방치해 두자.' 라고 하기에, 나도 그게 좋을 것 같아서 그렇게 한 거였어."

그러고 보니 그 마을도 일시적으로는 윤택해졌었다고 그랬었다.

"마을 녀석들과 모험가들도 걱정 말라고 그랬었는데……."

"다음에는 시체까지 확실하게 처리하라고. 시체는 썩는 법이야. 썩으면 병균이 몰려들 위험성이 높지. 최소한 내장이랑 살점은 처분해 둬."

"그래……."

어째 맥이 빠진다. 그나저나 그 마을, 이 일에 대해서는 아무 말도 안 했었잖아. 자기들한테 잘못이 있는 부분은 숨겨 두고 있었다니……. 뭐, 자업자득인 셈인가.

"저는 못 믿어요."

어째 렌보다 이츠키가 더 끈질기군.

"기필코 증거를 찾아오고 말 거예요."

"그래, 가져와 봐. 다만 날조는 하지 마. 그리고 혹시 범인을 잡더라도 '방패 용사가 시킨 건가?' 하는 식으로 다그치지 마. 나에 대한 풍문 때문에라도 그렇다고 대답할 테니까."

"그게 무슨 뜻이죠?"

"예전에 습격해 온 도적들을 때려눕혀 준 적이 있는데, 오히려 나한테 습격당한 거라고 마을 사람들한테 떠벌리겠다고 그러더군."

"그, 그건……."

"너랑 똑같은 정신머리지. 부쇼군 님도 거짓말을 꿰뚫어 보는 안목을 좀 키우라고."

나에 대한 나쁜 풍문에 대해 이츠키도 동정을 느꼈는지, 갑자기 짜증 나게 동정 어린 시선으로 날 쳐다본다.

왜 내가 그런 시선을 받아야 하는 거야.

"일단 이 사건에 대한 판단은 보류해 둘게요."

"난 범인이 아냐."

나 원 참, 누명 쓰는 건 실색이라고! 사사건건 내 탓으로 돌리면 장땡이라고 생각하지 마!

"언젠가 꼭 꼬리를 붙잡고 말 거예요."

이츠키 패거리는 짜증을 솟구치게 만드는 태도로 돌아갔고, 렌도 약간 심란한 얼굴로 떠나갔다.

"그럼 그만 갈까."

역시 그 쓰레기 왕의 관할인 성 밑 도시에서는 좋은 꼴을 못 본다니까. 냉큼 숙소로 돌아가야겠다.

"안녕하세요, 방패 용사님."

숙소에서 쉬고 있으려니, 지원해 온 병사 다섯 명이 내게 인사를 하러 왔다. 처음에 나에게 동행을 제안했던 두 사람이 대표로 내게 말한다.

"다들 여긴 어쩐 일이지?"

"파도에 관해서 의논을 드리고 싶어서요."

그것참 성실한 녀석들이군. 뭐, 마침 잘됐다.

"라프타리아는 이미 한 번 파도를 겪어 봤으니까. 필로도 같이 와서 얘기를 들어."

"응~?"

"나도 파도에 대해서 그렇게까지 잘 아는 건 아니니까. 어디까지나 전송된 후에 방패 용사로서의 싸움법과 그 보좌 방법에 대해서만 설명할 거야. 불만 없지?"

"네! 저희는 사람들을 지키기 위해서 방패 용사님께 힘을 빌려드리려 하는 거니까요."

본심에서 우러나온 말인지는 의심스럽지만 현재까지는 믿어도 괜찮을 것 같다.

"일단 지난번 파도에 대한 복습부터 시작하지. 내가 참가한 지난번 파도 때는 출현한 마물들이 인근 마을 사람들을 공격했어. 그래서 나는 마을 사람들을 보호하기 위해서 앞장선 거고."

그렇다. 그때는 고생이 말이 아니었다. 하늘에 커다란 균열이 생겨나고 '차원의'라는 접두사가 붙은 마물들이 왈칵왈칵 솟구쳐 나와서 공격해 왔던 것이다.

그럭저럭 큰 마물도 있어서, 류트 마을 사람들도 혼란에 빠졌다. 습격당할 위기에 처한 마을 사람들을 에어스트 실드나 실드 프리즌으로 구하곤 했었지.

그러면서 라프타리아를 시켜서 마을 사람들의 피난을 유

도하고, 그런 후에 대형 마물을 토벌했다.

툭 까놓고 보면 플레이어 vs 몬스터의 전쟁과 유사했다.

"일단은 민간인을 보호하는 게 최우선이야. 최대한 피난 유도에 힘써 줘."

"네."

"뭐, 다른 용사 놈들도 지난번 파도 때의 일을 반성하긴 할 테니, 기사단 녀석들이라도 불러오겠지만 말야."

이렇게 나를 돕겠다고 지원한 녀석들 이외에도 민간인을 보호하는 자가 있을 테지.

"그 점 말씀입니다만……."

"왜 그러지?"

"저희를 제외한 이 나라 병사들에게는, 용사님의 편대 구성 제의가 들어온 적이 없습니다."

……이게 도대체 무슨 소리지?

몇 가지 가능성을 생각해 보자면, 우선 이 녀석들 수준의 약한 병사들은 파도와의 싸움에 참가시킬 수 없다면서 거절했을 가능성, 혹은 출세욕이나 공명심 때문에 기사단 상층부만 슬쩍 쫓아와서 숟가락을 얹기로 했을 가능성 정도 있겠다. 그 부분에 대한 관리가 성의 없이 이루어지는 건지도 모른다. 아니면 나 이외의 다른 용사들은 그 점에 대해서 별 관심이 없나?

"필로는 뭘 하면 되는 거야~?"

"내 근처에 있으면서, 피난 유도 중에 공격해 오는 마물을 해치우면 돼. 라프타리아는 다른 피난 유도조나 이 녀석들과 같이 행동해 줘."

"알았어~."

"알겠어요."

"솔직히, 나는 다른 용사들처럼 파도에 대해서 잘 아는 건 아냐. 그러니까 그때그때 임기응변에만 의존해야 하는 게 고민거리야. 다들 잘해 보자고."

"""네!"""

그 자리에 있던 모두가 고개를 끄덕인다. 일단은 믿고 의지해 보기로 한다.

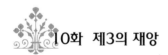

10화 제3의 재앙

라프타리아와 필로의 액세서리는 파도 당일에 완성되었다.

"자, 너희가 갖고 싶다던 액세서리야. 우선 라프타리아부터."

나는 라프타리아에게 비취 브레이슬렛을 건넨다.

"감사합니다."

"부여효과는 마력 상승(중)이야. 장비하고 있는 갑옷의 마력 방어 가공 때문에 저하돼 있는 마력을 약간이나마 보충할 수 있어. 네 덕분에 좋은 걸 만들 수 있었어."

이 액세서리 가공에 쓰이는 기자재는 너무 비싸서 엄두를 낼 수 없었는데, 얼마 전에 들렀던 온천 마을에서 라프타리아와 필로가 자신들이 번 돈으로 사 주었다. 그 덕분에 좋은 물건을 만들 수 있게 되었다.

"소중히 간직할게요."

"정말 그거면 되겠어? 더 멋을 낼 수 있게 예쁜 걸로 만들어 줄 수도 있는데."

"무슨 말씀을 하시는 거예요? 그런 걸로 장식할 여유가 어디 있다는 거죠?"

으~음. 본인이 그렇게 생각한다면 어쩔 수 없지.

"다음은 필로."

나는 호박으로 만든 머리핀을 필로에게 건넨다. 약간 세공에 공을 들여서, 마물 상태의 필로에게도 어울리도록 깃털을 꽂아 새털 장식처럼 보이게 만들었다.

"부여효과는 민첩성 상승이야."

"주인님, 고마워."

"현재 갖고 있는 소재로는 그게 한계였어. 또 필요하면 다시 만들어 줄 때니까 이번엔 그걸로 참아 줘."

"걱정 마세요. 이 액세서리의 성능을 최대한 끌어내 보일 테니까요."

"응! 필로도 열심히 할게!"

"둘 다 기대하지."

지원해 온 녀석들과도 여러 번 의논을 거쳤으니, 만반의 준비가 갖추어진 셈이다.

필로는 처음에는 파도라는 게 이해가 안 되는 듯 어리둥절해 했지만, 그것이 우리가 해결해야 하는 문제임을 이해시켰다.

약도 다 준비했다. 마차는…… 새 마차는 아직 완성이 안 돼서, 대신 짐차를 끌게 했다.

어차피 나는 다른 용사 녀석들과는 달리, 인근 도시나 마을을 보호하는 역할을 맡을 것이다. 애당초 참가할 필요 자체가 없는 셈이지만, 괜히 참가하지 않고 있다가는 무슨 비난과 처벌을 받을지 알 수가 없으니까.

00 : 05

앞으로 5분. 전송되면 우선 어느 곳으로 날아왔는지를 확인하고, 지원병에게 지시를 내려야 한다.

방패는 키메라 바이퍼 실드로 바꿔 놓고…….

00 : 00

시간이 찾아왔다! 유리를 깨는 것 같은 요란한 소리가 온 세계에 메아리친다.

다음 순간, 눈 깜짝할 사이에 풍경이 뒤바뀌었다. 우리는 차분하게 주위를 둘러본다.

"여기는⋯⋯."

응. 얼마 전, 병을 앓고 있던 노파가 살던 마을 근처. 성 밑 도시에서 오자면 아무리 빨리 와도 하루하고도 한나절은 더 걸릴 거리다.

하늘을 올려다보니, 지난번과 마찬가지로 와인레드 색으로 물든 하늘에 균열이 생겨나 있다.

"방패 용사님!"

지원병들도 소환되어 내 쪽으로 달려온다. 그리고 나는 다른 세 용사와 그──.

"필로! 창 든 녀석을 걷어차서 균열 쪽으로 가는 녀석들을 맞춰. 그렇다고 너무 세게 차지는 말고."

"네~에!"

필로는 내 지시대로 발톱을 벗고 내달린다.

머지않아 검, 활, 창을 따라잡았다.

"엉──?"

창의 용사가 뒤돌아보는 동시에 필로에게 걷어차여, 다른 녀석들에게 부딪혔다.

"""와아아아아아아아아아아아아아아!"""

나는 볼링 핀처럼 요란하게 나가떨어지는 그 녀석들에게로 다가갔다. 그 와중에 빗치까지 나가떨어져서 속이 다 시원하다.

필로가 요령껏 힘 조절을 한 덕분에 큰 대미지는 입지 않았다.

"이, 이게 무슨 짓이냐!"

창의 용사가 요란하게 우리를 규탄한다. 나는 창의 용사를 무시하고, 검과 활의 용사를 쏘아보았다.

"그건 내가 할 말이다, 이 얼간이 놈들!"

"다짜고짜 무슨 소리야?!"

"맞아요! 저희는 파도에서 솟구쳐 나오는 적들을 물리쳐야 한단 말이에요!"

나는 바보 용사들에 대해, 분노를 넘어 황당함까지 느낄 지경이었다.

"우선 내 얘기부터 들어. 적을 물리치는 건 그다음에 해도 안 늦어."

나는 지원병들에게 눈짓을 보내 인근 마을로 가도록 지시한다. 지원병들은 고개를 끄덕이고 내 명령에 따라 마을로 달려갔다.

"이건…… 저희에 대한 방해 공작이군요!"

"아냐!"

이츠키는 내 일갈에 화들짝 놀라서 눈만 끔벅거린다.

"진정해. 그리고 생각을 해. 나는 어차피 원조금을 못 받으니까 파도의 본체와는 안 싸워. 기껏해야 인근 마을을 보호하는 일 정도만 맡을 거야. 거기까지는 이해가 되겠어?"

"그래."

"용사로서는 실격이네요."

용사 놈들이 쏘아보지만, 나는 무시하고 말을 잇는다.

"그리고 렌, 이츠키, 모토야스, 너희는 파도의 뿌리에서 쏟아져 나오는 적을 격파하는 게 임무야. 거물을 물리치면 파도가 잠잠해지는지, 아니면 균열 자체를 공격해야 하는 건지는, 난 해 본 적이 없어서 몰라."

"보스와 링크되어 있다고요!"

링크라는 건 게임 용어로군. 연결되어 있다는 뜻도 포함되어 있으니, 거물을 해치우면 파도도 잠잠해진다는 뜻이리라. 이츠키 녀석이 흥분해서 떠들려 들지만, 그건 내 알 바 아니고.

"하지만 말이지, 우리한테는 그것 말고도 중요한 임무가 있는데…… 모르겠어?"

"그게 뭐지?"

렌 녀석도 이해 못하고 있었던 건가. 아니, 이 세계는 네 놈들이 알고 있던 게임과 쏙 빼닮은 세계잖아? 왜 모르는 거냐.

"이봐, 기사단은 어쩐 거냐!"

내 고함에 세 용사는 눈을 질끈 감았다.

"어차피 나중에 때 되면 오겠지."

보란 듯이 상공에 조명탄 같은 마법이 떠 있다. 아마 저걸 이용해서 부르겠다는 것이리라.

"말이나 필로리알로 와도 성 밑 도시에서 여기까지 하루 하고도 한 나절은 더 걸려! 제때 올 수 있을 리가 없잖아, 이 얼빠진 놈들!"

"그, 그럼 우리 보고 어쩌라는 거야?!"

"이 세계에 대해 잘 안다던 네놈들이 할 소리냐?!"

나는 마을 쪽으로 달려가는 지원병들을 가리킨다.

"그러고 보니…… 저분들은 어떻게 전송돼 온 거죠?"

"진짜 몰라서 묻는 거냐? 편대 구성도 모르고 있었냐?"

"동료인가요? 어느 틈에 저렇게 많이 끌어들인 거죠?"

"그게 아냐……. 편대를 구성해서 한 명을 하위 리더로 지명하고 파티를 만들게 한 거야. 그리고 일제 전송시킨 거지."

혹시…… 이 녀석들, 파도에 대한 지식이 없는 건가?

지원병들이 상사들로부터 편대 구성 지시를 받지 못했던 게, 설마 용사 놈들이 그 기능을 사용하지 않았기 때문이었다니 황당해서 말도 안 나온다. 기사단에게 제안이 안 들어온 것도 이해가 간다.

"일단은 확인이 먼저야. 파도와의 싸움에 대해서 도움말 같은 걸 확인해 본 사람 있어?"

……아무도 손을 안 들잖아.

"어차피 이미 숙지하고 있는 게임의 도움말이나 튜토리얼을 볼 필요는 없잖아?"

"맞아. 우리는 이 세계를 이미 숙지하고 있어."

"네. 그러니까 최대한 빨리 파도를 제압하는 걸 최우선으로 삼자고요!"

"그럼 너희……. 다른 게임에서는 파도 때의 싸움을 뭐라고 부르지?"

"엉?"

"무슨 소리지?"

"여기서 이러지 말고 어서 가자고요!"

이츠키는 내 질문을 무시한 채 달려가 버렸다.

"모토야스, 너는 내 질문이 무슨 뜻인지 이해하지?"

"뭐…… 인스턴트 던전?"

"아냐. 타임어택 웨이브겠지."

렌…… 그게 아냐. 다른 게임이라고 얘기했잖아!

네가 알고 있는 게임은 브레이브스타 온라인이라는 거 하나밖에 없냐?!

"길드전, 아니면 팀전, 혹은 대규모 전투라고!"

원래 내가 살던 세계에서 하던 게임에는 1주일에 한 번쯤 플레이어들끼리 벌이는 큰 이벤트가 있었다. 편대 시스템을 사용하지 않으면 적의 숫자가 용사들의 힘만으로 대처할 수 있는 숫자를 훨씬 웃돌게 될 것이었다. 실제로 지난번 파도 때도 기사단이 제때 도착하지 않았더라면 나는 후퇴해야 했을 테고, 더 큰 피해가 발생했을 것이다.

"너희, 게임 시스템은 완전하게 이해하고 있을지 모르지만, 길드 운영은 해본 적 없는 거 아냐?"

이런 대규모 전투라는 건 연대가 가장 우선시된다.

물론 에이스 플레이어인 용사가 선두에 서는 게 전제조건이긴 하다. 하지만 피해를 최소한으로 억제하기 위해서는 이 세계 사람들의 협조를 얻어야만 한다.

그걸 이해하지 못한다는 건 아무리 생각해도 이상하다.

"나는 팀 운영을 해 본 적이 있다고."

모토야스가 대꾸한다. 시선은 마물 형태의 필로에게 고정되어 있다. 걷어차이기 싫어서 그러는 것이리라.

"그럼 왜 이해를 못하는 거지?"

"그런 게 왜 필요하지?"

"뭐?!"

"어차피 어떻게든 굴러갈 텐데, 뭐."

하아…… 보나 마나 이 녀석은 비서 역할을 하는 서브마스터한테 모든 일을 떠넘기고 있었을 게 뻔하군.

빗치, 그게 바로 네 역할이라고. 아아, 이 썩어빠진 왕녀는 그런 지적인 일은 담당 못하겠지.

"난 그런 일에는 관심 없었어."

렌 녀석……. 하긴 이 녀석 같은 타입은 길드전은 고사하고 사람들이랑 얘기하는 것 자체를 꺼리곤 하니까.

그런 녀석이 대규모 길드의 마스터라면 그 길드가 어떻게 유지될지가 더 궁금할 지경이다.

"어쨌거나 이번에는 우리끼리 어떻게든 해결해야겠지만, 다음부터는 기사단과 꼭 연대를 취하라고!"

나는 냉큼 파도의 뿌리 쪽으로 가라고 모토야스와 렌을 내몬다. 두 사람 모두 나에 대한 불쾌감을 감추지 않은 채 떠나갔다.

"이만하면 됐겠지. 그럼 우리도 근처 마을로 가자! 라프타리아와 필로도 따라와."

"네~에!"

"네!"

짐차에 올라타고, 나와 라프타리아는 인근 마을로 달려갔다. 지원병들도 미리 준비한 탈것을 타고 따라온다.

마을에 도착하니 파도에서 나타난 마물들이 날뛰고 있었다.

검은 콘도르 같은 녀석과 검은 그림자 늑대. 그리고 고블린 같은 녀석과 도마뱀 인간.

다만 아인 같은 녀석은 형태가 일정치 않아서 어쩐지 그림자 같은 느낌이다.

각각의 머리 위에는 다크 콘도르, 블랙 울프, 고블린 어설트 섀도, 리저드맨 섀도라는 이름이 일렁거리는 글씨로 표시되어 있다. 그리고 그 이름 옆에는, '차원의'라는 글자가 또렷하게 추가되어 있다.

아인종과 유사한, 섀도라는 이름이 붙은 마물을 해치우니, 그것들은 유령처럼 사라진다.

뭔가 섬뜩한 녀석들이다. 지난번 파도 때와는 마물의 종류가 전혀 다르다. 법칙 같은 건 없는 건가?

어쨌거나 성가신 일은 전부 용사 놈들한테 맡겨 두자.

그건 그렇고.

"아뵤~!"

아까부터 기괴한 고함을 지르고 있는 건, 내가 행상 일을 하다가 약을 먹여서 구해줬던 노파였다.

노파는 괭이를 한 손에 든 채 선전을 펼치고 있다. 그런 노파의 모습에 지원병들도 곤혹스러운 표정이다.

"아, 성인님! 지난번에는 고마웠습니다! 아뵤~!"

노파는 나에게 가볍게 인사를 건네기가 무섭게 파도에서 솟구쳐 나온 마물에게 괭이로 일격을 날린다.

제법 강한 듯, 노파를 중심으로 마물들의 시체들이 즐비하게 나뒹굴고 있다.

"자, 너도 어서 인사해야지."

"아, 네. 감사합니다."

노파의 아들도 별 탈 없이 지낸 듯, 내게 고개를 숙인다.

"어쨌거나, 파도에서 계속 적들이 튀어나올 테니 어서 피난하십시오."

지원병들이 마을 사람들의 피난을 유도하고 있다. 그러는 틈틈이 적들까지 물리치느라 꽤 버거워 보인다. 우리도 적 토벌에 참가한다.

"아뵤~!"

노파가 경쾌하게 적들을 물리치고 있다. 이게 정말 한 달 전만 해도 당장 죽을 것 같았던 사람의 움직임인가?

"성인님의 가호 덕분에 예전의 힘이 돌아왔지 뭡니까. 핫하!"

노인의 아들 쪽을 쳐다보니, 그도 있는 힘껏 싸우고 있었다. 하지만 어머니보다는 움직임이 별로다. 지원병과 힘을 합쳐서 가까스로 싸우고 있는 것 같은 상태다. 노파보다는 많이 뒤떨어진다.

"이래 봬도 나도 모험가로 이름을 날리던 몸이란 말입니다. 지금은 레벨과 나이가 같지요! 아뵤~!"

"너무 무리하지 말라고, 할망구!"

일기당천이라고나 할까, 여기 있는 자들 전체로 따져도 꽤 강한 거 아냐?

내가 적의 공격을 틀어막고 있는 가운데 필로에 필적하는 기세로 척척 적들을 해치우고 있다.

듬직하게 싸워 주는 거야 좋지만 싸움이 끝나면 그대로

죽어 버릴 것 같아서 무섭다.

"내가 도대체 저 할망구한테 뭘 먹인 거지?"

"글쎄요……."

내 물음에 라프타리아도 넋 나간 얼굴로 할망구를 쳐다본다. 나중에 저 할망구의 아들을 다그쳐 봐야겠다.

어쨌거나 지금은 부상자 치료가 먼저다.

"부상을 입은 자는 짐차 쪽으로, 그 이외는 최대한 빨리 방어선을 벗어나서 안전지대로 후퇴해."

지시를 내리면서, 나도 여유가 생길 때면 부상자 치료에 힘을 보탠다.

"아뵤~! 성인님, 제법 성가신 놈들이 섞여 있군요."

그쪽을 쳐다보니 차원의 리저드맨 섀도 가운데 유난히 큰 개체가 섞여 있었다. 다른 개체들의 두 배쯤은 되는 덩치다.

"갑니다!"

지원병 대표가 그 녀석을 향해 칼을 휘두르며 덤벼들었다.

"멍청한 놈! 멈춰!"

커다란 차원의 리저드맨 섀도는 지원병을 검으로 후려쳐 버리려 한다.

지원병은 재빨리 방어 자세를 취하지만, 한발 늦었다!

그때 지원병이 차고 있던 목걸이가 반짝이며, 순간적으로 결계 같은 것을 전개시키고는 부서져 나갔다. 동시에 차원의 리저드맨 섀도가 휘두른 검도 조각난다.

"어라? 아……."

"왜 넋 놓고 있는 거냐! 물러나!"

"아, 네!"

크윽……. 이놈은 지원병들 힘만 가지고는 버겁겠는데. 방어용 목걸이가 일격에 깨져나갈 정도다. 상당히 강한 공격력을 갖고 있다고 봐야 할 것이다. 그렇다면 내가 저 커다란 검을 방패로 막고, 연대해서 해치우는 수밖에 없다.

"라프타리아, 필로, 우리도 저 녀석을 해치우자."

"네!"

"네~에!"

셋이서 거물을 향해 내달린다.

차원의 리저드맨 섀도의 검고 거대한 검이 날아든다.

나는 제일 앞으로 나서서 방패를 쳐든다. 까앙 하는 커다란 소리와 함께 불꽃이 튀었다.

뱀의 독니(중)가 발동해서 적에게 독 공격을 가한다. 하지만 효과는 미미하다.

역시 이런 파충류 같은 적에게는 안 먹히는 건가. 하지만 내 목적은 독에 감염시키는 게 아니었다.

"이야아아아아아아아아아아아압!"

라프타리아가 차원의 리저드맨 복부에 검을 찔러 넣어서 움츠러들게 만들고,

"아자아아아아아아아아아아아아!"

발톱을 장비한 필로의 일격에 차원의 리저드맨 섀도의 얼굴이 날아간다.

털썩하고 뒤로 자빠지는 차원의 리저드맨 섀도.

"굉장해⋯⋯."

지원병이 저도 모르게 뇌까린다.

"감사합니다! 방패 용사님이 주신 액세서리가 없었더라면 지금쯤 저는⋯⋯."

"별 탈 없어서 다행이군."

사람 목숨을 구했으니 나도 액세서리 제작을 배운 보람이 있는 셈이다.

조금이나마 의욕이 샘솟는 것 같은 기분이다.

"좋아! 너희는 조금이라도 피해를 줄일 수 있도록 인근 마을로 가서 구조 작업을 도와."

이 마을은 할망구와 지원병 여섯 명. 그리고 마을에 머물고 있던 모험가들이 있으면 피해를 막을 수 있을 것 같다.

이 인근에는 여기 말고 다른 마을도 있다. 한시라도 빨리 그리로 가지 않으면 위험할 것이다.

"약은 어느 정도 두고 가지. 승차감은 형편없지만, 짐차에 타고 다음 마을로 간다!"

내 지시에 지원병들이 짐차에 올라탄다.

"가자!"

"오케~이!"

필로가 묵직해진 마차를 끌고 폭주를 개시했다.

다음 마을에 도착했을 무렵 지원병들은 멀미에 비틀거리고 있었지만, 그들을 돌보고 있을 여유는 없다.

가옥은 불타오르고 마을 사람들에게까지 피해가 발생한 상태다. 아까보다 피해가 커 보이는 마을이다.

"서둘러 구조를 실시한다!"

"아, 네!"

파도에서 솟구쳐 나온 마물들을 물리쳐 가며, 우리는 파도가 끝나기만을 기다렸다.

"······왜 이렇게 늦어?!"

그 후로 세 시간이 경과했다.

인근 마을에 대한 조치가 가까스로 끝나고, 지금은 파도에서 무한히 쏟아져 나오는 마물들에 대한 대처에 여념이 없었다.

피난 유도가 진행되어, 마을 사람 중에서 다치거나 죽은 사람은 최소한에 그쳤다. 하지만 피난처를 공격당하면 끝장이다. 그런 공방전이 아직도 이어지고 있었다.

그나저나 이건 늦어도 너무 늦잖아. 그 용사 놈들, 도대체 언제까지 붙잡고 있을 셈이냐.

"용사님, 여기는 저희에게 맡기고 다른 용사님들을 지원하러 가시는 게 어떻습니까?"

처음에 나와 함께 싸우고 싶다고 부탁했던 소년병이 진언

한다.

"가 봤자 헛수고일 것 같은데……."

파도의 근원을 해치우는 게 그 녀석들의 임무였으니, 거기로 가 봐야 불평만 들을 게 뻔하다.

"하지만……."

지원병들의 안색도 상당히 어둡다.

세 시간이라는 긴 시간과 적의 끝없는 공격에 스태미나가 고갈돼 버린 것이다.

나도 상당히 지쳐 있다. 그건 라프타리아와 필로 역시 마찬가지…….

"에~잇!"

필로가 차원의 고블린 어설트 섀도를 걷어차고 있다. 아직 여유가 있어 보이는군.

응. 필로는 아직 괜찮다. 스태미나의 결정체 같은 녀석이니까.

"그럼 여기는 맡겨 둬도 될까?"

"맡겨 주십시오!"

이 녀석들도 아직 더 싸울 수 있을 것 같다.

"그럼 그 말을 믿고 저쪽 상황을 살펴보러 다녀오지. 여기를 잘 부탁한다."

"네!"

"라프타리아, 필로, 가자!"

"알았어요."

"네~에!"

우리는 지원병과 모험가들에게 인근 마을을 맡기고, 필로에 올라타서 파도의 근원으로 향했다.

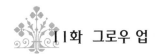 11화 그로우 업

"이 부근…… 맞지?"

"그럴 거예요."

"응."

파도의 근원 부근에는 하늘에서 지면에 걸쳐 거대한 균열이 뻗어 있다.

"응? 뭐, 뭐야?!"

그 근원에는 커다란…… 유령선 같은 배가 공중에 떠다니고 있었다. 거기로부터 마물이 우글우글 쏟아져 나오고 있다.

당장에라도 쓰러질 것 같은 돛대에 너덜너덜한 돛. 그 배경에는 번개가 번쩍거리고 있고, 목제 배 여기저기에는 구멍이 뚫려 있었다.

어떤 힘 때문에 떠 있는 건지는 나로서는 알 길이 없지만,

여기는 이세계고, 이건 무슨 일이 일어나도 이상할 게 없는 파도라는 현상이다. 하나하나 신경 쓰다 보면 끝이 없을 것이다.

근처에는 안개가 자욱하고, 솔직히 말하자면 꺼림칙해서 배에 타고 싶지 않았다.

이번 파도의 마물은 해적인가?

"저 녀석들…… 이런 놈들이랑 싸우고 있었던 거야?"

세 용사와 그 동료들이 유령선을 상대로 싸우고 있다.

렌과 모토야스가 유령선에 쳐들어가서 싸우고 있는지 그들이 내쏘는 스킬이 보인다. 이츠키는 멀리서 배 자체를 공격하고 있는데, 약간 무모한 싸움을 하고 있는 것처럼 보이기도 한다.

그때, 유령선 측면에서 대포가 튀어나오고 포탄이 날아들었다.

포탄은 정확히 내 쪽으로 날아온다.

"에어스트 실드!"

"에에잇!"

날아오는 포탄을 내가 에어스트 실드로 흘려보내고, 필로가 직접 걷어차서 날려 버린다.

"이 자식들, 도대체 얼마나 시간을 들일 작정이냐?"

꾸물꾸물 싸우고 있는 이츠키를 향해 말을 건다.

"나, 나오후미 씨?! 여긴 어쩐 일로? 안 싸운다고 하지 않으셨어요?"

"피난 유도는 다 끝났는데, 너희가 하도 꾸물대서 아무리 기다려도 파도가 잠잠해지지를 않잖아. 그래서 상황을 살피러 와 봤더니 꼬락서니가 이게 뭐야? 게임 지식으로 누워서 떡 먹듯 이기는 거 아니었냐?"

"배를 파괴해야 상황이 끝나는데, 렌 씨랑 모토야스 씨가 굳이 배에 쳐들어가야겠다고 우겨대서 말이에요."

……이런 상황에서까지 내부 분열이나 벌이고 있는 건가?

아니, 그보다 왜 이츠키가 아는 보스 격파 방법과 렌이나 모토야스가 아는 방법이 서로 다른 거지?

"칫……."

유령선이라……. 넝마 같은 배로군. 파도는 도대체 어디까지 상식을 초월하는 건지.

그렇게 생각하며, 다른 용사들이 싸우는 모습을 잠시 관찰한다.

기본적으로는 이츠키의 스킬 공격을 축으로 하고 있는 것 같군. 다른 녀석들은 각자의 무기로 싸우고 있다.

"어쨌거나, 유령선 자체를 공격한다고 해도 다른 용사들과 연대를 해야 할 거 아냐?"

"당신이 그런 소리를 할 입장이 아닐 텐데요!"

부아가 치밀게 만드는 대답이군, 이 부쇼군 자식!

"여기서 결정타도 못 먹이는 공격만 계속할 거냐? 지금까지 아무리 위력 강한 스킬을 쓰고 있었다고 해도, 전혀 쓰러질 기미가 안 보이면 다른 수단을 찾아봐야 할 거 아냐?”

이츠키는 대체 무슨 생각으로 이런 전법을 고집하는 거지? 이게 효과가 있긴 한 건가? 게임이었다면 손쉽게 해치울 수 있었을 테지만.

“우선 나머지 둘은 배에 쳐들어가는 걸 최우선으로 삼고 있잖아.”

그렇다고는 해도, 유령선의 형태를 한 저 마물 자체가 성가시다.

닻을 붕붕 휘두르는 그 모습은 마치 집의 모습을 한 마물 같기도 하다.

“약한 부분을 내부로부터 공격한다거나 하는, 게임에서는 쓸 수 없는 방법이 있을지도 모르잖아?”

“제가 아는 디멘션 웨이브에는 그런 내용 따위 없었어요!”

“너도 좀 작작 좀 하지 그래? 주야장천 게임 타령만 하다니, 이건 놀이가 아니라고!”

파도 때문에 얼마나 큰 피해가 나고 있는지 알기는 하는 건가.

실제로도 이렇게 본체를 쓰러트리지 못하고 꾸물대고 있는 시간만큼, 더 많은 마물들이 튀어나와서 인근 마을에 피해를 입히고 있다.

“그럼, 우리가 쳐들어가서 유령선의 급소를 공격해서 해치워 버리지."

"아! 제 공을 가로채려는 거예요! 용납 못 해요!"

"억울하면 너도 따라오든지. 필로!"

"네~에!"

필로가 내달리다가 뿅 하고 점프를 하는 타이밍에 내가 에어스트 실드를 전개, 그것을 발판으로 삼아 유령선으로 쳐들어간다.

"아, 거기 서요!"

이츠키와 그 패거리들이 내 도발에 걸려들어서 쫓아온다.

잘됐다. 이렇게까지 시간이 걸린다는 건, 애초부터 방법이 글러 먹었다는 뜻이라고.

우와……. 갑판에 도착한 것까지는 좋지만, 그곳은 여기저기 뼈들이 나뒹구는 난장판이었다. 게다가 바닥은 여기저기 썩어서 구멍이 나 있고, 썩은 물고기 시체, 마찬가지로 썩은 로프며 튜브 등이 굴러다니고 있어서 발 디딜 틈도 없어 보이는 상태다.

우리는 그럭저럭 갑판에 내려섰지만, 거기에는 아무도…… 응? 배 뒤쪽에 거대한 문어발 같은 게 달라붙어 있고, 모토야스와 그 패거리들이 그걸 상대로 싸우고 있다.

"유성창!"

모토야스가 드높이 도약하는가 싶더니 창이 빛을 뿜고, 에너지로 구성된 창이 확산되어 문어발 같은 것에게로 쏟아

져 내린다. 문어발은 그 공격에 산산조각 났지만 곧바로 재
생해서 배에 들러붙는다.

뭐야, 이건? 크라켄 같은 마물이 소라게처럼 배에 달라붙
어 있는 건가?

"필로, 먹고 싶다는 소린 하지 마."

"에……. 저건 못 먹는 거라구."

제아무리 필로라도 저것까지 먹는 건 무리인가.

갑판을 돌아다니던 중에, 해적선의 해골 선장 같은 녀석
과 싸우는 렌을 발견했다.

해골 선장은 마치 카리브 해의 해적 같은 호화로운 해적
옷을 입고 있고, 한쪽 팔은 갈고리다.

피터팬에 나오는 후크 선장을 뼈로 만든 느낌이라고 하면
딱 들어맞는 표현이겠군.

"유성검!"

렌이 검을 번뜩이자, 그 궤적에서 별이 출현해서 해골 선
장에게 명중한다.

"크윽……. 지긋지긋하게 튼튼한 놈이군."

"렌 님!"

렌의 동료가 지원에 나서서 해골 선장에게 칼부림을 날린
다. 해골 선장은 검으로 응수했지만, 렌과 그 동료들의 공격
을 맞고 비틀거린다. 그리고 렌이 결정타로 보이는 일격을
꽂아 넣었다.

"후우……. 이제 죽은 건가?"

하지만, 조각난 채 무너져 내렸던 해골 선장은 곧바로 형
태를 되찾는다.

"──뭐야?!"

그리고 머리에 두건을 두른 해골과 함께 다시 덮쳐들었다.

다시 모토야스가 싸우고 있는 크라켄 쪽으로 시선을 돌린
다.

"필로, 배 뒤쪽으로 우회해 들어갈 수 있겠어?"

"응!"

"라프타리아! 꼭 붙잡아!"

"아, 네!"

라프타리아는 떨어지지 않으려고 나를 붙잡았고, 필로는
유령선 안을 내달린다.

선수에서 선미로……. 그 길 중간에 크라켄의 다리가 달
라붙어 있었지만, 그걸 걷어차 버리고 달려간다. 그리고 우
리는 배 뒤쪽에서 다리를 내뻗고 있는 본체 쪽을 내다본다.

"……!"

예상대로 크라켄 본체가 소라게처럼 선미에 달라붙어 있
다.

아니, 머리 중 하나라고 해야 할까? 크라켄처럼 생긴 다
두(多頭) 생물이라고 해야 할까?

모토야스가 상대하던 쪽에도 이것과 똑같은 머리가 있었

는데……. 눈이 흐리멍덩하게 썩어 있다.

틀림없이 숨은 쉬지 않을 것이다.

썩은 것까지 먹어치우는 필로도 못 먹는다고 한 건, 완전히 썩어 문드러진 상태여서 그랬던 건가?

이츠키는 배 자체를 공격했지만 별 성과가 없었다.

모토야스는 크라켄을 해치우려 하고 있다.

렌은 해골 선장과 싸우고 있다.

다들 완전히 따로 놀고 있다.

아니, 반쯤은 부득이하게 그렇게 된 것이었을 테지만, 그래도 너무 엉망진창이다.

게다가 결정타를 입히고 있는 것 같지도 않다.

이 적들 모두에게 공통적으로 적용되는 요소는 뭐지? 가장 유력한 가설은 이 적들 이외에도 또 다른 적이 있다는 것.

게임 지식도 풍부한 녀석들이 왜 이 사실을 모르고 있는 거야?

지금까지 용사 놈들이 한 말로 미루어 보면, 그들은 자기가 아는 게임에서의 클리어 경험을 사고방식의 기본으로 삼고 있는 것 같다. 그래서인지 실제로도 싸우는 방식이 제각기 다르다.

"렌!"

"뭐야! 아니, 나오후미? 네가 왜 여기에 있는 거냐!"

"너희가 너무 늦어서 내가 따라잡은 거야. 넌 왜 계속 그렇게 싸우고 있는 거지?"

"이 녀석만 해치우면, 보스인 소울 이터가 출현할 거다."

"그 소울 이터라는 녀석은 나와 있는 거냐?"

"몇 번쯤 더 물리치면 출현할 거다."

"그렇군."

일단은 자기가 가진 지식을 기반으로 싸우고 있지만, 생각보다 시간이 더 걸리고 있다는 건가?

"모토야스!"

"어, 어째서 나오후미가 여기 있는 거야?!"

필로에 타고 있는 나를 본 모토야스가 가랑이를 움츠리며 말한다.

아아, 또 걷어차일 거라고 생각했나 보군. 아무리 나라도 이런 상황에서까지 걷어차라는 명령을 내리진 않는다고.

"모토야스 님, 귀를 기울이시면 안 돼요!"

빗치가 쓰레기라도 쳐다보는 것 같은 눈길로 나를 쳐다보면서 모토야스에게 주의를 준다.

"넌 닥치고 있어!"

"나를 '너'라고 부르는 게 어떤 의미인지 알고나 있는 거야?!"

"지금 그딴 건 중요한 게 아냐. 모토야스, 크라켄을 해치우면 어떻게 되지?"

"소울 이터가 나타나고, 그 녀석을 해치우면 끝나."

모토야스도 소울 이터라면, 아마 이츠키도 마찬가지겠지.

하지만, 공격이 먹히는 것 같은 기미가 보이지 않는다.

게임 속이라면 그 소울 이터라는 마물이 어딘가에 숨어 있다가 이 녀석들을 해치우면 튀어나온다는 건가.

렌은 해골 선장. 모토야스는 크라켄. 이츠키는 유령선을 공격하고 있다……. 그야 시간이 걸릴 법도 하지.

"이제야 잡았군요, 나오후미 씨."

이츠키가 갑판으로 올라온 것 같군. 이제야 용사 전원이 갑판에 모였다.

그나저나……. 소울 이터라.

어떤 마물인지 본 적이 없으니 딱 잘라 말할 수는 없지만…… 유령 같은 마물이라고 생각해 두면 될 것 같군.

숨어서 언데드를 조종하는 마물. 그러니까 그 모습을 드러나게 하는 매체를 파괴해야만 한다……라는 건가.

"빛의 마법 같은 걸로 유인해 낼 수는 없을까?"

"시험해 볼까요?"

라프타리아가 말을 건넨다. 그러고 보니 라프타리아는 빛과 어둠을 관장하는 환각 마술을 사용할 줄 알았었지.

그렇다면 빛의 마법도 사용할 수 있을지 모른다.

"할 수 있겠어?"

"저만 믿으세요."

라프타리아가 마법을 영창하기 위해 의식을 집중시킨다.

『힘의 근원인 내가 명한다. 다시금 이치를 깨우쳐, 빛이여, 주위를 비추라!』

"패스트 라이트!"

라프타리아가 마법을 영창하자, 우리 위에 빛의 구슬이 출현했다.

그 빛이 강렬한 빛을 내뿜어서 갑판을 비춘다.

응? 렌이 싸우고 있는 해골 선장의 모습이 좀 이상하다. 그 이외에도 곳곳에 비슷한 정체불명의 그림자가 출현한다.

척 보기에도 평범한 그림자가 아니다. 게다가 웃고 있다.

"저거다!"

"그랬었군! 유성검!"

렌이 해골 선장의 그림자를 향해 검을 쏟아 붓는다.

"SYAAAAAAAAAAAAAAAAAA!"

그림자로부터 하얗고 흉악한 얼굴에 빨간 눈, 커다란 입과 이빨을 가진 하얀 천 모양의 유령 같은 물고기——가 출현했다. 이게 소울 이터인가.

마찬가지로 모토야스, 이츠키, 그리고 그 동료들이 그림자를 향해 공격을 퍼붓자, 소울 이터가 쏟아져 나왔다.

"이런 곳에 숨어있었다니!"

"그래서 아무리 때려도 안 쓰러지던 거였군요!"

유령 같은…… 물리 공격이 안 통할 것 같은 마물이군. 그렇다면 마법에 의지하는 수밖에 없겠는데.

"뭐야?!"

소울 이터들은 한곳에 모여들어서 거대한 한 마리의 소울 이터로 합쳐진다.

여러 마리의 생물들이 한데 모여서 하나의 거대한 생명체인 척하는 것은 내 세계의 물고기들도 하는 행동이다.

정어리 같은 물고기들이 좋은 예다. 혼으로 만들어진 물고기 같은 마물이기에 그런 습성을 갖게 된 건지도 모른다. 그나저나…… 이렇게 하나로 뭉치고 보니, 개체 하나하나보다 훨씬 더 거대해졌다.

──차원의 소울 이터.

"나오후미 님, 이쪽으로 오고 있어요!"

차원의 소울 이터는 빛의 마법으로 자신을 유인해 낸 장본인인 라프타리아…… 필로에 탄 우리를 향해 돌진해 왔다.

"에어스트 실드!"

쿵 하는 소리와 함께 돌진을 저지한 우리는, 그 길로 갑판을 내달려 렌 패거리 쪽으로 이동한다.

"자, 우리가 끌어냈으니까 너희가 싸워."

내 말에 렌, 모토야스, 이츠키는 저마다 혀를 차면서, 차원의 소울 이터를 향해서 스킬을 내쏜다. 물론 그 동료들도 저마다의 전법으로 지원한다. ……물리 공격이 잘 안 통하는 보스라니!

난 그런 녀석에 대해서는 준비가 안 돼 있단 말이지. 라프타리아는 유인용 빛 마법으로 공헌할 수 있지만.

"필로는 마법을 써."

"네~에."

필로는 패스트 토네이도 주문을 외워서, 차원의 소울 이터에게 대미지를 가한다.

그나저나…… 적의 공격 유도도 제대로 못하는 나는 지금은 그저 짐짝 신세군.

그런 생각을 하던 바로 그때쯤이었을까. 차원의 소울 이터가 뭔가 공격 준비를 시작한다.

커다랗게 벌어진 차원의 소울 이터 입속에 검고 커다란 마법 구슬이 출현하고, 그것이 서서히 부풀어 오른다.

마법 구슬은 마치 블랙홀처럼 빛을 빨아들여서 렌즈처럼 주위 풍경을 일그러뜨렸다.

"홍련검(紅蓮劍)!"

렌이 도약해서 차원의 소울 이터에게 칼부림을 날린다.

응? 불꽃이 흩어졌잖아.

"생각보다 단단한데."

어이…… 게임 지식 소유자 친구들. 적을 끌어내 줬는데도 전혀 선전을 못 펼치고 있잖아.

이러다가 녀석이 다시 숨어 버리기라도 하면 짜증이 솟구칠 것이다.

"윈드 애로우!"

이츠키의 스킬도······.

"라이트닝 스피어!"

모토야스의 스킬도 결정타를 먹이기에는 턱없이 부족하잖아.

상성 문제 때문일까? 이런 유령계에게는 공격이 잘 안 먹히기도 하니까.

빛의 마법이 효율적일 것 같은데······.

차원의 소울 이터가 머금고 있는 검은 마법 구슬, 저거 누가 봐도 필살기를 쏠 전조잖아.

"서둘러! 빨리 못 해치우면 녀석이 흉악한 스킬을 쓸 거다!"

"오우!"

모토야스가 렌의 재촉에 응해서 닦달하듯이 공격을 퍼붓는다.

"SHAAAAAAAAAAAAAAAAAAAAAAAA!"

차원의 소울 이터가 검고 커다란 구슬을 왈칵 내뱉었다. 구슬은 마치 대포처럼 쏘아져 나가서 갑판에 명중한다. 그리고 칠흑 같은 폭발이 주위에 퍼져 나가고, 폭발의 충격에 배 자체가 뒤흔들렸다.

큰일이다! 조금 전까지의 싸움은 전초전에 불과했다는 듯, 적이 엄청나게 흉악해졌다.

잠자는 호랑이의 코털을 건드린 꼴인가? 하지만 어차피 파도를 끝내려면 이 과정은 피해갈 수 없는 길이다.

재빨리 필로에서 내려서 앞으로 나서는 동시에 방패를 들어 방어한다.

"""끄으아아아아아아아아아아아아아아아아!"""

렌, 모토야스, 이츠키를 비롯해서, 그 동료들까지 모조리 폭발에 휘말려 나가떨어진다.

방패에도 퍽퍽 하는 충격이 몰아쳤다.

"크윽……."

이거, 제법 아프잖아……. 광범위 공격인 주제에 내 방어력까지 뚫을 정도의 위력이라니.

"크윽……."

다른 용사들도, 치명상은 아니지만 타격이 컸는지 몸이 휘청거리고 있다.

그리고 차원의 소울 이터는 이 공격이 효과적이라고 판단했는지, 다시 검은 구슬을 출현시켰다.

저 흉악한 스킬을 재발사? 연사까지 가능한 거냐! 하고 고함치고 싶은 상황이지만, 상대방이 싫어하는 공격을 하는 건 싸움의 기초니까. 게임이었다면 제작자도 플레이어가 싫어할 거라는 걸 잘 알고 있으니 그렇게까지 심하게 하지는 않는다. 이것이 게임과 현실의 차이인가.

"필로!"

"응! 알았어~."

필로가 경쾌하게 내달려서, 차원의 소울 이터를 향해 발길질을 날린다. 일단 공격이 적중하는 소리는 들렸지만, 차원의 소울 이터는 히죽히죽 웃으며 여유를 보이고 있다.

"하이킥!"

필로가 발차기를 중단하고 지면에 착지하는 동시에, 마법을 영창한다.

그러자 순간적으로 필로의 모습이 일렁거리는 듯 보였다.

쿵쿵 하는 소리가 연속으로 울려 퍼지고 차원의 소울 이터가 뒤흔들렸다. 이번에는 차원의 소울 이터도 꽤 아팠는지, 짜증이 난 듯 필로를 향해 검은 구슬을 내쏜다.

"안 맞을 거라구~!"

필로는 그렇게 말하며 내 뒤로 피신한다. 그래, 잘했어.

나는 방패를 들면서 회복마법을 영창, 검은 구슬의 폭발을 견뎌낸다. 필로는 공격을 재개한다.

라프타리아는 끊임없이 빛의 마법을 구사하고 있다. 그러지 않으면 녀석이 다시 숨어 버릴 것 같으니까.

"에~잇!"

필로가 고속으로 움직여서 적에게 조금씩 대미지를 가하고는 있지만, 이렇게 가다가는 장기전이 되고 말 것이다.

그렇게 되면 소모전 양상으로 흘러가게 된다. 승리한다는 보장이 없다.

결정타가 부족하다. 렌을 비롯한 용사들의 힘을 갖고도 위력이 모자랄 만큼 강력한 보스……인 모양이다.

게임에서라면, 이런 경우에는 여럿이 연대해서 장기전 끝에 토벌하곤 한다.

내가 아는 온라인게임에 나오는 상급 보스. 종류에 따라 다르지만, 상급 플레이어들이 모여서 한 시간 이상 공을 들여야 겨우 물리칠 수 있는 부류.

어쩌지?

가능한 한 지속적으로 대미지를 가해서 상대의 체력을 완전히 깎아내면 승리……라는 식일 텐데.

시간이 걸리면 걸릴수록 인근 지역에 대한 피해는 더더욱 증대된다.

실제로 지금도 파도 여기저기서 마물들이 쏟아져 나오고 있다.

오래 시간을 끌 수 없으니, 이럴 때는 그저 아주 강력한…… 일격필살의 스킬이 있으면…….

딱 하나. 그렇다. 상황을 뒤집을 수 있는 수단이 딱 하나 있다.

나에게는, 아마도 렌이나 다른 용사들에게는 없을 강력한 힘을 가진 방패가 있다. 내 힘으로 이 상황을 끝내자면, 이 수단 말고는 방법이 없다.

"라프타리아."

나는 후퇴해 온 라프타리아의 손을 잡는다.

"왜 그러세요?"

"힘을 좀 빌려줘……."

라프타리아는 내가 뭘 하려는 건지를 깨닫는다.

"네. 저는 나오후미 님의 검. 세상 그 어떤 지옥이라도 따라가겠어요."

"……내가 비장의 수를 쓸 테니까, 저리 물러나 있어."

안 그래도 슬슬 짜증이 끓어오르기 시작하던 상황이었고, 실은 쓰고 싶지 않지만, 한편으로는 어느 정도까지 강해질 수 있을지 시험해 보고 싶은 마음도 있었다.

"필로, 만약 무슨 일이 생기면 라프타리아를 데리고 도망쳐."

"응!"

나는 다시 한 번 라프타리아 쪽을 쳐다보았다.

"나오후미 님!"

나를 믿어 주는 사람.

그 신뢰를 저버리게 될지도 모른다는 공포가 없는 건 아니다.

하지만 여기서 내가 패배하면, 라프타리아도 필로도……죽게 된다.

그것만은 싫다고, 어떻게 해서든 지키고 싶다고 마음으로 염원한다.

절대로 분노에 휩쓸리지 않으리라. 그렇게…… 맹세한다.

나는 방패에 손을 얹고 떠올린다.

분노의 방패!

썩은 용의 핵석(核石)에 의한 그로우 업!
커스 시리즈, 분노의 방패의 능력 향상!

분노의 방패 II
능력 미해방……장비 보너스, 스킬 「체인지 실드(공)」「아이언
메이든」
전용효과 「셀프 커스 버닝」「완력 향상」「용의 분노」「포효」
「권속의 폭주」

이건——.

방패의 소재로 쓴 드래곤의 마지막 기억일까, 시야에 그
정경이 비추어진다.

검을 든 용사에게 가슴과 미간을 찔려서 의식이 뚝 끊어
진다. 그때의 분노는 상상을 초월하는 것이었다.

인간에게 패배했다.

그것이 드래곤에게 얼마나 큰 모욕이었는지, 나는 충분히
이해할 수 있었다.

그로우 업이라고……?

방패의 형상이, 불꽃의 모습을 본뜬 형태에서 새빨간 드
래곤의 모습이 섞인 형태로 변해 있다.

게다가 방패에 연동해서 야만인의 갑옷+1도 변화했다.

뭐야, 이건…… 썩은 용의 핵이 원인인가?

야만인의 갑옷이 시커먼 용의 모양을 본뜬 갑옷으로 변해 있다.

크윽……. 분노 때문에 시야가 검게 물들어 간다. 모든 것이 증오스럽게 느껴지고, 모조리 멸망시켜 버리고 싶은 충동이 몰려온다.

지난번에 이 방패를 썼을 때보다도 훨씬 더 강력한 증오가 마음을 지배해 간다.

이건…… 나만의 증오가 아니다! 빨갛게…… 빛나는 증오의 대상이 시야를 스쳐 지나고, 증오가 의식을 앗아가 버릴 것만 같다.

안 돼! 나는 여기서, 나를 믿어 주는 사람을 위해 싸우겠다고 다짐했단 말이다!

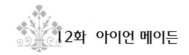

12화 아이언 메이든

붉은 용염(龍炎)……. 분노의 방패Ⅱ로 변화한 방패를 검은 그림자에게로 겨눈다.

"우오오오오오오오오오오오오오오오오오오오오오!"

내 고함에 세계가 공명이라도 하듯, 공기가 진동한다.

"SYAAAAAAAAAAAAAAA?!"

차원의 소울 이터가 필로에게서 눈을 떼고 이쪽을 돌아본다.

큰일이다. 처음에 분노의 방패를 억눌렀을 때와는 비교도 안 될 만큼 마음이 거칠어져 있다.

이건 분노의 방패가 성장…… 그로우 업인지 뭔지를 했기 때문인가?

큭……. 시야가 울렁거린다.

"나오후미 님."

문득 느껴지는, 다정하게 어루만지는 감촉. 라프타리아 겠지.

나는…… 여기서 잃을 수는 없는 것이다.

지금도 우리가 어서 파도를 잠재워 주기만을 기다리고 있는 사람들이 있다. 그들을 위해서라도, 나는, 여기서 분노에 휩쓸릴 수는 없단 말이다!

검은 그림자를 뿌리치고 시야를 되찾는다.

그리고 눈앞에 있는 적을 내 눈으로 똑똑히 포착했다.

"우…… 우우우아아아아아아아아아!"

크윽?!

무슨 일인가 싶어서 살펴보니, 어째선지 내 고동에 호응하듯 필로에게도 검은…… 불꽃이 깃들어 있다.

"카아아아아아아아앙아아아아아아아!"

필로는 맹금류처럼 날카로운 눈매를 한 채로 적을 향해 발길질을 가한다.

아마도 내 방패에 연동되고 있는 드래곤의 핵을 먹었기 때문이리라.

필로가 차원의 소울 이터를 향해 공격을 날린다.

"SYAAAAAAAAA?!"

뭐야? 차원의 소울 이터가 공처럼 맥없이 나가떨어지잖아.

효과는 충분한 모양이다.

하지만 필로는 눈앞에 있는 모든 것들을 적으로 인식하는 듯, 가까이에 출현한 잔챙이 마물을 향해 돌격해 버렸다.

"큭⋯⋯."

방패의 침식이 장난이 아니다.

나는 차원의 소울 이터를 향해 내달려서 몸으로 짓누른다.

차원의 소울 이터도 와작와작 나를 물어뜯으며 공격을 시작했지만, 나는 아무런 대미지도 입지 않는다.

⋯⋯원하던 상황이다.

분노의 방패 II 에는 셀프 커스 버닝 기능이 있다. 이것은 상대가 공격을 가하면 그에 반응해서 저주의 불길로 상대를 불살라 버리는 카운터 효과다.

나를 중심으로 저주의 불길이 일어나서 차원의 소울 이터를 불태운다.

"SYAAAAAAAAAAA!"

차원의 소울 이터는 비명을 내질렀지만, 셀프 커스 버닝만으로 완전히 태워 버리는 건 불가능한 모양이다.

해골 선장, 크라켄, 배에 달려 있는 대포가 일제히 나를 겨눈다.

"어림없는 짓! 유성검!"

"유성창!"

"유성궁(流星弓)!"

이제야 부활한 렌, 모토야스, 이츠키가 각각 조금 전까지 자신들이 싸우던 적을 향해 스킬을 내쏜다. 그리고 나서 차원의 소울 이터를 향해서도 공격을 날린다.

연대라기에는 너무도 난잡한 공격. 그래도 대미지는 들어간 것 같았지만 결정타에는 이르지 못했다. 차원의 소울 이터는 금세 다시 부활한다.

뭔가…… 뭔가 좋은 수가 없을까?

그때 나는 아직 시험해 보지 않은 스킬이 있었다는 걸 떠올렸다.

체인지 실드(공)와 아이언 메이든.

분노의 방패에 갖추어져 있는 스킬이다. 도 아니면 모 식의 가능성에 내기를 걸어 보는 것도 나쁘지는 않다.

발동 순서는…… 실드 프리즌→체인지 실드(공)→아이언 메이든이라고 했지?

아마 이건 이 스킬들을 연속으로 사용함으로써 발동되는 부류의 스킬, 즉 콤비네이션 스킬이리라.

"실드 프리즌!"

나는 방패 감옥으로 상대를 가두는 스킬을 적에게 발사했다. 다행히도 렌 등의 공격에 의식을 빼앗겨 있었던 덕분인지, 차원의 소울 이터는 빈틈투성이였다.

방패 감옥이 적을 둘러싼다.

차원의 소울 이터가 쉴 새 없이 묵직한 공격을 가하는 통에, 감옥은 당장에라도 부서져 버릴 것만 같다.

어림없다. 난 절대로 이 기회를 놓칠 수 없단 말이다.

"체인지 실드(공)!"

외치는 방법은 체인지 실드와 같다.

어떤 방패로 변화시킬 것인가 하는 선택지가 나타난다.

선택지들 대부분은 바늘이 돋아 있는 방패인 것 같았다. 애니멀 니들 실드와 비 니들 실드가 눈에 들어온다.

내가 선택한 방패는 비 니들 실드!

"———!"

깡 하는 소리와 함께 방패가 내부를 향해 변화해서, 내부에 있는 자를 공격한다.

감옥을 통해 그 충격이 전해진다.

아이언 메이든!

그렇게 소리치려 했을 때, 머릿속에 문자가 떠오른다.

『그 어리석은 죄인에 대해 우리가 정한 벌의 이름은, 강철 처녀의 포옹에 의해 전신을 꿰뚫리는 일격일지니. 비명마저도 그 품에 안겨, 고통에 몸부림칠지어다!』

"아이언 메이든!"

영창과 동시에, 거대한 철로 만들어진 고문 도구 아이언 메이든이 공중에 출현한다. 그리고 그 문을 열어서 적과 그 적을 둘러싼 감옥을 통째로 감싸려 한다.

그 내부에는 수많은 바늘들이 빼곡하게 들어찬 채, 당장에라도 희생자를 꿰뚫고 싶어서 안달하는 듯 도사리고 있다.

이 아이언 메이든에 갇히면, 그 안에 있던 자는 온몸이 고슴도치 신세가 돼 버리리라.

"――――――――!"

방패 감옥이 쪼개져 나가고, 적은 아이언 메이든 안에 갇혀 비명조차 지르지 못한 채 온몸을 꿰뚫렸다!

챙 하는 소리와 함께, 아이언 메이든이 열린다.

그러자 그 안에서 온몸을 꿰뚫려서 벌집 신세가 되어 있던 차원의 소울 이터가 바들바들 떨면서 도주를 시도했다.

하나――.

다시 아이언 메이든이 닫혀서, 차원의 소울 이터의 온몸을 재차 꿰뚫었다.

동시에 내 SP가 0이 되었다.

이, 이건 사용자의 SP를 모조리 희생해서 쏘는 스킬이었던 건가.

그리고 아이언 메이든은 효과 시간이 다해서 소실되었다.

"하아…… 하아……."

"굉장해……."

누군가가, 그렇게 중얼거렸다.

살펴보니, 온몸을 관통당한 차원의 소울 이터는 숨이 끊어져 있었다.

"이겼다!"

나는 거칠게 숨을 몰아쉬면서, 날뛰는 필로를 억누르기 위해서 방패를 키메라 바이퍼 실드로 되돌렸다.

급격히 파워가 상승한 이 방패는 그리 오랜 시간 유지할 수 없었다.

"후뉴우우……."

분노의 방패Ⅱ가 해제된 덕분인지, 필로가 자아를 되찾고 그 자리에 털썩 주저앉는다.

"후우……."

"해내셨네요."

"그래."

"후냐아…… 무슨 일이 있었던 거야~?"

뒤를 돌아보니 마침 라프타리아가 내 곁에 도착한 참이었고, 필로는 힘이 다한 듯 땅바닥에 쓰러져 있었다.

"파도는 이제 겨우 잠재운 건가?"

"필로 피곤해……."

주위를 둘러보니 렌, 모토야스, 이츠키가 울분에 찬 얼굴로 이쪽을 쳐다보고 있다.

"이번에는 졌지만 다음에는 이렇게는 안 될 거야."

"뭐야, 게임 지식이 없다느니 하면서 엄살 피우더니 잘 싸우잖아."

"그동안 빈둥거리다 보니 힘이 남아돌던 거겠죠. 비겁하게."

이츠키, 그게 네가 할 소리냐? 항상 남의 눈에 띄기 싫다는 식으로 활동하는 너 같은 녀석이야말로, 싸울 때도 건성으로 싸우는 법이라고.

"어쨌거나, 이제……. ──음?!"

뭐, 뭐야?! 등골이 오싹하게 얼어붙는 것 같은 섬뜩한 감각이 느껴진다.

그것은 렌과 모토야스, 이츠키도 느낀 듯, 그들도 주위를 둘러보고 있었다. 이츠키의 동료 중 하나가 겁을 집어먹은 듯 소스라친다. 차원의 소울 이터와도 비교도 할 수 없을 만큼 압도적인 압박감이 주위를 지배하고 있다.

뭐야, 이건?

그리고 슈욱 하는 소리와 함께 사람의 모습이 나타난다.

아직 적이 더 있었던 건가? 제발 그만 좀 해. 난 이제 한계가 다 됐다고!

"이 정도 피라미를 상대로 왜 이렇게 고전하는 건지. 용사는 당신 하나밖에 없나요?"

의복은 칠흑처럼 검은 기모노인데, 은색 자수가 놓여 있어서, 내가 원래 있던 세계의 기준으로 보자면 장례식 때 친척들이 입는 옷을 고급화한 것 같은 느낌이다.

이 세계에 온 후로는 줄곧 중세 스타일의 복장만 보아 왔기에, 기모노를 입고 있다는 점 하나만으로도 위화감이 느껴진다.

머리카락은 검은 장발.

일본인처럼 보이기도 하지만, 유령 같은 섬뜩함이 느껴진다.

다만, 뭐라고 표현해야 할까. 이따금 진짜 유령처럼 약간 반투명해져서 뒤쪽 풍경이 보이기도 한다.

그리고 부채 같은 무기로부터…… 우리의 배후를 향해 광선이 날아간다.

뒤를 돌아보니, 차원의 소울 이터 한 마리가 그늘에 숨어서 필살 공격을 날리려 하는 순간이었다.

"싸움을 방해하지 말아 줬으면 좋겠군요. 이건 숭고한 싸움의 시작이니까요."

"이럴 수가……."

차원의 소울 이터가 단 일격에 절명한다.

말도 안 돼. 우리가 그렇게 고전한 끝에 간신히 물리쳤던 차원의 소울 이터를 단 일격에?!

그 소녀는 나를 똑바로 응시하며 묻는다.

"뭐, 조금 전 싸움을 보니 당신이 용사인 모양이군요. 다른 자들은 제대로 싸우지도 못하는 것 같았지만, 당신만은 다른 것 같았으니까."

"그런 것 같군."

"당신, 이름은?"

"남의 이름을 물어볼 땐 자기 이름부터 밝혀야 하는 거 아냐?"

"실례했군요. 제 이름은 글래스. 굳이 말하자면…… 당신들 용사 일행과는 적대관계에 있는 자라고 생각해도 무방할 거예요."

실제로도 우호적으로는 안 보이는군.

"난 나오후미다."

"나오후미란 말이죠? 그럼…… 시작해 볼까요? 파도의 싸움을!"

글래스라는 이름의 미소녀는 부채를 펼치고, 공격을 시작했다.

젠장……. 나는 아이언 메이든을 쓴 직후라서 제대로 싸울 수도 없는 상황이라고.

분노의 방패Ⅱ를 사용하는 바람에 정신 오염도 심각하다. 라프타리아가 곁에 있는 덕분에 가까스로 억누르고 있는 건데……. 이제 한계가 머지않았다.

"어림없다!"

렌, 모토야스, 이츠키가 각자의 무기를 이용해 글래스를 공격한다.

"유성검!"

"유성창!"

"유성궁!"

세 사람의 공격 앞에서, 글래스의 입술이 살짝 일그러졌다.

"형편없군요. ——윤무0형태 · 역식설월화(逆式雪月花)!"

대낮임에도 와인레드 색으로 물들어 있던 하늘이 빨갛게 빛난다.

나는 글래스가 내쏜 공격으로부터 라프타리아와 필로를 보호하기 위해 방패를 고쳐 들었다.

하늘을 올려다보니, 피처럼 빨간 달이 마치 절대자의 말에 호응하듯이 빛을 내뿜고 있다.

그리고 붉은 섬광이 원을 그리며 용사와 그 동료들을 쓸어버린다.

"""끄아아아아아아아아아아!"""

회오리 같은 무언가에 모토야스, 렌, 이츠키와 그 동료들이 동시에 나가떨어져서 고꾸라졌다.

"크헉!"

이럴 수가……. 저 녀석들은 이 세계에 대해 숙지하고 있고, 레벨도 상당히 높을 터. 이렇게 맥없이 패할 리가 없다.

아니, 차원의 소울 이터에게 고전하던 놈들이니, 그 소울 이터를 일격에 해치운 상대의 공격에는 견디지 못하는 게 당연한 건지도 모르지만.

이렇게 심한 소모 끝에 겨우 이긴 상대건만, 그 차원의 소울 이터가 마치 전초전에 이용된 일회용 마물 취급을 받고 있잖아.

이건 게임이 아니라고 처음부터 생각해 오긴 했지만, 지금은 어떻게 대처할 도리가 없을 만큼의 실력차를 실감할 수밖에 없었다.

만약 게임이었더라면 패배 이벤트라고 생각할 수도 있겠다. 하지만 이건 현실이다.

여기서 패하더라도 뭔가 살아날 방법이 있다는 식의 운 좋은 일이 일어날 리 없다.

애당초, 미리 갖고 있던 게임 지식을 통해서 효율적으로 레벨업을 한 녀석들이 졌잖아?

아무것도 모른 채 돈벌이나 하고 있던 녀석이 무슨 재주로 이길 수 있겠는가.

그래도…… 나는 절대로 질 수는 없어. 라프타리아를 위해서도, 필로를 위해서도.

"권속이란 자들이 정말이지 그릇이 형편없네요. 실력이 그 모양이어서야, 성무기(聖武器)들이 울겠어요."

글래스가 가진 무기는 쇠부채. 양손에 쇠부채를 쥐고, 마치 춤을 추는 것처럼 싸운다.

"기대가 어긋나도 한참 어긋났네요."

"주인님~, 저 애 엄청 강해."

필로가 온몸의 깃털을 곤두세운 채 내게 말한다.

"네, 가까이에 있기만 해도 강력한 압박감이 느껴져요. 저희와는 차원이 다른 수준인 것 같아요."

라프타리아도 꼬리가 곤두서려는 걸 애써 참고 있다.

나는 내 근처로 나가떨어져서 실신해 있는 빗치를 굽어본다.

네가 그렇게 믿고 의지하던 용사들은 지금 잔챙이 취급을 받고 있다고.

그나저나…… 이 상황을 어떻게 극복해야 하지?

솔직히, 아이언 메이든을 쓰는 바람에 SP는 이미 고갈되어 있다. 최소한이라도 SP를 회복시킬 수단이 필요했다.

그렇다. 빗치는 모토야스가 총애하던 녀석이었다. 어쩌면 SP를 회복시키는 편리한 도구를 갖고 있을지도 모른다. 그것 말고도 뭔가 좋은 아이템을 갖고 있지 않을까?

오? 마력수와 혼유약(魂癒藥)까지 갖고 있잖아. 건방진 것.

이 두 약물은 각각 마법을 사용할 때 소비되는 마력과, 스킬을 사용할 때 소비되는 SP를 회복시키는 효과를 갖고 있다. 뭐, 혼유약은 비싸서 살 수가 없었으니 시험해 본 적이 없었지만 말이지. 얘기로 듣기로는, 집중력을 증가시켜서 마법의 위력을 상승시키기 위해 마시는 물약이라고 한다.

시험 삼아 혼유약을 마셔 본다. 영양제 같은 맛이 나는가 싶더니, 시야의 스테이터스에 기재되어 있던 SP가 회복되었다.

오오, 역시 SP 회복 효과가 있었다. 잘 생각해 보면, 렌을 비롯한 용사 놈들은 그렇게 스킬을 연사해 댔으니, SP를 회복하는 도구를 갖고 있는 게 당연한 일이긴 하지.

"나오후미 님!"

라프타리아가 빗치의 품속을 뒤지는 내게 주의를 준다.

어차피 이미 싸울 수도 없는 녀석이니, 그냥 도구 정도 터는 것쯤은 괜찮잖아?

"……사악하군요. 그러고도 당신이 용사인가요?"

"사악하면 좀 어때. 이 녀석들은 그보다 더 심한 짓도 해왔다고. 나도 원한이 쌓일 대로 쌓였단 말씀이야."

"주인님 악당 같아~."

"시끄러워."

"적이 정론으로 따지고 드니 대꾸할 말이 없네요……."

라프타리아도 황당한 듯 뇌까린다. 적도 우리의 태도를 보고 기가 막혀 하는 기색이다.

"자기 동료는 아닌 것 같지만, 인간의 길에서 벗어난 짓인 건 틀림없군요."

"지껄이고 싶은 대로 지껄이라지."

내가 용사 놈들 앞으로 나서자 글래스도 자세를 잡는다.

아무래도 전투 불능 상태가 된 녀석들을 더 이상 말려들게 할 수는 없는 노릇일 테고, 그 점은 글래스도 이해하고 있는 것 같다. 무슨 무인 같잖아. 그 점에 대해서는 신경을 쓰고 있는 건가?

"자, 그럼 장난은 이제 끝내도록 하죠!"

쇠부채를 움켜쥔 채, 적이 이쪽으로 돌진해 온다.

빠르다! 나는 재빨리 방패를 든다. 직후, 방패에서 콰쾅! 하는 둔탁한 소리가 울려 퍼진다.

크윽…… 엄청 묵직하다. 단 일격에, 방패를 든 손이 저릿해질 정도다.

드래곤 좀비와는 비교가 되지 않을 정도로 묵직한 공격. 쇠부채로 이렇게 묵직한 공격을 날리는 걸 보면, 라프타리아나 필로가 대미지를 입으면 위험하겠는데.

"라프타리아, 필로! 조심해. 이 녀석…… 강해."

"네!"

"응!"

『힘의 근원인 방패 용사가 명한다. 다시금 이치를 깨우쳐, 저자를 보호하라!』

"패스트 가드!"

두 사람에게 각각 보조마법을 걸어 주고, 싸움이 시작되었다.

"여기서 싸우면 쓰러져 있는 자들이 거치적거리네요. 정정당당한 승부에 훼방꾼이 끼어드는 건 제 미학에 어긋납니다. 장소를 바꾸기로 하죠."

상대도 내 의도를 파악했는지, 그렇게 말하고 배에서 내린다. 우리도 그 뒤를 따른다.

"자, 여기라면 마음껏 싸울 수 있겠죠. 그럼…… 갑니다!"

쇠부채 공격은 방패 이외의 부위에 맞으면 나조차도 고통을 수반한 상처를 입는다. 여유가 생길 때마다 패스트 힐 마법으로 상처를 치료하고 있긴 하지만 약간 버거운 감이 있다.

상대의 공격은 격렬하고 더불어 움직임도 빠르다. 게다가 지금까지 싸워 왔던 마물들과는 달리 지성을 가진 적이다. 나에게 공격이 먹히지 않는다는 걸 이해하자마자 표적을 라프타리아와 필로로 바꾸려 했을 정도다.

"어림없다!"

그래서 나는 실드 프리즌을 전개한다. 위치는 글래스가 있는 지점이다.

"안이하군요!"

글래스는 내가 전개시킨 실드 프리즌을 단 한 번의 공격으로 파괴한다.

하지만, 내 목적은 그게 아니다.

내가 실드 프리즌을 펼친 건…….

"에에잇!"

"아자~!"

라프타리아와 필로의 공격으로부터 글래스의 주의를 돌리기 위해서였다.

"큭……."

라프타리아와 필로가 각각 날린 공격이 글래스가 가진 부채의 방어 범위를 뚫고 충돌, 불똥이 튄다.

"저와 같은 전투 스타일이군요……. 아까 그자들보다는 재미있는걸요?"

반격하려고 라프타리아를 향해 부채를 후려치려 한다.

어림없지!

내가 앞으로 나서서 라프타리아를 보호한다. 그러자 키메라 바이퍼 실드의 반격, 뱀의 독니(중)가 작동해서 글래스를 물어뜯는다.

"그 정도 공격으로 저를 쓰러트릴 수 있을 것 같나요?"

아무래도 독의 효과가 약한 것 같군. 뱀의 독니(중)를 맞고도 태연하기만 하다.

상대가 방어에 중점을 두고 있다는 건, 라프타리아와 필로의 공격을 쇠부채로 쳐낸 시점에 이미 간파하고 있었다.

하지만, 묵직해도 너무 묵직하단 말이다. 글래스의 모든 공격들이.

글래스의 차원이 다른 위력은 그녀가 다른 용사들을 물리쳤다는 사실이 증명하고 있다.

솔직히 말하자면 내가 이길 수 있는 가능성 자체가 상상이 가지 않는다. SP를 회복시키는 데는 성공했지만, 도저히 결정타를 먹일 수가 없는 것이다.

"주인님, 필로의 마법을 보라구~."

필로가 오른손과 왼손을 교차시키며 적을 향해서 돌진한다.

"하이퀵~."

차원의 소울 이터와 싸울 때도 사용했었던, 고속 기동을 가능하게 하는 강력한 기술이다.

순간적으로, 그렇다, 정말 한순간이었지만, 필로의 모습이 흐릿하게 보였다.

공기가 진동하는 것 같은 충격이 적을 통해 나에게까지 전해져 온다.

"우와아……. 이 사람 무지 딴딴해. 필로의 공격을 맞고도 안 나가떨어지다니."

"그 짧은 순간에 저에게 여덟 번이나 발길질을 날리시다니. 애석하지만 위력이 부족하네요."

어? 이 녀석 눈에는 방금 필로가 한 공격이 다 보였다는 건가?

슥 하고 춤추듯 필로를 향해 부채를 휘두르는 글래스. 비록 적일지언정 그 모습에는 일종의 예술적인 아름다움이 느껴졌다. 동시에, 필로의 공격에도 꼼짝하지 않는 강인함까지 겸비하고 있다.

"필로, 한 번 더!"

"에……. 안 돼. 마력도 다 떨어졌구, 한 번 더 하려면 시간이 걸린다구~."

방금 그게 필로의 필살 공격이었던가. 그러고 보니 아까도 연속으로는 사용하지 않았었지.

큰일이다. 점점 밀리고 있잖아. 이러다가는 상황이 점점 더 악화될 뿐이다.

어느 틈엔가 사라져 있었던 라프타리아가 일렁거리며 글래스의 배후에 등장해서 기습을 시도한다. 마법으로 모습을 감추고 있었던 것이다.

"지금이에요! 필로!"

한순간의 빈틈을 노린 공격이다. 제아무리 글래스라도 등 뒤에서 공격을 받으면 대미지를 입지 않을 수 없으리라.

하지만.

"뭘 하고 계신 거죠?"

말도 안 돼······! 라프타리아는 분명 적의 사각을 노려서 공격했건만, 글래스는 라프타리아 쪽을 돌아보지도 않은 채 공격을 막아냈다.

"언급할 가치도 없는 공격이네요."

실망한 듯 조그만 한숨을 내쉰다. 글래스는 라프타리아의 검을 쇠부채로 후려친다. 가벼워 보이는 동작과는 딴판으로, 그 자리에는 둔탁한 소리가 울려 퍼졌다.

쨍강!

"이럴 수가──."

라프타리아의 검이 부러졌다?!

도대체 힘이 얼마나 강한 거냐. 비록 원래부터 쇠부채에는 검을 부러뜨리는 소드 브레이커 성능이 있었던 모양인 걸 고려하더라도, 그걸 완벽하게 구사하는 실력은 무시무시할 정도다. 나는 패스트 가드를 걸어서, 방패 중 가장 단단한 부분으로 가까스로 억누르는 게 고작인데······.

결정타가 될 만한 공격 수단은 이제 필로밖에 없다. 하지만 필로의 공격력으로도 부족하겠지.

"크윽······."

라프타리아는 거리를 벌리고 예비로 갖고 다니던 검을 뽑는다. 이제 방법이 없는 건가?

"정말로 고작 이 정도인가요? 솔직히 말하자면, 조금 더 재미있게 해 주실 줄 알았는데."

"자기 멋대로 기대하니까 그렇지. 나는 처음부터 힘이 간당간당하던 상황이었다고!"

"안타깝네요."

적의 온몸이 빛나기 시작한다.

위험하다! 이건 용사 놈들을 쓰러트렸을 때와 같은 공격이다!

"라프타리아, 필로!"

적이 춤추듯 고속 회전을 시작한다. 그 틈을 타서……라고 해 봤자 고작 몇 걸음을 움직일 정도의 시간밖에 없었지만, 미리 의논했던 대로 라프타리아와 필로가 내 뒤로 몸을 피했다.

"실드 프리즌!"

대상은 나 자신. 마법으로 만들어진 방패 감옥이 우리를 둘러싼다.

실드 프리즌은 적을 가두는 것 이외에도, 이렇게 방어에도 사용할 수 있는 편리한 스킬이다.

이 프리즌에 갇혀 있으면 감옥이 보호벽 역할을 해 준다.

방어력은 내가 쓰는 스킬들 중에서도 최고 수준에 속한다.

"윤무0형태 · 역식설월화!"

거센 폭풍과 쇠부채에 의한 공격이 실드 프리즌을 후려친다.

"크으윽……."

무지막지한 공격이다. 내가 이 정도 대미지를 입는 걸 보면, 다른 용사들이 추풍낙엽처럼 쓰러지는 것도 이해가 간다.

"둘 다 괜찮아?"

"그럭저럭이요."

"아파…….."

돌아보니 두 사람 모두 상당한 대미지를 입고 있었다. 나는 힐 연고를 자신의 상처에 발랐다. 모두 1미터 범위 안에 있었기에, 스킬의 효과 덕분에 두 사람의 상처도 함께 아물어 간다.

"호오. 제 기술에 맞고도 서 있을 수 있다니…… 그쪽의 방어력도 제법 높은 것 같군요."

회오리가 멈추고, 적이 이쪽으로 걸어온다.

"칭찬을 다 듣고, 영광이군."

피해가 막심하긴 하지만 아직 패배한 건 아니다.

"그런데, 아까 그 불꽃 같은 방패는 안 쓰시나요?"

이 녀석, 내가 아직 진심으로 싸우지 않고 있다고 생각하는 모양이다.

아니, 아예 내가 분노의 방패Ⅱ를 쓰기를 기다리고 있는 것처럼 보인다.

어쩌지? 이대로 계속 밀리는 싸움을 해야 하나? 아니면 필로가 폭주한 끝에 분노에 휩쓸릴 위험성을 감수해 가면서 분노의 방패Ⅱ를 써야 하나?

……어차피 질 거라면, 차라리 해 보고 나서 후회하는 게 낫겠지.

"좋아. 내 힘을…… 너무 우습게 보지 말라고!"

나는 분노의 방패Ⅱ로 방패를 변형하고 덤벼든다.

"크아아아아아아아아아아아아아아!"

필로가 다시 폭주해서 글래스를 향해 돌격했다.

"아까보다 묵직해졌군요……. 하지만, 애석하네요."

글래스는 방어 자세조차 취하지 않는다.

필로의 발차기가 퍽퍽 적중하고 있건만, 간지럽지도 않은 것 같은 태도다.

"언급할 가치도 없네요."

글래스가 부채로 필로의 가슴 언저리를 가볍게 찔렀다.

"크──."

단지 그렇게 했을 뿐이건만, 필로는 5미터가량을 나가떨어지고 말았다.

"우우……."

도대체 얼마나 강한 거냐. 게임이었다면 그냥 패배 이벤트라고 생각했을 정도로 강하잖아.

"크윽……."

아직 나는 자아를 유지하고 있다.

괜찮다. 그 어떤 분노에 빠지더라도, 나를 믿어 주는 사람의 마음에 부응하고자 하는 마음은 질 리가 없다.

하지만 시간을 끌면 끌수록 위험하다는 사실은 변함이 없으리라.

나는 식은땀을 억누르며 앞쪽을 본다. 그리고 라프타리아에게 눈짓을 보내서 거리를 벌리도록 지시한다.

"나오후미 님, 괜찮으세요?"

"그래, 아직은 억제할 수 있어."

나는 적을 향해 다가갔다. 빗치에게서 빼앗은 혼유약을 모조리 마셔서 SP를 회복시킨다.

의식이 또렷해진 것 같은 기분이 들었다. 이 정도면 아직 분노의 방패 Ⅱ에게 의식을 점거당하지 않을 수 있을 것이다.

"더 제 실력을 발휘해 주세요."

"그래, 얼마든지 보여주지!"

글래스가 나를 향해 부채를 휘두른다.

좋아, 키메라 바이퍼 실드 때와는 비교도 안 될 만큼 공격이 가볍게 느껴진다. 이 정도면 굳이 방어 자세를 취할 필요도 없다.

나를 중심으로 셀프 커스 버닝이 발동한다.

이 불꽃은 내 분노의 정도에 따라 화력이 증감한다. 그럭저럭 자아를 유지할 수 있을 정도로 분노를 억제하고 있는 상황에서는, 살상력도 그렇게까지 높지는 않을 것이다.

그 불꽃에는 저주의 힘이 담겨 있다. 그것을 알아챈 건지, 라프타리아는 재빨리 물러섰다.

직후, 분노의 방패Ⅱ로부터 흑염(黑炎)이 솟구쳐 올라서 적을 후려친다.

"이럴 수가!"

하지만 글래스는 마치 산들바람이라도 쐬는 것처럼 태연자약한 얼굴이다.

말도 안 돼……. 반격효과 중에서도 최강의 부류에 속하는 셀프 커스 버닝을 얻어맞고도 끄떡도 안 한다는 건가?!

이 녀석은 도대체 얼마나 튼튼한 거냐!

"지금 저랑 장난치자는 건가요?"

젠장, 실력 차가 너무 많이 나잖아! 분노의 방패Ⅱ로도 못 이기는 건가?!

"이게 다인가요? 윤무 파(破)형식·귀갑 쪼개기!"

글래스가 쇠부채를 뒤로 뺐다가 힘껏 앞쪽, 즉 내 쪽으로 내뻗었다. 그러자 날카로운 빛의 화살 같은 것이 날아온다.

위험하다! 그렇게 생각하고 방패를 든다. 쿵 하는 묵직한 충격. 그리고 전신에 몰아닥치는 고통.

방패를 통해서 내 몸에 대미지가 들어왔다.

"큭……."

"이 공격에도 안 쓰러지시다니……. 끈질기군요."

고통 때문에 평정을 유지하기가 힘들다. 하지만 여기서 자아를 상실할 수는 없단 말이다.

"제법 아픈 공격이었어."

아마 관통계 공격…… 게임에서는 흔히 있는 성능이다.

제아무리 방어력이 강하더라도, 무시당하면 의미가 없다. 아니면 상대방의 방어력이 높을수록 대미지가 더 늘어나는 것일 가능성도 있다.

이게 용사들이 말하던 방패의 약점인가?

경험에 따르면, 온라인게임은 오래되면 오래될수록 극단적으로 변하는 경향이 강하다. 녀석들이 아는 게임 중에 어떤 게임이 이 세계에 들어맞는지는 모르지만, 내가 가진 지식의 범위 안에서도 몇 가지 예를 찾을 수 있다.

단순하게 적의 공격력이 너무 높아서 방패 사용자가 약한 패턴.

다음으로 회피계 게임. 다수의 적들이 즉사 공격을 날려오는 패턴.

마지막으로 화력계 게임. 방어 계열 직업의 역할인 방어를 할 필요성이 없는, 오로지 공격력으로 승부하는 패턴.

지금까지 방패가 약하다고 평가받는 이유를 내 나름대로 생각해 봤지만, 정확히 딱 들어맞는 느낌은 들지 않는다……. 모르겠다. 어쨌거나 지금은 앞쪽에만 집중할 때다.

패스트 힐 마법을 사용해서 부상을 치료한다.

"당신 공격의 약점을 알 것 같네요."

글래스가 당당하게 선언한다.

"검은 불꽃은 근접공격을 당했을 때만 발동할 뿐, 원거리 공격에 대해서는 발동하지 않아요. 그리고 자신의 수하들에게는 소리를 쳐서 적의 위치를 알리죠."

으……. 아픈 구석을 찌르고 들어온다. 상당한 실력의 무인이 분명하다. 대단한 관찰력이다.

지지난번에는 검은 짐승, 지난번은 키메라, 그리고 이번은 지적 생명체…… 아니, 사람인가.

파도란 건 도대체 뭐지? 그냥 단순한 재해 아니었나?

"하지만 그것도 이제 끝이에요. 부하를 쓰러트리고, 당신을 멀리서 공격하면 일방적인 싸움이 되겠죠. 하지만 지금의 제 입장에서는 그럴 필요조차도 없네요."

"큭……."

"자, 당신이 할 수 있는 가장 강한 공격을 해 보세요."

그렇다. 이것은…… 마치 농락당하는 것 같은 감각. 글래스는 내 공격을 피하려고도 하지 않는다.

아니, 아마도 글래스에게 있어 이건 싸움이 아닌 놀이이리라.

적의 가장 강한 공격을 받아내는 것이야말로, 상대에 대한 공양이기라도 하다는 듯이.

하지만 그렇다 해도, 나는 절대로 질 수 없단 말이다!

"우습게 보지 마! 실드 프리즌! 체인지 실드(공)!"

글래스를 방패 감옥에 가두고, 뒤이어 그 내부를 공격하는 방패 감옥으로 변형시킨다.

그리고——.

"아이언 메이든!"

아까 발견한 필살 스킬을 퍼부어 준다.

감옥을 감싸듯 커다란 강철 처녀가 출현해서, 감옥과 그 안에 든 글래스를 통째로 꿰어 버린다.

"어떠냐!"

하지만…….

"생각했던 것보다 위력이 시원찮네요."

아이언 메이든의 문이 열리고 보니 그 안의 글래스는 멀쩡했다.

그리고 제대로 대미지도 주지 못한 아이언 메이든은 입자가 되어 사라진다.

아이언 메이든이 사라진 뒤에도 글래스는 태연하게 서 있었다.

마치 아무 일도 없었다는 듯이.

"이런——."

크윽…… 더 이상 손쓸 도리가 없다.

"그럼 파도에서의 싸움은 우리의 승리로 마치도록 하죠. 당신에게는 아무런 원한도 없지만——."

그런 호언장담을 끝내기 직전, 시야 구석에 있던 모래시계 아이콘에 변화가 생겨났다.

00 : 59

갑자기 그런 숫자가 출현한 것이다.

"시간이 다 됐군요······. 설마 이렇게 빨리 끝날 줄이야."

지금이다! 내 호흡에 맞추어 라프타리아가 재빨리 마법을 영창한다.

"패스트 라이트!"

글래스의 눈앞에 빛 구슬이 출현해서, 섬광이 되어 터져 나갔다.

빛에 당한 글래스는 그저 넋이 나간 듯 서 있을 뿐이다.

재빨리 방패를 키메라 바이퍼 실드로 바꾸고 필로에게 다가간다. 일어나서 날뛰려 하던 필로가 제정신을 되찾았다.

"최대한 빨리 후퇴하자!"

"기다려요!"

"내 부하의 다리를 얕보지 말라고. 기필코 도망치고 말 테니까."

"큭······. 파도의 법칙을 역이용하겠다는 건가요······. 그런 식으로 시간을 벌게 내버려 두면 곤란하겠군요."

"필로 기운 없어······. 왜 또 갑자기 상황이 확 바뀐 거야 ~?"

저런 녀석과 무슨 수로 싸운다는 말인가.

아이언 메이든마저 효과가 없으면 나로서는 손쓸 방법이

없다.

"알겠습니다. 승복하고 싶지는 않지만…… 시간이 없군요."

글래스가 균열을 향해서 걸음을 내디딘다. 그리고 균열 앞에서 이쪽을 돌아보았다.

뭐지? 뭔가 할 말이라도 있는 건가?

"이번에는 물러가겠지만, 다음에는 어림도 없을 거예요. 파도에서 승리하는 건 우리라는 걸 잊지 마세요. 그 정도 실력이라면 언제 싸워도 우리가 이길 테니까요."

이기는 건 우리라고? 꼭 이게 승부를 가리는 일인 것 같은 표현이잖아.

그게 무슨 소리지? 이 녀석들은 세계를 멸망시키려 하는 재해 아니었어?

생각해 보면 파도의 정체가 뭔지, 나는 알지 못한다. 파도의 의미를 알아야 할 필요가 있다. 적어도 적이 지적 생명체라는 사실은 의심의 여지가 없었다.

나는 쓰레기 왕이나 빗치 왕녀에게 지나치게 얽매여 있었다. 용사가 싸워야 할 진짜 적은 이 녀석들인 것이다.

칫…… 앞에도 적, 뒤에도 적이라니, 못해 먹겠군.

"나오후미, 당신의 이름은 기억해 두겠습니다. 목 씻고 기다리세요."

"굳이 기억 안 해도 되는데……. 뭐, 그런 소리를 할 상황도 아니군. 하지만 우리도 질 생각은 없어."

내 말에 만족했는지, 글래스는 숨어 있던 차원의 소울 이터를 해치우고 균열 속으로 사라졌다.

자기편을 죽이고 간 건가? 아니, 글래스라는 인물상으로 미루어 보면, 원래부터 같은 편이 아니었던 거겠지.

이윽고 글래스의 후퇴에 맞추어 균열이 사라지고, 그와 동시에…… 모래시계의 숫자가 사라졌다.

"후우……."

"그럭저럭 살아남았네요. 저분은 대체 정체가 뭘까요?"

"글쎄다."

"후냐아……."

필로는 힘이 다해서 땅바닥에 쓰러진다. 나도 당장에라도 드러눕고 싶은 심정이다.

"어쨌거나 파도는 잠잠해졌군."

"맞아요."

"필로 피곤해……."

"나도 그래. 용사 놈들은 무시하고, 우리는 뒤처리나 하지."

솔직히 말하자면, 참패였다……. 뭐 그렇게 강한 놈이 튀어나오는 거냐. 게임 지식을 갖고 있는 녀석들도 못 이기는 상대와 싸움을 붙이다니, 해도 너무한 일이다.

그나저나…… 아까 그 시간 표시는 뭐였지?

어쨌거나 우리는 다음 파도 때까지 더더욱 강해져야만 한다.

클래스 업 없이는 결정적인 전력을 충분히 확보할 수 없다는 사실이 드러난 셈이다.

아니, 클래스 업을 했을 게 분명한 녀석마저 저 꼴이 난 걸 보면…… 더 결정적인 무언가가 필요한 상황이다.

이렇게 해서, 이 세계에 있어서의 제3의 파도는 종말을 맞이했다.

13화 결별

차원의 소울 이터가 있던 유령선으로 돌아가 본다. 중심이 되는 마물의 소실과 함께, 유령선은 옆으로 기울어서 땅바닥에 쓰러져 있었다. 주위에는 용사들과 그 동료들이 기절해 있다.

지원병과 마을 사람들이 기절한 용사들을 지켜 주고 있었다. 쓸데없는 짓을…….

자, 이제 드디어 파도에서 얻은 소재를 방패에 먹이는 작업을 할 시간인데, 이번에 나온 고블린 어설트 섀도와 리저드맨 섀도는 이름 그대로 그림자인지라 소재로 먹일 수가 없었다.

아니, 엄밀히 말하자면 그림자 덩어리 같은 녀석을 먹여 보았지만, 새로운 방패는 고작 하나밖에 나오지 않은 것이다.

섀도 실드

능력 미해방⋯⋯장비 보너스, 「어둠 내성(소)」

다른 녀석들은 전부 스테이터스 상승 계열의 장비 보너스밖에 없었으니 생략한다.

이제 남은 건 차원의 소울 이터.

"아~앙."

"먹지 마."

필로가 붙들고 잡아먹으려 했으므로, 그렇게 명령했다. 이놈의 새는 이번에 자기가 폭주했던 원인을 알고는 있는 건가. 아무리 생각해도 네놈이 썩은 용의 핵을 함부로 먹어 치운 게 원인이었잖아.

"에⋯⋯."

필로에게서 차원의 소울 이터를 받아 들려 했으나, 그것은 내 손을 빠져나가 땅바닥에 떨어지고 말았다.

"넌 이걸 어떻게 들고 있었던 거야?"

"있잖아, 손에 바람 마법을 둘러서 들고 있었어."

"하아⋯⋯."

맨손으로는 만질 수도 없다니 별 희한한 물고기도 다 있군.

"왜 그러십니까?"

고개를 갸웃거리는 나에게 지원병이 말했다.

"아아, 이 마물을 어떻게 들어야 하는지 필로한테 물어보고 있던 참이었어."

"이건 실체가 없는 마물이군요. 이런 마물의 경우에는 마력을 이용해서 들거나 속성이 부여되어 있는 물건을 사용하면 됩니다."

"엉?"

"일단은 꽤 유명한 사실인데 방패 용사님은 모르고 계셨습니까?"

"그래."

"뭐, 실체가 없는 마물 자체가 희귀한 존재니까 모르신다고 해서 이상할 건 없지만요."

"그럼 그 속성이 들어간 무기 갖고 있는 사람 누구 없어? 해체하는 데 쓰고 싶어서 그래."

누군가 갖고 있는 녀석이 없을까 싶어서 주위를 둘러보니, 속성이 들어간 싸구려 무기를 갖고 있는 녀석이 한 명 있었으므로, 그 녀석에게 무기를 빌려서 해체했다.

필로의 얘기를 참고로 해서, 마력 부여를 할 때와 같은 요령으로 손에 마력을 깃들게 한 채, 차원의 소울 이터의 머리와 꼬리 부분을 들어 방패에 먹인다.

소울 이터 실드

능력 미해방……장비 보너스, 스킬「세컨드 실드」「혼 내성(중)」
「정신 공격 내성(중)」「SP 상승」

전용효과「소울 이트」「SP 회복(미약)」

머리만 먹였는데 마물의 이름밖에 안 나온다는 건, 해체
하는 게 별다른 의미가 없었다는 뜻이다. 아니나 다를까, 다
른 부위를 먹여 봐도 아무런 변화도 없었다.

그나저나 세컨드 실드라는 스킬은 뭐지? 혼 내성은……
이 계통 공격에 대한 내성이겠지.

전용효과인 소울 이트라는 것도 마음에 걸리는데. 내가
혼을 먹는 거라면 좀 꺼림칙하겠군.

조심스럽게 방패의 형태를 바꾸어 본다. 이 마물, 소울 이
터의 머리를 그대로 방패로 만든 것 같은 장식이 새겨져 있
었다.

……키메라 바이퍼 실드보다 방어력이 낮다.

소울 이트라는 전용효과가 혼을 먹을 수 있게 만들어 주
는 거라면, 지금 이 소울 이터 시체도 만질 수 있을 것이다.
그래서 손을 뻗어 본다. 하지만 소울 이터의 살점을 만질 수
는 없었다.

아무래도 그런 효과가 아닌 모양이다. 다행이다. 나도 혼
을 잡아먹는 건 영 꺼림칙하던 참이니까.

아마 카운터 계열 효과이리라. 상대방의 혼을 물어뜯어서 SP를 빼앗는다거나 하는 식으로.

그럼 스킬인 세컨드 실드라는 건 뭐지? 시험 삼아 사용해 본다.

"세컨드 실드."

에어스트 실드→세컨드 실드

시야에 그런 아이콘이 나타났다.

"에어스트 실드!"

그리고 에어스트 실드가 출현한 것을 확인하고 한 번 더 외친다.

"세컨드 실드!"

……방패가 하나 더 출현했다.

알 것 같다. 하나밖에 만들어내지 못했던 에어스트 실드를, 스킬의 효과 시간 중에 하나 더 만들 수 있게 된 모양이다. 다양하게 활용할 수 있을 것 같긴 하지만, 좋은 건지 나쁜 건지 애매모호한 성능이다.

이번에는 남아 있는 차원의 소울 이터에게로 시선을 돌린다.

"전부 다 흡수시켜서 저 녀석들에게 엿을 먹여 주고 싶지만……."

그랬다가는 여러모로 시끄럽게 굴 것 같으니까.

무엇보다 다른 용사들이 약해지면, 이 세계 녀석들만 곤란

해지는 게 아니다. 나 혼자만 강해져도, 저 세 놈이 약하면 나
도 고생하기 마련이다. 이번 싸움에서의 MVP는 나 아니냐고
따지고 싶지만, 하아……. 일단은 남겨 두기로 할까.

"주인님~, 남은 거 있으면 필로한테 줘!"

새가 침을 질질 흘리면서 떠들어댄다.

"못 말리는 녀석이라니까……."

등뼈부터 꼬리지느러미까지를 해체해서 필로에게 던져
준다. 그러자 덥석 받아먹었다.

"뼈인데도 식감이 꼭 슬라임 같아~."

"잠깐, 너 언제 슬라임을 만난 건데?"

"그게 말야~."

그 후의 얘기는 별 시답잖은 것이니 생략한다. 결과적으
로 내가 화를 냈다는 것만 말해 두자.

방패에 먹이지 못했다는 의미에서.

"좋아, 이제 마을 재건을 도우러 가자."

할 일을 마친 우리는 지원병들과 함께 마물 시체 처리와
재건 지원을 시작했다.

아무리 그래도 나 혼자서 모든 걸 다 처리할 순 없는 노릇
이다. 그러니까 어디까지나 식량 지원이나 치료를 최우선으
로 삼는다.

"알겠습니다. 저희도 최선을 다하겠습니다!"

지원병 녀석들도 딱히 이의를 제기하지 않고 내 얘기에 순순히 따라 주었다. 그러니 이제 더 이상은 의심하지 않아도 될 것이다.

　오랜 싸움으로부터 하룻밤이 지나니 그제야 기사단이 도착했다.

　기사단 단장 녀석은 내가 지원병들을 소환한 것을 보고 길길이 날뛰어댄다.

　"이 자식! 멋대로 내 기사단 병사를 데려가다니!"

　"용사님 잘못이 아닙니다! 용사님의 힘이 되어 드리고 싶다고 저희가 먼저 진언을 드리고 용사님의 힘을 빌린 것뿐입니다."

　"뭐가 어째? 그러고도 네놈들이 영예로운 메르로마르크 병사들이냐! 방패 따위에 현혹되다니!"

　"너 말야……. 이런 참상을 보고도 부하들을 문제행동으로 처분하려는 거냐? 이 녀석들이 없었더라면 더 큰 피해가 났을 텐데?"

　내 지적에 응하듯이 기사단을 마중 나왔던 마을 사람도 고개를 끄덕인다.

　"그리고 너희가 믿고 의지하는 용사 놈들과 그 동료들은 파도에서 나타난 강적에게 모조리 당해서 저 건물에 수용돼 있다고."

　부탁한 적도 없건만, 마을 사람들이 용사들과 그 동료들을 집으로 떠메고 와서 치료 중이다. 가볍게 약을 처방해 줬다는 모양이지만 완치되려면 며칠은 걸릴 것이다. 회복은 빠르다는 모양이니 의식은 오늘 중에 되찾을 것 같지만.

"빨리 용사님과 그 동료 분들을 실어 날라! 서둘러 치료원으로 보내야 해!"

"그 녀석들은 비교적 경상이라고. 중상을 입은 마을 사람들도 더 있으니 그쪽을 우선시해서——."

"용사와 그 일행을 최우선으로 삼는 건, 우리나라와 전 세계를 위한 일이다!"

대답하는 태도가 뭐 이렇게 거만해 빠진 건지…….

뭐, 어차피 그렇게 나올 줄 알고 내가 미리부터 마을 사람들 치료를 최우선으로 해 왔으니 딱히 문제될 건 없지만.

"그래, 그래. 냉큼 데려가라고. 난 바쁘니까."

"기다려라, 방패."

쫓아내려고 손사래를 치자, 지원병에게서 상황 설명을 들은 기사단장이 나를 불러 세운다.

"이번엔 또 뭐야……."

"나와 함께 성에 가서 보고에 동석해 줘야겠다."

"싫어. 귀찮아."

"잔말 말고 따라와!"

못해 먹겠네. 우선시해야 할 일이 있는 마당에, 왜 아무 의미도 없는 짓을 해야 하는 건데?

내가 무시하고 발걸음을 돌리려 하자 지원병들이 애원 섞인 시선으로 고개를 숙인다.

"부탁드립니다, 방패 용사님. 부디 동행을……."

이 녀석들은 충실하게 내 지시를 따라 행동해 줬으니까 말이지. 그런 녀석들 부탁을 묵살해 버릴 수도 없는 노릇이고, 어차피 무기상 아저씨에게 주문한 금속제 마차를 받으러 가야 할 상황이기도 했으니까…….

"하아……."

머리를 벅벅 긁적이면서 뒤를 돌아본다.

"알았어. 가면 되잖아, 가면! 이 녀석들의 선의에 딱 한 번만 보답해 주지."

"감사합니다!"

말과 태도로 감사를 표현하는 지원병들의 모습에, 나는 마지못해 고개를 끄덕여 주었다.

이렇게 해서 나는 성으로 향하게 되었다.

이튿날, 성 밑 도시에 도착하자마자 성으로 들어간다.

"방패의 동료들은 다른 방에서 기다리도록."

"여기까지 와서 나 혼자 가라는 거냐?"

이 녀석들은 왜들 이렇게 거만해 빠진 거야?

"이봐, 나 그만 돌아가도 돼?"

어차피 짜증 나는 소리만 들을 게 뻔한데, 괜한 시간 낭비하기 싫다.

"그럴 수는 없다. 네놈에게는 물어봐야 할 게 산더미처럼 많으니까."

"여기 오는 길에 얘기할 만큼 얘기했잖아."

다른 용사들이 당하고 그들을 쓰러트린 적을 우리가 격퇴하게 된 경위는 이미 설명했다. 지원병들도 멀리서 그 모습을 확인했으니 증거도 충분한 셈이다. 기사단장 녀석도 내 얘기가 거짓말이라고 생각하지는 않을 것이다.

쓰레기 왕이라면 그 사실까지 날조할지도 모르지만 그러면 냉큼 도망치면 그만이다.

지금 내가 가진 힘으로도 그 정도는 가능하고, 라프타리아와 필로가 함께라면 쉽게 붙잡히지는 않을 것이다.

"조용히 해라! 왕의 어전이다!"

끼이이익 하고 문이 열리고 안내에 따라 옥좌가 있는 방으로 가니, 쓰레기 왕이 험악한 얼굴로 나를 맞이했다.

상황 설명은 미리 들은 모양이다. 내 활약에 대한 짜증이 나한테까지 전해져 왔다.

"유감스럽기 짝이 없다만, 파도를 잘 잠재워 주었다, 방패. 나는 안 믿지만."

"그게 감사 표현을 하면서 할 소리냐."

"무례한 놈! ……그래서 한 가지 묻고 싶은 게 있다. 어차피 헛소리일 테지만."

"물어볼 게 뭔데?"

말끝마다 안 믿는다느니 헛소리라느니, 정말이지 말 많은 놈이군.

"방패, 너는 무슨 수로 다른 용사들을 앞지르고 강한 힘을 손에 넣은 것이냐? 난 네 얘기 따위는 안 믿지만, 너는 그걸 얘기할 의무가 있다. 자, 얘기해라. 보나 마나 거짓말이겠지만."

……대충 짐작이 가는군. 쓰레기 왕은 다른 용사들이 나보다 약한 건지도 모른다는 걱정 때문에 직접 내게 따져 묻기로 한 모양이다. 하아…… 너무 쓰레기 같은 짓이라 황당함에 말문이 막힐 지경이다.

솔직히 다른 용사들을 물리친 글래스가 왜 후퇴했는지는 나도 모른다.

나를 가장 강한 용사로 오해해서 나와 싸우다가, 잔여 시간이 나타나는 동시에 후퇴했다.

그 모래시계의 잔여 시간과 관련이 있다는 건 알겠지만 그 이상은 수수께끼다. 잔여 시간을 넘기면 어떻게 되는 걸까?

의문은 끝이 없다. 그 점에 대해서는 언젠가 확인해 봐야 한다. 하지만 나도 한가한 놈은 아니다.

그건 그렇고 내가 할 대답은 정해져 있군. 나는 산뜻하게 웃으며 쓰레기를 향해 엄지손가락을 꺾어 내렸다.

"궁금하면 무릎 꿇어."

"뭐야?"

쓰레기 왕 녀석은 어안이 벙벙한 표정으로 굳어 버린다. 정말이지 재미있는 얼굴이다. 사진으로 찍어서 남겨 두고 싶다.

"내 말 못 들었어? 가는귀가 먹은 모양이군, 쓰레기. 궁금하면 땅바닥에 머리를 짓찧으면서 애원을 하라는 소리야!"

"이, 이, 이……!"

"왜 그러지? 원숭이처럼 괴성도 지르라고. 아~, 맞아, 이 나라 왕은 원숭이 이하의 쓰레기였지. 나는 쓰레기 원숭이 따위 안 믿지만."

아까 쓰레기 왕이 했던 말을 그대로 흉내 내며 이죽거리자, 쓰레기 왕 녀석은 순식간에 얼굴을 새빨갛게 물들인 채, 부모를 죽인 원수라도 쳐다보는 것 같은 눈으로 나를 쏘아보았다. 아아, 이거 기분이 제법 괜찮은데.

"이 자식이―――――――――――――――――――――――――――――!"

쓰레기 왕의 호통 소리가 성 안에 쩌렁쩌렁 울려 퍼질 정도였다.

전방에는 재앙의 파도, 후방에는 쓰레기. 앞뒤가 모두 적인 셈이지만, 나는 그 어느 것에도 질 생각이 없었다.

"두 번 다시 내 눈 앞에 나타나지 마라!"

"네놈이 불러서 온 거잖아! 말 안 해도 그럴 생각이니 걱정 말라고."

이렇게 해서 나는, 진정한 의미에서 쓰레기 왕과 결별했다.

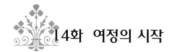 **14화 여정의 시작**

"저놈의 목을 쳐라아아아아아아아아아아!"

쓰레기 녀석, 내 대답에 단단히 화가 난 모양이군.

"이런, 단두대 칼날이 내 목을 뚫을 수 있을 것 같아?"

철걱철걱 소리를 내며 나에게 다가들려 하는 기사단과 쓰레기를 향해 쏘아붙인다.

"파도 때 다른 용사들을 일격에 해치운 적을 격퇴한 게 나라는 걸 잊은 건 아니겠지?"

방패에 손을 얹은 채 말하자, 기사단은 더 이상은 한 발짝도 움직이지 못하고 주춤거렸다.

어쨌거나 나도 용사다. 무엇보다 이번 파도에서의 전과를 아는 자라면 섣불리 접근할 엄두를 내기 힘들 것이다.

비록, 그것이 반쯤은 허세라고 해도.

"뭣들 하는 거냐! 저 무례한 놈을 당장 죽여라!"

"어이……."

나는 쓰레기를 쏘아보며 으름장을 놓듯이 목소리를 낮추어 다시 한 번 말한다.

"아직도 모르겠어? 지금의 나는 정면으로 성에 쳐들어가서 너를 죽이고 정면으로 다시 도망치는 것도 가능하다고."

"크윽……."

쓰레기 녀석, 울분이 꼭뒤까지 차오른 표정이군.

"정 못 믿겠으면, 어디 한번 시험해 볼까?"

협박과 허장성세는 상대방과 교섭할 때 꼭 필요한 것임을, 이 세계에서 배웠다.

그래서 최대한까지 쓰레기를 견제한다.

"그렇게 믿고 의지하던 용사들도 적에게 패했으니까. 그런 적을 물리친 나한테 당해낼 수 있을 것 같아?"

"크으으으……."

이를 갈면서 울분을 참는 쓰레기.

"그런 소리를 지껄일 수 있는 것도──."

"내 부하한테 손이라도 대면, 죽여 버릴 줄 알아."

쓰레기가 말하려 하는 가능성을 사전에 짓부순다.

아이언 메이든은 상당히 강력한 스킬이다. 소울 이터를 해치울 정도였으니, 쓰레기 왕쯤은 얼마든지 죽일 수 있으리라. 최악의 경우 셀프 커스 버닝의 불길로 휘감으면 부상 정도는 입힐 수 있다.

쓰레기의 얼굴이 새파랗게 질렸다. 이제야 자신의 처지를 이해한 모양이다.

"이제 두 번 다시 내 일에 끼어들지 말라고, 쓰레기. 파도가 끝나면 난 어차피 돌아갈 거야. 그때까지 최소한의 협력은 해 주지. 하지만 날 방해할 생각은 마."

협박은 최대한 강하게, 하지만 비장의 카드를 손쉽게 소모해서는 안 된다. 원래 비장의 카드는 가능한 한 끝까지 숨겨 둬야 할 최후의 수단인 것이다. 이 녀석을 여기서 죽여 봤자 아무것도 해결되지 않는다. 또 다른 쓰레기가 이 녀석의 후임으로 나타나서 나를 지명수배 할 뿐이다.

그리고 나도 다른 용사들과 정면으로 맞붙어서 이길 수 있을 거라는 확신은 없다.

게다가 셋이서 같이 덤벼들면 아마도 질 것이다.

"그럼 잘 있으라고."

나는 발걸음을 돌려서, 옥좌가 있는 방을 나선다.

"용서 못 해, 가만 안 두겠다, 방패애애애애애애애애애애애애애애애!"

쓰레기의 절규가 옥좌가 있는 방에 울려 퍼졌다.

"그건 내가 할 소리다아아아아아아아아아아아아아아!"

나는 방에서 나서면서 그렇게 맞받아쳤다.

옥좌가 있는 방을 나와 계단을 내려가다가 귀족풍의 여인과 스쳐 지났다.

부채로 입매를 가리고, 값비싸 보이는 드레스를 입고 있다. 얼굴은 잘 보이지 않지만, 이목구비는 가지런한 것 같다. 나이는 몇 살쯤일까? 아마도 20대 후반 정도려나……? 머리카락은 보라색…… 상당히 희귀한 머리색이군.

"이번 활약, 수고가 많으셨……소이다."

소이다? 이런, 나도 모르게 돌아볼 뻔했다.

응? 여자 뒤에 제2왕녀가 동행하고 있잖아.

"아."

나는 무시하고 걸어간다. 빗치의 여동생과 얘기할 생각 따윈 없다.

"메르티 님."

"나도 알아!"

그렇다, 그때는 별다른 생각 없이 이렇게 스쳐 지나서 걸어갔다.

설마 제2왕녀가 이후의 소동에서 중요한 열쇠가 되리라고는 꿈에도 생각지 못한 채.

참고로 라프타리아와 필로는 다른 방에서 나를 기다리고 있었다. 내가 소동을 일으킬 거라 예상하고 탈출 준비를 하고 있었다고 한다. 이걸 나에 대해 이해해 준다고 기뻐해야 하는 건지는 애매한 일이지만.

성에서 나오자마자, 의뢰했던 마차가 다 완성됐는지 물

어보러 무기상으로 향했다.

"오, 형씨. 부탁했던 마차, 이미 다 완성됐수다."

"오오, 생각보다 빠른데. 아저씨, 금속 계통 부탁이라면 뭐든지 다 완수해 내는군."

"나는 그저 아는 녀석들과 형씨 사이의 창구 구실만 한 거요. 내가 만든 게 아니잖수?"

뭐, 세공소 같은 곳에서 만들었다고 보는 게 타당하겠지.

"아니, 돈만 있으면 뭐든지 다 만들어 주니까 대단한 녀석이다 싶어서."

"형씨가 그렇게 말하니 정말로 못 하는 게 없는 사람으로 취급받는 것 같아서 좀 슬프군. 나는 형씨처럼 만능이 아니란 말이우."

"나도 만능은 아닌데 말이지……."

아저씨는 나를 어떤 녀석이라 생각하고 있는 거야?

"뒤뜰에 세워 뒀으니 한번 보슈."

"그래, 그럼 구경 한번 해 볼까? 그나저나 아저씨, 라프타리아의——."

내가 말을 마치기 전에, 라프타리아가 내 손을 붙잡는다.

"왜 그래?"

"검이라면 아직 바꿀 필요 없을 것 같아요. 예비용 검이 있으니까……. 지금 그 돈은 활동비로 사용하기로 해요."

"흐음…… 라프타리아가 그렇게 말하니 그만두기는 하겠

지만……."

뭐, 어차피 지금 공격의 핵심으로 활약해 주고 있는 건 필로다. 라프타리아는 보조적인 역할로 싸우고 있는 걸 고려하면, 그렇게 긴급하게 필요한 정도는 아니겠지. 어쩌면 어딘가 다른 가게에서 아저씨네 가게보다 좋은 물건을 구할 수 있을지도 모르고.

무기상 뒤뜰로 가니 무기상 아저씨의 말마따나 금속제 마차가 놓여있었다.

덮개 부분도 금속으로 되어 있어서 옛날에 부모님이 사왔던 양철 마차 장식품을 확대해 놓은 것 같은 느낌이다.

"와아……."

필로의 눈이 지금까지 본 적이 없을 만큼 초롱초롱하게 빛나고 있다.

마차를 끄는 자리로 비틀비틀 걸어가서 손잡이를 움켜쥔다.

"이거 필로가 끌어도 되는 거지?!"

"그래."

"만세!"

필로는 신이 나서 어쩔 줄 모르겠다는 듯 양손을 파닥거리며 당장에라도 출발하고 싶어서 안달이 난 것 같은 얼굴이다.

"일단 짐부터 싣자."

"네."

"네~에!"

파도 재해가 일어난 지역에서 성 밑 도시까지 오기 위해 일시적으로 사용했던 짐차에서 짐을 내려다가 새 마차로 옮겨 싣는다.

판매할 상품이며 소재, 도구 등을 옮겨 싣다 보니, 그래도 꽤 시간이 걸렸다.

"어떻수, 형씨?"

짬이 나길 기다리던 무기상 아저씨가 다가온다. 나는 잘해주었다는 의미에서 엄지를 추켜세우며 대답했다.

"좋아, 기대했던 대로 잘 뽑았어."

"그거 다행이군. 그런데 중량이 꽤 나갈 텐데…… 새 아가씨라면 괜찮으려나?"

"응!"

"이 녀석은 마차에 짐차를 두 대 연결시킨 상태에서도 신나게 끌던 녀석이니까."

"그거 대단한데."

"도리어 기대보다 가벼워서 실망했다고 할지도 몰라."

"필로는 있지, 단단한 게 좋아!"

필로리알의 기준인가? 이를테면 단단하고 무거운 걸 끌수록 더 훌륭하다는 취급을 받는 식으로.

"하하하. 뭐, 잘해 보라고. 그런데 형씨는 이제 어쩔 거요?"

"어쩌다니 뭘?"

"얘기 다 들었수. 성에서 뭔가 일이 터졌다던데."

아저씨는 약간 곤혹스러워하는 얼굴로 내게 말한다.

"소문 참 빠른데."

"소문은 인생을 즐겁게 만들어 주는 양념이니까."

"소문이 맞아. 그 쓰레기가 거만하게 지껄이기에 주제 파악을 하게 만들어 줬지."

"언젠가 일 한번 저지를 줄 알았다니까, 형씨."

"기대에는 부응해 줘야지."

"가능하면 부응하지 말아 줬으면 했는데."

"그리고 아까 한 질문에 대한 대답 말인데, 글쎄…… 클래스 업을 하러 실트벨트나 실드프리덴으로 가 볼까 생각 중이야."

쓰레기를 협박해서 용각의 시계탑 사용 허가를 얻는다는 선택지도 없는 건 아니지만, 쓰레기의 관할 안에서 라프타리아와 필로의 클래스 업을 시켜줬다가는 뭔가 더러운 잔꾀를 부릴 것 같아서 무섭다.

사실 아직 클래스 업이 어떤 건지 잘 이해도 못하고 있는 마당이니, 관리하는 측에서 뭔가 개입할 여지가 있는 방식이라면 불안감이 수반될 수밖에 없다. 그렇다면 아예 문제의 여지가 없는, 자유롭게 드나들 수 있다는 이 두 나라에서 클래스 업을 시키는 게 가장 좋을 것이다.

"뭐, 형씨라면 언젠가 그 나라에 갈 거라고 생각은 하고 있긴 했지만."

"엉?"

아저씨는 뭔가 납득이 간다는 듯 고개를 끄덕였다. 무슨
뜻이지?

"나라면 실드프리덴을 추천하겠수. 실트벨트는 극단적인
나라라서 말이지……."

"그래?"

"그래. 아인 절대주의에 인간은 노예인, 이 나라와는 정
반대인 나라지."

그랬었군……. 그렇다면 인간인 나에게는 안 맞는 나라
인 셈이다.

"하지만——."

"좋은 참고가 됐어. 그럼 실드프리덴으로 가도록 하지."

짐 적재가 끝났으므로, 우리는 마차에 오른다.

"알았수. 그럼 다시 가게에 오기를 기다리지."

"그래. 어쩌면 유령 같은 혼 속성 적과 싸울 수 있는 무기
를 부탁하러 또 아저씨한테 찾아올지도 몰라."

"오호, 형씨도 이제 그 정도 적을 염두에 둘 만한 경지에
다다랐다는 거군. 그럼 당연히 준비해 둬야지."

"재료 단계부터 해서 되도록 싸게 만들고 싶은데."

"형씨한테는 못 당하겠다니까. 가능하면 너무 기일에 빡
빡하게 오진 마슈. 어디서 재료를 구할 수 있는지 가르쳐줄

테니까."

"알았어. 어느 정도에 와야 여유가 있을지 생각해 보지. 그럼 우린 이만 가 볼게. 잘 있으라고, 아저씨."

"또 오슈."

필로가 덜컹덜컹 마차를 끌기 시작했다.

당면한 목적은 클래스 업이다. 필로가 끄는 마차를 타고 달리는 2주일간의 여정. 약간 긴 여정이지만, 장래를 위해서는 피할 수 없는 길이다.

"저겁니다!"

밖에서 우렁찬 목소리가 들려온다. 성 밑 도시를 나서기 직전, 금속 마차를 때리는 소리와 목소리가 울려 퍼졌다.

"드디어 찾았어!"

"아, 메르다!"

"무슨 일이야?"

필로를 세우고 마차에서 고개를 내미니, 제2왕녀가 숨을 헐떡거리며 나를 삿대질하고 있었다.

제2왕녀의 뒤에는 기사들이 따르고 있다. 방금 우리를 발견한 건 뒤에 있는 녀석들이겠지.

"지금 당장 성으로 돌아가라구!"

"뭐? 밑도 끝도 없이 무슨 소리야?"

"아버지와 제대로 대화를 하라는 말이야!"

시끄러운 꼬맹이로군. 그 쓰레기와 대화를 해야 할 필요 따위는 티끌만큼도 없다.

"일이 이렇게 된 건 다 네 아버지 잘못이야. 난 잘못 하나도 없어. 자, 이제 좀 알겠어?"

"뭐가 어째?!"

뭐, 이제 와서 얘기해 봤자 소용없는 짓이겠지만. 그 음탕한 왕녀의 여동생이니 진지하게 얘기할 필요 따위 없겠지.

"네 아버지한테 전해. 난 언제든지 죽이러 갈 수 있다고. 그러니까 항상 겁에 질린 채로 살아가라고."

"왜 그러는 건데? 왜 그렇게 험악한 말을 하는 거야? 제대로 얘기를 하란 말야!"

"네 아버지가 쓰레기니까 그렇지! 대화 따위는 할 필요 없어. 네 부모가 잘못한 거니까!"

"우, 우……. 절대 용서 못 해! 어머니가 잘못 생각하신 거야! 방패 용사는 악당이었어!"

부하 기사 같은 녀석이 앞으로 나선다.

"흥. 상대해 주고 있을 시간 없어. 필로."

"왜~애?"

"가자."

"으…… 메르랑 놀고 싶은데."

"안 돼."

"피이……."

"빨리 가!"

"네! 으……. 그럼 다음에 봐, 메르."

필로는 고개를 끄덕이고 앞으로 돌아서서, 마차를 급발진시켰다.

"아, 거기 서————————————!"

제2왕녀의 목소리가 멀어져 간다. ……역시 성 밑 도시는 마귀 소굴이다. 물건 살 때 이외에는 두 번 다시 오기 싫군.

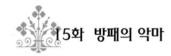

15화 방패의 악마

"나오후미 님, 조금쯤 더 얘기를 나눠 보시는 게 낫지 않았을까요?"

"그 녀석은 그 쓰레기 왕과 빗치의 여동생이라고. 정신이 똑바로 박힌 녀석일 리가 없어."

"그렇긴 하지만…… 한 번은 나오후미 님을 구해 주기도 했잖아요. 그 이전에는, 잠깐이나마 같이 여행을 한 동료였기도 하구요."

으음……. 그러고 보면, 모토야스의 폭주로부터 우리를 보호해 준 건 사실이긴 하다.

그래도 말이지. 그건 대규모로 짜고 저지른 필로 약탈 작전일 테니, 곧이곧대로 얘기를 받아들였더라면 지금쯤 필로를 빼앗겼을 게 틀림없다. 실제로도 필로는 이상하리만치 제2왕녀를 잘 따르기도 하고.

"그럼, 혹시라도 쫓아온다면 조금 정도는 얘기를 들어 주도록 하지."

"부탁드릴게요. 필로의 친구니까요."

"메르는 착한 애라구."

"표면상으로만 그런 거겠지. 그보다는 앞으로의 일에 대해서나 생각해."

"행상 일을 하면서 가실 거죠?"

"그래. 여비 변통도 해야 하고, 그걸로 무기 제작비도 충당해야 해. 아무래도 필로의 식비가 말이지……."

필로는 굉장한 마력(馬力)을 갖고 있지만 그만큼 소비도 많아서 그 밥값도 무시할 수 없는 수준이다. 마물을 먹이로 주고 있지만 그걸로 감당할 수 있는 양이 아니다. 돈 나갈 일이 언제 생길지 모르니 미리미리 벌어 두는 게 옳을 것이다. 숙박할 마을이나 도시에서 물건을 팔면 되니까.

"으음?"

마차 구석에 낯선 보따리 하나가 뒹굴고 있다.

뭔가 싶은 마음에 열어 보니, 편지 한 통과 함께 뭔가 액세서리 같은 것이 들어 있었다.

「형 씨에게.

뭐라고 해야 할지, 직접 편지를 주기에는 쑥스러워서 말이오. 형씨를 위해 조촐한 도구를 준비해 뒀수. 마음에 들면 써 주쇼.」

무기상 아저씨……. 그 마음 씀씀이와 꼼꼼한 배려에 마음이 따스해진다.

으음, 먼저 하나를 꺼내 보자.

기다란…… 검이다. 게다가 라프타리아의 부러진 검과 같은 녀석.

눈치채고 있었던 건가, 무기상 아저씨. 대단한 관찰력. 솔직히 감동했다. 눈물이 날 것만 같다.

"라프타리아."

"왜 그러세요?"

"아저씨가 준 선물이야."

"이건…… 꽤 비싼 건데. 뭐라고 감사의 말씀을 드려야 할지 모르겠네요."

라프타리아도 검을 받아들고 눈물짓는다. 그 아저씨도 참, 여러모로 센스 있는 짓을 한단 말이지.

"그리고 뭐가 있지?"

여러 가지가 들어 있었는데, 누구에게 주는 물건인지가 각각 지정돼 있었다.

편지에도 도구에 관한 간단한 메모가 적혀 있었다. 황급히 썼는지 상당히 휘갈겨 쓴 글씨다.

으음…… 우선 내 건, 방패의 보석 위에 덮는 액세서리? 형태는…… 뚜껑처럼 생겼군.

아저씨의 메모에 따르면, 나중에 내 방패에 대해 자세히 조사하기 위한 물건이라고 한다.

뭐, 나도 사실 이 방패 때문에 제대로 싸우지 못하는 형편이니 아저씨에게 조사를 부탁하는 것도 괜찮을 것이다.

딸칵 하고 보석 위에 끼운다.

다음은 라프타리아에게 주는 물건이다. 또 한 자루의 검? 나는 라프타리아에게 검을 건넨다.

"그게 선물이라는 모양이야."

"또 검인가요?"

라프타리아는 슥 하고 칼집에서 검을 뽑는다. 그것은 뽁 하는 소리와 함께 뽑혔지만, 검신이 없다.

뭐야, 이거?

"연기용 칼자루인가요?"

"그, 글쎄……."

메모에는 시제품으로 만든 마력검이라고 적혀 있다. 실체가 없는 상대에게 통한다는 모양이다.

우리가 알고 있을 거라는 걸 전제로 적어 놨군. 본래는 아저씨가 설명해 놨어야 했을 테지만, 쑥스러워서 설명이 부족해진 건가. 검신은 어떻게 하라는 거지? 혹시 실체가 없는 녀석에게는 검신이 보이는 건가?

"검신이 없다는 점에 의미가 있을지도 몰라요. 좀 조사해 볼게요."

"그래. 아저씨가 의미도 없는 물건을 줄 리는 없으니까."

좋아. 마력검에 대해서는 라프타리아에게 맡겨 두기로 하고……

"다음은……."

필로의 물건인 줄 알았는데, 내 거였다.

"글러브인가?"

생김새는, 보석을 끼운 글러브다. 이거 제법 근사하게 생겼는데.

어디 보자……. 아, 메모에 설명이 적혀 있다.

……읽다 보니 메모를 마구잡이로 구겨 버리고 싶은 충동에 휩싸였다.

필로가 마차를 끌 수 없어서 곤란한 상황에 빠졌을 때를 대비한 아이템이라고 한다. 그 경우, 내가 이 글러브를 끼고 필로와 함께 마차를 끌면 된다는 것이다.

마력에 비례해 근력이 오르는 효과라니, 파워 글러브 같은 건가?

내가 왜 이런 더럽게 무거운 마차를 끌어야 한다는 거야? 아저씨도 참, 배려 방법이 글러 먹었다니까.

"필로, 네 거야."

원래 괴력의 소유자인 필로가 끌도록 하는 게 제일이겠지.

"지금 필로 손에는 안 들어가는데?"

필로리알 퀸 형태일 때는 끼고 싶어도 낄 수가 없다는 건가. 뭐, 하긴 그렇겠지.

"인간형일 때라도 끼도록 해. 뭔가 장난하는 데라도 쓸 수 있겠지."

최악의 경우라도 내가 세공해서 쓰면 될 테고.

"네~!"

정말이지, 이 세상에는 우리한테 못되게 구는 놈들만 널려 있지만, 그래도 아저씨 같은 사람이 있으니 열심히 살아갈 의욕이 생긴다.

다음 파도 때도 글래스와 조우할 가능성이 높다. 그때까지 글래스와 맞서 싸울 수 있을 정도의 힘을 손에 넣어야만 한다.

그러기 위해서는 아저씨에게 무기 제작을 부탁해야 할 것이다. 그때를 대비해서라도 최선을 다해야겠다고, 나는 스스로의 의욕을 가다듬었다.

"간다!"

"네."

"응! 출바~알!"

이렇게 해서 우리의 여행이 시작되었다.

이튿날 아침. 가볍게 아침을 먹은 후 우리는 서둘러 숙소를 나섰다. 그런데 길거리에서.

"거기 서어어어어어어어어어어! 아버지와 얘기하라구~"

나는 미간에 주름을 잡은 채 이마에 손을 짚는다. 짐작은 하고 있었지만, 이렇게 빨리 따라잡을 줄이야.

필로의 발걸음을 따라잡다니 상당한 속도로 쫓아온 모양이군. 만약에 대비해서 원래 가려고 했던 방향과는 다른 방향으로 우회해 오기까지 했건만.

"간신히 따라잡았네!"

"아, 메르다."

필로가 멈춰 섰으므로, 마차에서 내려서 망할 꼬맹이를 맞이한다.

"사과하고 제대로 얘기를 해!"

나 참, 처음 만났을 때는 정중한 말투였는데, 적의를 갖게 되고 나서는 명령조로 바뀌어 버렸잖아.

드디어 진짜 얼굴을 드러냈군. 역시 필로를 노리고 접근했던 건가.

"미안. 이제 됐나?"

"내가 아니라 아버지에게 사과하라구!"

거참 시끄럽네. 난 지금 널 상대하고 있을 시간 없는데 말이지.

"안 그러면 아버지가 어머니한테 꾸중 듣는단 말야."

"무슨 소릴 하는 거야?"

무시하고 다시 달려가 버릴까?

하지만 어제 라프타리아한테 주의를 들었으니까, 일단은 얘기라도 들어 봐야 하려나?

따지고 보면 이 녀석은 지금까지 나한테 아무 짓도 하지 않았다. 필로를 빼앗으려 하고 있다는 것도 내 억측일 뿐이고, 실제로는 어디까지나 호의적으로 행동하고 있다. 그런 태도로 그 쓰레기랑 얘기하라고 물고 늘어지니, 더더욱 성가시기 짝이 없지만.

그나저나…… 어머니한테 꾸중을 듣는다니, 그 쓰레기는 혹시 아내한테 쥐여 사는 건가?

"이봐, 넌 나한테 뭘 원하는 거지?"

"그러니까, 방패 용사와 아버지가 화해할 수 있는 자리를 마련하려고──."

메르티의 지시를 무시하고, 뒤에 있는 기사 같은 녀석이 검을 뽑는다.

어라? 제일 뒤에 있는 녀석이 수정 구슬을 나와 메르티 쪽으로 내뻗고 있잖아.

뭐야, 저건? 그때 퍼뜩 깨닫는다.

이 녀석들…… 나를 쳐다보는 게 아니다.

등골을 오싹하게 만드는 불길한 기운이 몰려온다.

빗치에게 속았을 때 같은 불길한 예감 같은 것이라고나 할까. 최근 몇 달 동안에 향상된, 누군가가 다른 누군가를 함정에 빠트리려 하는 공기를 감지하는 능력이 발동된 것이다.

재빨리 기사 같은 녀석을 향해 내달린다. 그 예감은 현실이 되어 우리에게 쏟아졌다.

기사가 제2왕녀를 향해 칼을 휘둘러 내린 것이다.

"꺄아아아아아아아아아?!"

"에어스트 실드!"

망할 꼬맹이가 비명을 지른다. 재빨리 에어스트 실드를 발동시켜 방해한다.

"무슨 꿍꿍이냐!"

겁에 질린 꼬맹이 앞으로 나서서 적을 쏘아본다.

"이놈의 방패 자식! 공주님을 인질로 삼다니!"

"하아?"

자기들이 공격하려고 했던 주제에, 무슨 말도 안 되는 소리를 지껄이는 건가.

제2왕녀도 그 점을 이해하고 있는 듯, 안색이 창백하다.

"방패는 악당! 처음부터 그렇게 정해져 있었단 말이다!"

적들은 그렇게 말하면서 우리를 향해 덮쳐들었다.

나는 제2왕녀를 끌어당겨서 보호한다. 쨍강 하는 금속음이 주위에 울려 퍼졌다.

"큭……."

기사들은 마법을 영창해서, 위쪽으로부터 불의 비를 퍼부었다.

할 수 없다. 망토로 제2왕녀를 덮어서 마법을 흘려보낸다.

"이 자식……! 방패의 악마놈!"

"필로, 라프타리아!"

"네!"

"네~에!"

내 지시에 따라, 라프타리아와 필로가 적을 향해 내달린다.

반격을 감지한 기사단은 말을 타고 내빼기 시작했다.

"멍청한 놈."

필로의 발은 말보다 빠르다. 순식간에 적 한 명을 낙마시
킨다.

"우아아아아아아아아아아!"

"아, 악마 따위가!"

추격에 박차를 가했지만, 한 명씩 한 명씩 해치우는 사이
에 몇 명인가를 놓치고 말았다.

"도대체 뭐야, 저 녀석들?"

제2왕녀의 호위 담당이 아니었던 건가? 이럴 때는 다그
쳐 물어보는 수밖에. 적을 밧줄로 묶어 놓고 묻는다.

"자, 네놈들은 왜 제2왕녀를 내 눈앞에서 죽이려고 한 거
지? 이유를 대 봐."

"악마에게 얘기할 생각은 없다."

호오……. 악마라. 이렇게까지 대놓고 욕하는 놈은 오래
간만이군. 내가 방패 용사라는 걸 알아채자마자 이 말을 하

는 녀석이 몇 놈인가 있었다. 예전부터 궁금했었는데 물어
봐도 가르쳐주지를 않는단 말이지.

지금 이 녀석들과 마찬가지로, 악마에게 얘기할 생각은
없다는 식으로.

"너희 말야, 자기들 입장을 알고는 있는 거야?"

나는 손가락으로 필로를 가리킨다.

"밥?"

적 녀석의 얼굴이 약간 창백해졌다. 하지만 곧 평정을 되
찾고 대꾸한다.

"비록 우리가 죽을지라도, 그건 성전의 희생양이 되는 것
일 뿐……. 신께서 인도해 주실 거다."

……종교 쪽인가. 이런 식의 광신적인 놈들은 협박이 안
통한단 말이지.

"제2왕녀, 뭔가 짐작 가는 거 없어?"

제2왕녀는 공포에 바들바들 떨면서 고개를 가로젓는다.

"흠, 그럼 너희가 믿는 종교는 뭐지? 어차피 어딘가 굴러
다니는 똥 같은 종교겠지만."

"삼용교회(三勇敎會)다! 악마 자식! 우리의 신을 우롱할
작정이냐!"

예상대로군. 이런 녀석들은 자기들이 믿는 종교를 무시하
면 못 참는 법이다.

이제 온갖 말주변을 동원해서 진상을 캐내면 그만이다.

"이 나라에 있는 종교예요."

라프타리아가 가만히 뇌까린다.

"아는 종교야?"

"그 이전에, 이 나라 사람들 대부분이 삼용교도예요. 제가 살던 마을은 다른 종교를 믿던 곳이라서 전 가입하지 않았지만요. 나오후미 님, 모르고 계셨어요?"

"몰라."

"알고 계시는 줄로만 알았어요."

"무기상 아저씨는 왜 안 알려준 거람."

"아마 나름대로의 배려가 아니었을지……."

뭐, 나에 대한 탄압의 이유가 종교라는 걸 미리 알았더라면, 내 성격상 물리쳐야 할 적을 찾아냈다면서 무모한 돌격을 감행했을 수도 있으니까. 아까 내가 아저씨의 말을 가로막았었는데, 어쩌면 그때도 뭔가 유익한 얘기를 해 주려던 거였었는지도 모르겠다. 좀 더 찬찬히 얘기를 들으려는 노력을 해야겠다.

"그럼, 이 녀석들의 소지품 중에서 종교 관련 도구를 찾아 봐."

"아, 네."

라프타리아는 결박당해 있는 녀석들의 몸을 뒤진 끝에, 뭔가 묵주처럼 생긴 액세서리를 찾아낸다.

보기에는 그냥 평범한 액세서리로, 특수한 부여 기능도 없는, 단순한 패션 아이템이다.

"그걸 땅바닥에 내려놔."

"하아······."

이상한 심벌이다. 세 개의 무기가 겹쳐져 있다. 검, 창, 활? 기분 나쁜 무기가 총집합해 있군.

그러고 보니 성수를 사러 갔을 때 교회에 걸려 있던 심벌도 이것이었다. 아아, 라프타리아는 내가 거리낌 없이 그 교회에 들어가는 걸 보고, 내가 그 종교를 알고 있는 거라 생각했던 거군.

"자, 잘들 들으라고. 순순히 털어놓지 않으면 내가 이 도구를 짓밟아 버릴 거야."

"하, 하지 마아아아아아아!"

붙잡힌 기사단이 핏대를 세우며 분노했다.

참을성 없는 녀석이군. 이런 금속 덩어리가 그렇게 소중한 건가······.

내 세계에서도 종교 때문에 전쟁을 일으키는 녀석들이 있으니까, 거기에 가까울지도 모른다.

"요렇게, 요렇게."

괴상한 심벌 위로 발을 들어 올려서, 발이 닿기 직전의 위치까지 내렸다 들었다를 반복한다.

"이 방패의 악마 자식! 우리의 신이 절대 용서치 않을 것이다!"

"알 게 뭐야. 제2왕녀를 죽이려고 한 이유나 냉큼 불어.

왜들 그래? 너희의 신앙이라는 게 고작 그 정도였냐?"

"큭……."

"소중한 신의 상징이 눈앞에서 악마의 발에 짓밟히도록 내버려 두려고? 참 다정하기도 한 종교인데?"

*후미에를 역으로 사용한 방식이다. 나를 악마라고 인식하고 있다면, 이 녀석들은 악마가 행하는 만행을 참고 볼 수 없을 것이다.

"솔직하게 말하면 안 밟고 넘어가 주지."

"아, 악마의 감언이설에 대답할 생각 없다!"

"아, 그러셔?"

땅바닥에 박혀 들 정도로 꾸욱 힘을 주어 심벌을 짓밟는다.

"망할 노오오오오오오오오오오오오오오오오옴!"

으~음……. 이제 어쩐다. 일단 신원이라도 밝혀 둘까.

"이봐, 제2왕녀, 이 녀석들은 도대체 뭐지? 국가의 기사 아니었어?"

"아아우……."

제2왕녀는 살해당할 뻔했다는 공포로부터 아직 회복하지 못한 채, 새파랗게 질린 얼굴로 벌벌 떨고 있다.

"메르, 주인님이랑 필로가 있으니까 겁 안 내도 돼."

---

* 후미에(踏み絵) : 기독교가 탄압받던 에도 시대에, 숨어 있던 기독교 신자를 색출하기 위해서 사용하던 도구. 예수나 마리아, 혹은 그 상징을 새겨 놓은 목판이나 금속판이다. 이것을 땅바닥에 놓고 밟고 지나가게 해서, 차마 밟지 못하거나 밟기 전에 예를 표하는 행위를 하면 신자로 판명, 혹독한 처벌을 받게 되었다.

"필로······."

평정을 되찾은 제2왕녀가 나를 보며 중얼거리듯 말한다.

"저기, 이 사람들은 아버지의 기사들이야."

"그 쓰레기 놈······. 기어이 날 죽이려고 자기 딸까지 희생시키려고 했던 거냐."

그 정도로 날 혐오하고 있었다니, 그건 그것대로 대단하군.

"아니, 그게 아냐······. 아마도."

"왜지?"

"아버지는 분명 아무것도 모르고 계실 거야. 지적 유희를 할 때는 어머니도 못 당할 만큼 영리하신 분이니까, 이런 수단은 안 취하셔. 만약 암살을 시도한다고 해도 누구나 납득할 수 있을 만큼 빈틈없는 작전을 짜시겠지. 그리고 솔직히, 어머니라면 이런 무식한 방법은 절대 허가하지 않으셨을 거야."

"영리한 게 아니라 잔꾀가 많은 거겠지."

쓰레기 왕은 내 입장에서는 그저 바보라는 생각밖에 안 드는데, 그런 녀석한테 질 정도면 어머니란 자의 수준도 뻔하군.

"이런 일을 지시할 사람이라면 언니밖에 없을 것 같아. 어머니도 조심하라고 주의를 주셨고."

흐음······. 좀 억지스러운 추론이긴 하지만 그 빗치를 미는 파벌과 제2왕녀를 지지하는 파벌이 갈라져 있다고 생각하면 어떨까.

"그럼 네 언니가 한 짓 아냐?"

후계자는 오로지 자신뿐, 나쁜 싹은 일찌감치 잘라 버리자. 제1계승권은 제2왕녀에게 있는 것 같으니, 그 빗치라면 이런 짓을 꾸미고도 남을 것 같다.

"다음 여왕의 자리는 내 거다. 동생에게 넘겨줄 순 없다, 이런 식으로."

"언니라면…… 그럴지도 모르겠어."

"그건 부정 안 하는군."

"언니는 옛날부터 남들을 함정에 빠트리는 걸 좋아하고, 원하는 것을 손에 넣기 위해서라면 수단과 방법을 안 가렸다고, 어머니께서 그러셨으니까."

그 빗치라면 그러고도 남았겠지. 그나저나 가까운 여자들한테는 그 못된 성격이 다 들통 나 있었던 거냐.

"아버지는 그걸 모르고 계셔. 언니는 착실한 사람이라고 말씀하시곤 하는걸."

신뢰하고 있다는 거로군. 그런데도 제2왕녀는 물러서지 않고 고집스럽게 대화를 주장한다.

"왕은 그냥 너한테 왕위를 물려주기 싫어서 그러는 거 아냐?"

"그건 절대 아냐."

"무슨 근거로?"

"왕위를 누구에게 물려줄지를 결정하는 건 어머니인걸.

그리고 어머니는 언니를 안 믿으셔."

"어머니라……. 네 어머니란 사람, 너랑 같이 있던 보라색 머리 맞지? '소이다' 같은 말투를 쓰던데."

"그 사람은 똑같이 생긴 대역. 어머니로 위장하고 있었던 거야."

"대역이라……. 그럼 생김새는 비슷한 느낌이라는 거군."

특이한 보라색 머리가 인상에 남아 있다.

"응. 생김새는 똑같이 변장하지만, 말투가 좀 이상해."

"호오……."

"아버지보다도 더 높은, 여왕이니까."

제2왕녀는 그저 지나가는 얘기인 양, 엄청난 소리를 뇌까렸다.

"뭐라고……?"

"아버지보다 더 높다구."

"하?"

"나오후미 님, 메르로마르크국은 여계 왕족의 국가라고 해요. 저도 얼마 전에 알았어요."

라프타리아가 당연하다는 듯 보충했다.

그럼 뭐야? 그 쓰레기는 데릴사위였다는 거잖아!

"왜 그렇게 웃으세요, 나오후미 님?"

"이런 상황에서 어떻게 안 웃을 수가 있겠어? 그 쓰레기, 데릴사위였잖아! 앗핫핫!"

"주인님 즐거워 보여."

"아버지를 얕잡아 보지 마!"

"좀 얕잡아 보면 어때서 그래? 어차피 널 버린 아버진데."

"아버지는 날 버리신 게 아니라구! 으아아아아앙!"

오, 제2왕녀 녀석, 기어이 못 참고 눈물이 그렁그렁한 눈으로 나를 투닥투닥 때리기 시작했다.

뭐야. 어른스럽게 굴고 있었지만, 역시 애는 애였군그래.

이것 참, 처음 만났을 때는 애늙은이 같았는데 이러니까 나이에 어울려서 좋군.

뭔가 훈훈한 기분인걸. 밉살맞은 녀석이긴 해도, 이렇게 천진난만하게 우는 모습을 보니.

그나저나 처음 만났을 때와는 말투가 완전 달라졌잖아. 평소에는 왕녀라는 입장 때문에 허세를 부리고 있었던 거겠지. 다시 말해, 이 어린애다운 말투가 진짜 제2왕녀라는 뜻이리라.

"어린아이를 울려 놓고 웃으시다니, 못되셨어요."

"나이로 따지면 너랑 별 차이도 없잖아."

라프타리아는 자기도 두 달쯤 전에는 이 녀석과 비슷한 또래였다는 걸 잊고 있는 거 아냐?

필로와의 관계 때문인지, 언니 노릇을 하고 싶어 하는 모양이다.

좋아. 이번에는 특별히 그 쓰레기 왕이 저지른 짓이 아니라고 후하게 해석해 주기로 하자. 생각해 보면 쓰레기는 자기 가족만은 끔찍하게 아끼는 성격이었으니까. 그렇게 생각하면 광신적 신자가 악마인 나를 처단하려고 행동을 일으킨 것일 가능성이 있다. 그 외에도, 아까 생각했었던 권력 투쟁이라는 가능성도 존재하지만.

"나오후미 님……."

"알았다니까."

라프타리아도 이제 슬슬 화가 나는 기색이었으므로, 나도 진지하게 생각하기로 한다.

"우리도 혐의를 벗고, 제2왕녀의 목숨도 구할 수 있는 방법이…… 뭐가 있으려나."

애당초 왜 내가 쓰레기와 빗치의 가족을 지켜 줘야 한다는 말인가. 그 녀석과 피가 이어져 있다는 것만으로도 마음에 안 드는 판국에. 하지만 그렇다고 그냥 내버려 둘 수도 없고 죽일 수도 없다.

하아……. 어쨌거나 입장에 대해서는 약간 동정이 가긴 한다. 믿고 있던 육친에게 배신당해서 절망의 밑바닥을 맛보고 있는 제2왕녀의 기분도 모르는 바는 아니다. 으~응, 뭔가 방법이 있을 텐데.

"왕녀……. 네 어머니가 어디 있는지 혹시 몰라?"

이건 첫 번째 방법. 쓰레기가 안 된다면 낯모르는 여왕과 만나서 얘기하는 것이다.

쓰레기보다 더 강한 권력을 갖고 있다 하니, 애기가 통하는 상대라면 문제가 해결되는 셈이다.

이 경우 제2왕녀의 존재는 필수조건이다.

제2왕녀가 살아있기만 하면 방법 여하에 따라서 어떻게든 일을 해결할 수 있다. 그래도 애기가 통할 정도의 지능은 있는 것 같으니까. 문제는 쓰레기와 마찬가지로 바보일 경우에는 내 혐의가 풀리지 않는다는 점이다.

"몰라. 그치만, 어머니는 방패 용사님과 친하게 지내라고 나한테 말씀하셨었어."

"네 어머니도 한패인 거 아냐?"

이건 꽤 가능성 높은 가설이란 말이지. 제1계승권을 제2왕녀에게 준 것도, 나를 죽이기 위한 대의명분을 만들기 위한 계략이었을지도 모른다.

"우⋯⋯."

"울지 마, 메르. 필로가 꼭 구해줄 테니까."

다시 눈물이 그렁그렁해진 제2왕녀를 필로가 위로한다.

"어이, 멋대로 약속하지 마."

"주인님. 필로, 메르를 도와주고 싶어."

"안 돼."

"도와줄래도와줄래도와줄래!"

"아아, 거참 되게 시끄럽네!"

젠장, 불길한 예감이 물씬 풍기잖아. 일이 어떻게 돌아가려는 거야.

문답을 되풀이하고 있으려니 기사 놈들이 웃음을 터뜨렸다.

"이제야 자기 입장을 이해했나 보군, 악마 놈."

"거참 시끄럽네. 이제 네놈들한테는 관심 없어."

"그럴 수는 없을걸. 이제 우리의 대의명분이 성립된 셈이니까."

"그게 무슨 뜻이지……?"

"원래는 제2왕녀의 죽음을 통해서 악마 단죄의 대의명분을 얻으려고 했었는데, 이제 그게 실패하더라도 상관없어. 지금쯤 네놈 목에 현상금이 걸려 있을 테니까."

뭐, 이 흐름으로 보면 당연히 그렇게 되겠지.

"아무리 국외로 도망쳐도 왕족 살해범에게는 추격자가 붙게 된다!"

"잠깐, 왜 굳이 내 눈앞에서 제2왕녀를 살해할 필요가 있었던 거지?"

나한테 누명을 씌우기 위해서라면 빗치 때와 마찬가지로 증언만으로도 충분했을 터였다. 나와는 아무런 상관도 없는 곳에서 제2왕녀를 살해하고 누명만 덮어씌우면 그만인 것이다. 그렇게 하지 않은 이유가 뭐지?

퍼뜩, 수정 구슬을 갖고 있던 기사들을 떠올린다. 몇 명인가가 있었는데, 그들은 모두 가장 뒤에 있었기에 거의 다 놓치고 말았다. 만약에 그게 사진 같은 것이었다면 어떨까.

"방패의 악마, 네놈이 제2왕녀 살해에 관여했다는 건 각 외국에도 알려져 있다. 더 이상 도망칠 곳은 없어."

짐작이 간다. 지난번에는 국내에서 벌어진 일이었고, 게다가 워낙 억지 누명이라 깊이 추궁할 수도 없었다. 만약에 내가 외국으로 도망치기라도 한다면 제시할 수 있는 대의명분이 약했다. 다른 나라가 방패 용사를 망명시키고 후한 대우를 해서 자기편으로 끌어들이려 할 수도 있었다.

하지만 이렇게 되면 상황이 달라진다.

방패 용사가 제2왕녀를 살해했을지도 모르는 순간을 촬영한 수정 구슬이 있다. 그 정도 증거가 있으면 충분하다. 외국에 제시할 수도 있고, 국내의 반대파를 묵살할 명분도 생긴다.

대단해……. 어떤 의미에선 존경심까지 들 지경이야. 그렇다면 내가 선택할 수 있는 길은 몇 개 없군.

선택지1

여기서 제2왕녀를 버린다.

추격하러 온 쓰레기의 기사는 제2왕녀를 죽이고, 확실한 대의명분을 손에 넣을 것이다. 그리고 여왕의 귀에도 그 소식이 들어가서 나는 현상범으로서 쫓기는 신세가 된다. 그 소식은 다른 나라에도 전해져서, 영원히 쫓기는 신세.

파도가 올 때가 가장 위험하다. 소환당해서 붙잡힐 테니까.

선택지2

쓰레기 앞까지 제2왕녀를 데려가서 사정을 설명한다.

제2왕녀의 목숨을 지켜주는 건 가능하지만 문제는 상대가 그 쓰레기라는 점이다. 유괴죄 같은 걸 덮어씌울지언정 내 혐의를 없애 주지는 않을 것이다. 다시 말해, 제2왕녀의 목숨은 구할 수 있지만 내 무죄는 설명할 수 없다.

여왕이라는 녀석이 구해줄지도 모르지만, 어디에 있는지도 모르니까 그쪽에서 먼저 나와 주기를 기다릴 수밖에 없게 되겠지. 그런 짓을 해야 할 이유는 없다. 만약에 여왕이 뒤에서 모든 걸 조종하고 있는 것이라면 그대로 끝장이다.

선택지3

폭거로 치달은 쓰레기를 죽이러 간다.

내 죄가 더더욱 확고해지고, 3용사와 교회, 기사단이 나를 죽이러 온다.

실패 가능성과 위험성이 지나치게 높다.

"무슨 수를 써도 내 무죄는 입증 안 되잖아!"

이렇게 기분이 더러울 수가! 쓰레기와 그 일족들은 왜 이렇게 내 기분을 더럽게 만드는 거냐.

"하하핫! 이제 방패의 악마는 끝장이다. 우리 삼용교를 위협한 죄를 뼈저리게 느껴라!"

"시끄러!"

분풀이로 필로에게 명령해서 기사단의 입을 닥치게 만든다. 죽여 버릴 수도 있었지만, 몇 명이 도망친 마당에 이들만 죽여 봤자 아무런 의미도 없다. 누명에 대해 검증하는 과정에서 살인죄까지 덮어쓰게 될 것이다. 그나저나 삼용교회라……

삼용교회. 세 개, 용사, 교회. 이것을 합쳐서 삼용교라고 생각하는 게 타당하겠지.

이 녀석들이 목숨만큼 소중히 여기던 심벌도 세 개의 무기였다.

하지만 그건 좀 이상하다.

검, 창, 활, 방패——전설의 무기는 이 네 개다.

기사들이 나를 악마라고 매도한 걸 보면, 삼용교는 방패를 적대하고 있다.

그 사실이, 이 세계에 온 직후 국가에서 모집해 준 모험가들이 내 동료가 되기를 기피했던 것과 뭔가 연관성이 있는 것 아닐까?

국가가 마련한 모험가라는 건 당연히 국가로부터 신뢰를 얻고 있는 녀석들이라는 뜻이다. 교회 녀석들이나 기사들을 보면 삼용교회라는 종교는 이 나라에서 깊이 뿌리를 내리고 있다고 봐도 무방할 것이다. 삼용교가 적으로 삼고 있는 이상, 악마인 방패는 국내에서 절대적인 악이라는 셈이 된다.

세상에 누가 악마인 방패와 동료가 되겠다고 나서겠는가. 소문이 빠르니 어쩌니 하는 건 아무 상관도 없었잖아. 아무렇게나 이유를 날조하다니.

……이게 진실이라면 이 나라 사람들이 방패 용사라는 이유만으로 얼굴을 찌푸렸던 것도 설명이 간다.

기사단이 맹신적 신자인 걸 보면 왕가도 이 종파에 속해 있다고 생각하는 게 옳을 것이다.

이를테면, 내가 강간미수 누명을 뒤집어쓰기 전부터 나에 대한 반응은 이미 이상했었다. 의도적으로 나를 무시했던 것도 증거도 없이 일방적으로 범죄자 취급을 했던 것도 내가 종교적인 면에서의 적이기 때문. 국민들은 내가 나쁜 짓을 하면 '방패의 악마니까' 라고 생각하는 것이다.

용각의 시계탑에 갔을 때도 교회 수녀가 나에게 적의를 갖고 있었던 걸 보면, 정황증거는 충분하다.

쓰레기의 생각이 슬슬 눈에 보이는군.

왕이라는 입장을 유지하자면, 방패의 악마와 3용사를 모두 수하에 둘 수는 없다. 그리고 현재, 국내에서는 방패 용사에 대한 평판이 좋아지고 있다. 신조의 성인으로서 각지를 돌며 사람들을 구원하고 있다. 성 밑 도시를 제외하면 요즘 들어서는 방패 용사라는 게 들켜도 그다지 적의 섞인 대응을 받지는 않는다.

이것은 교회의 위신에도 관련된 문제.

이 녀석들도 삼용교를 위협한다느니 하는 소리를 했었으니, 그 점은 의심의 여지가 없으리라. 그래서 이렇게 계승권 순위가 높은 제2왕녀라는 비장의 카드를 꺼낸 것이다.

하지만 이건 어디까지나 억측이다. 이것이 누명을 불식시킬 실마리가 되지는 못한다.

그렇다고 그냥 하염없이 다른 나라로 도망칠 수도 없는 노릇이고…….

그때, 문득 무기상 아저씨와 나누었던 얘기를 떠올린다.

아저씨는 분명, 실트벨트라는 나라는 아인 절대주의의 나라라고 했었다. 그렇다면 그 나라에 대한 메르로마르크의 지배력은 한없이 낮은 것 아닐까? 메르로마르크국 제2왕녀를 빌미로 교섭의 자리에 나가면, 여왕도 냄새를 맡고 달려들 가능성이 높다.

물론 인간인 내 입장에서는 더없이 불리한 곳이지만 이쪽에는 아인인 라프타리아가 있다. 숨어 살기에는 좋은 곳인지도 모른다.

참고로 실트벨트는 북동쪽에, 실드프리덴은 남동쪽에 위치한 국가다. 다만 두 개 정도의 나라를 지나가야 한다. 예전에 들었던 대로 거리도 상당히 멀다. 어떻게든 들키지 않고 나아가는 수밖에 없다.

"좋아, 일단 실트벨트로 도망치자. 어쩌면 거기 가면 상황을 타개할 방법이 생길지도 몰라."

"거긴 아인의 나라라고 했었죠?"

라프타리아도 수긍한다.

"저기……."

제2왕녀는 당황한 듯 말끝을 흐린다.

"왜 그러지?"

"아, 아무것도 아니에요."

"뭐, 상관없어. 라프타리아, 입국한 후의 교섭 같은 건 아인인 네가 맡아 줘."

"네!"

"그럼 제2왕녀, 너를 위해서라도 동행해 줘야겠어. 걱정마. 기필코 지켜 줄 테니까. 죽기 싫으면 따라오는 게 좋을 거야."

"……응."

제2왕녀는 마지못해 우리의 마차를 타고 동행하게 되었다. 눈치 빠른 아이는 싫어하지 않는다. 마침 좋은 기회다. 쓰레기 왕과 빗치 왕녀는 하등하고 더러운, 이 세계의 오물 같은 존재라는 사실을 가르쳐주는 것도 좋을 것이다. 우리는 삶도 죽음도 함께하는 운명공동체가 됐으니까.

제2왕녀는 아직 어린애다. 어느 쪽이 옳은지 처음부터 차근차근 가르쳐주면, 조금씩이라도 이해를 할지도 모른다.

"이제부터 메르랑 같이 다니게 됐네."

"응……. 잘 부탁해, 필로."

필로 녀석은 친한 친구와 함께 여행할 수 있게 돼서 신이 나 있다.

"그러고 보니 그 여왕이란 녀석은 나라를 비워 두고 뭘 하고 있었던 거지?"

"외교 때문에 1년 내내 여러 나라를 돌아다니고 계셔. 나는 어머니랑 같이 돌아다니고 있었구."

"호오, 외교라……. 그런데 어쩌다가 우리한테 오게 된 거지?"

"어머니가 가끔은 아버지 얼굴도 보고, 그 김에 아버지와 방패 용사님과의 관계를 중재해 줬으면 좋겠다고 그러셨거든. 어머니는 전쟁이 일어나지 않도록 하기 위해, 매일같이 필사적으로 애쓰고 계셔. 파도 때문에 세계가 혼란스러워졌으니, 여왕인 자기가 나라를 지켜야 한다면서."

이 얘기만 듣자면 쓰레기보다는 유능하고 말도 통할 것 같군. 자기 가족 역성을 들지 않는다는 보장은 없지만. 하지만, 이것도 어디까지나 그 쓰레기를 감싸고 나한테 싸움을 걸었던 제2왕녀가 하는 얘기일 뿐이다.

기절해 있는 기사들을 숲 속에 숨기고, 우리는 주위를 경계하며 실트벨트 방향으로 진로를 변경했다.

# 16화 지명수배

"으음……."

나는 풀숲에 숨어서 상황을 관찰하고 있었다.

제2왕녀를 태운 지 몇 시간 후. 근처에 마을이 있는 걸 발견하고 숨어서 상황을 살펴본다. 여기는 전에 드래곤의 시체 때문에 피해가 발생했던 마을에서 가까운 곳이다.

그 기사단의 얘기는 사실이었다.

"방패의 악마인 나오후미 이와타니가 근위 기사를 학살하고, 제2왕녀를 유괴해서 도주 중이다. 생사는 따지지 않는다. 현상금은──."

고액의 현상금이 걸려 있음을 나타내는 팻말이 내걸리고, 성의 병사들이 소리 높여 수배 소식을 알리고 있다.

아직 사건이 발생한 지 몇 시간 지나지도 않았건만, 얼마나 꼼꼼하게 준비해 뒀던 건가.

그 자식들, 처음부터 결정돼 있었다고 그랬으니까. 우리와 접촉한 녀석들은 붙잡히거나 살해당하거나 할 걸 전제로 하고 온 첨병들이라는 건가. 내 세계에서도 폭탄을 몸에 감고 돌격하면 천국에 갈 수 있다는 식의 광기 어린 사상을 실제 실행으로 옮기는 녀석들이 있다는 얘기를 들은 적이 있었다.

"근위 기사가 임종의 순간에 자신의 기억을 재현한 수정 영상이 여기 있다! 이걸 성으로 가지고 돌아간 기사는 성으로 돌아가자마자 순직했다."

수정 구슬로 촬영한 듯한 영상이 뭔가 홀로그램처럼 투영되고 있다.

게다가 그건, 사악하게 얼굴을 일그러뜨린 내가 피투성이가 된 채로 제2왕녀의 목을 팔로 휘감아 결박하고 있는 순간을 찍은 것 같은 영상이었다.

……저 정도로 날조할 수도 있는 거였냐.

수정 구슬로 촬영하고는 쏜살같이 도망쳤던 주제에 이제 와서 무슨 헛소리야?

별 팔팔하고 건강한 임종의 순간도 다 있군.

그 작업에도 한계는 있는 듯, 자세히 보면 제2왕녀의 얼굴이 목이 졸려서 고통스러워하는 것이라기보다는 경악에 찬 표정임을 알 수 있었지만. 그나저나 어차피 날조할 수 있는 거였으면 뭐하러 내 앞에서 죽이려고 한 거지? 이해가 안 간다.

"희한한 새의 모습을 한 사악한 악마가 끄는 마차를 타고 있다. 목격한 자는 곧바로 국가에 신고하도록."

필로 쪽도 수정 구슬에 찍혀 있는데, 표정은 마치 맹금류처럼 날조되고 입에서는 독을 내뿜고 있다. 잘됐네, 필로. 날조 영상 속에서는 바라던 대로 독을 뿜을 수 있게 됐으니.

그나저나 필로까지 기록돼 있다면 이동 수단에 문제가 생긴다. 이렇게 되면 필로는 따로 움직여서 적을 유인하게 하는 것도 괜찮겠군.

"알아들었지, 필로? 이제부터는 따로 움직이는 거다."
"싫어~!"
마을 정찰을 마치고 돌아온 나는, 필로가 너무 눈에 띄니 따로 다니도록 지시를 내렸다. 필로에게 마차를 줘서 이목을 유도하고 우리는 안전하게 망명하는 것이다. 필로는 나중에 마차를 버리고 자신의 타고난 속도를 살려서 쫓아오면 된다. 사람이 없으니 마차를 끌 때도 어마어마한 속도를 낼 수 있을 것이었다.

그렇게 대강 설명을 하고 났더니 그 결과가 이거다.
"어쩔 수 없잖아. 네가 너무 눈에 띄니까."
희한한 마물이라는 의미에서 말이지. 성인의 신조로서, 마차에 타고 있는 게 나임을 알리는 표식 구실을 할 정도다.
"사람들이 있을 때만 다른 모습으로 변하면 되잖아? 그럼, 필로도 한번 해 볼게!"
"무슨 수로――."
말을 끝마치기도 전에 필로의 몸이 어렴풋이 빛나더니, 변신을 시작한다.
보나 마나 인간 형태로 마차를 끌겠다고 우길 셈이리라.

그렇게 생각했는데, 어째 목이 길어지고 다리가 쭉 뻗어 나왔다.

"그에에에에!"

필로는 대형 타조 같은, 아니, 필로리알의 평균적인 모습으로 변신했다.

뭐, 사이즈는 사람들이 아는 평균치보다 상당히 크지만.

"그 모습으로 변신할 수도 있는 거였어?"

"그에에!"

고개를 끄덕인다.

"왜 말은 안 하는 거지?"

"그에에에에!"

"아아, 그 모습일 때는 말을 못하는 모양이군."

흠, 그래서 될 수 있으면 이 모습으로는 변하기 싫었던 거군.

"필로, 굉장해~!"

제2왕녀가 눈을 초롱초롱 빛내며 필로와 장난치고 있다.

"그에에에에."

뭐, 확실히 그 째질 뜻한 목소리로 내뱉는 독설이 안 들리는 건 반가운 일이다.

"계속 이 모습으로 있어. 그러면 조용할 테니까."

"그에에!"

발로 내 머리를 콱 움켜쥐었다. 라프타리아도 필로도 어지간해서는 위반을 안 하니 잊고 있었지만 나에 대한 공격은 당연히 위반 행위다. 힘을 주기도 전에 마물문이 작동하고, 필로는 고통에 나뒹군다.

"그에에에?!"

"필로?!"

"나 참, 왜 싫다는 거야."

"필로를 괴롭히지 마!"

"안 괴롭혔어. 자기가 괜히 발을 드는 바람에 마물문이 작동한 것뿐이야."

괜히 인간형으로 변해서 사사건건 참견하는 것보다는 귀여성이 있는데 말이지. 필로의 기분이 어떤지는 모르지만 적어도 나는 이쪽이 더 좋다. 애완동물에게서 찾는 마음의 평온은 상대방이 말 못하는 짐승이기에 성립하는 것이다. 그 생물이 인간으로 변해서 어린애처럼 떼를 써 대니 넌덜머리가 날 수밖에. 뭐, 돌봐 주고는 있지만.

"필로가 아프대잖아!"

"자업자득이야."

"우……."

제2왕녀 녀석, 어째 필로에게 마음을 쓰는걸. 역시 말이 통하는 친구라서 그런가?

"어쨌거나, 가볍게 변장해서 괜찮을지 어떨지 시험해 봐야겠군."

지금까지도 성인 노릇을 하며 신분을 감춰 왔으니, 어떻게든 되겠지.

"라프타리아는…… 약간 허름한 차림으로 갈아입고 모자를 쓰면…… 그럭저럭 해결되려나?"

그렇게 해서 나와 제2왕녀는 마차 안에 숨고, 변신한 필로와 변장한 라프타리아만 겉으로 나서서 나아가기로 했다.

덮개를 덮은 마차는 덜컹덜컹 소리를 내며 북동쪽을 향해 달리기 시작한다.

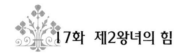

17화 제2왕녀의 힘

그 후로 며칠. 낮에는 평범한 필로리알의 모습을 한 필로가 끄는 마차를 타고 가도를 달리고, 마을이나 도시를 피해가면서 북동쪽을 향하고 있었다. 야숙을 거듭해 나간 끝에 어느덧 국경까지 멀지 않은 지점까지 이르렀다.

"그에에에!"

필로가 요란하게 울었다.

적인가?! 나와 제2왕녀는 덮개 속에 숨으며 상황을 살펴본다.

"헤헤헤, 있는 돈 다 내놓고 가시지."

어딘가 낯익은 목소리. 살펴보니, 예전에 액세서리 상인을 태웠을 때 박살을 내 주었던 도적단 놈들이었다.

"내 말 안 들려? 돈 될 만한 걸 당장 내놓으란 말이다! 오? 이 녀석, 의외로 반반한——."

변장한 라프타리아의 얼굴을 살펴보던 도적의 안색이 눈에 띄게 창백해져 간다.

"네놈들은 여전하군그래."

굳이 숨을 필요도 없으리라. 나는 마차에서 뛰어내린다.

변장할 필요가 없음을 깨달은 필로는 필로리알 퀸의 모습으로 돌아왔다.

"싸울 거야?"

제2왕녀가 걱정스러운 얼굴로 묻는다.

"걱정 마."

"뭐야? 왜들 그러고 있는 건데?"

도적 패거리 가운데 3분의 2 정도는 우리와 싸웠을 때에는 없던 녀석들이었는데, 그들은 동료 도적들의 안색이 새파랗게 질린 걸 보고 고개를 갸웃거리고 있다.

"시, 시, 시끄러. 이, 이 자식들은 이제 현상범이야. 해, 해치우면, 여, 영웅이 되는 거라고."

목소리가 뒤집어진 채 바들바들 떨면서, 선두에 선 도적이 말한다.

엄청나게 동요하고 있잖아.

"벌써 부활한 거냐? 재산을 모조리 몰수했는데 빨리도 부활했군."

내 말에 고개를 갸웃거리고 있던 도적 패거리들도 임전 태세에 들어간다.

"시, 시끄러! 네놈 때문에 예전에 적대세력이었던 도적단에서 똘마니 노릇이나 하는 신세가 됐단 말이다!"

"아아, 도적단이 흡수합병된 거군."

"두목은 아예 시골로 돌아가 버렸다고!"

"잘됐네, 뭐. 이런 직종에서 손을 씻을 수 있게 됐다니."

"이, 입 닥쳐! 애들아, 해치우자!"

저마다 무기를 들고 우리 쪽으로 돌격해 온다.

"필로! 라프타리아!"

"네!"

"네~에!"

나는 제2왕녀를 보호하기 위해 후방에서 경계한다.

필로도 라프타리아도, 도적 따위에 밀릴 만한 녀석들이 아니다.

"받아라!"

필로를 향해서 검을 치켜드는 도적.

"필로!"

제2왕녀가 뛰쳐나와서, 양손을 앞으로 내뻗고 영창을 시작한다.

엉? 제2왕녀도 싸울 줄 아는 거야?

『힘의 근원인 내가 명한다. 다시금 이치를 깨우쳐, 저자들에게 물 덩어리를 사출하라!』

"알 쯔바이트 아쿠아 샷!"

제2왕녀의 양손에서 커다란 물 덩어리 여러 개가 고속으로 튀어나와, 도적단을 날려 버렸다.

쯔바이트. 그건 중급계 마법에 들어가는 형용사다. 그리고 '알'은 복수형.

"으억!"

"케헥!"

"으윽!"

필로 근처에 있던 도적들이 나가떨어진다. 위력은 상당한 모양이다.

『힘의 근원인 내가 명한다. 다시금 이치를 깨우쳐, 물의 칼날과 같은 일격으로 저자를 절단하라.』

"쯔바이트 아쿠아 슬래쉬!"

그리고 제2왕녀는 곧바로 다음 마법을 영창했다. 제2왕녀의 양손에 생겨나 있던 마법의 물 덩어리에서 한 자루 물 칼날이 튀어나와서 도적들 사이를 누비고 지나간다. 뭔가, 슉 하는 상쾌한 소리가 났다. 명중은 하지 않았지만, 그 앞에 있던 나무가 세로로 쪼개져 버렸다.

"다음에는…… 맞힐 거야."

숨을 헐떡거리고 있다. 역시 연속으로 구사하는 건 어려운 모양이다.

"뭐야, 마법사가 있잖아! 게다가 실력이 장난이 아냐!"

"필로!"

"네~에!"

제2왕녀의 마법에 놀라 한눈을 팔고 있던 도적들을 필로가 걷어차서 잠재운다.

"이쪽도 다 끝났어요."

"아직 안 끝났어!"

얼굴이 새파랗게 질린 도적 하나가 난전의 혼란을 틈타 어느새 우리 뒤로 우회해 있다가, 짐차 위로부터 제2왕녀를 향해 덮쳐들려 하고 있었다.

"에어스트 실드!"

"아윽!"

도적 녀석이 도약해서 제2왕녀에게 덮쳐드는 궤도 중간에 방패를 소환한다.

"아직 안 끝났어!"

그 틈에, 남아 있던 도적 하나가 가장 약해 보이는 제2왕녀를 향해 내달린다.

"세컨드 실드, 체인지 실드."

두 개째 방패가 소환되어 적의 행동을 방해. 적은 체인지 실드로 변화시킨 방패에 부딪힌다.

이번에는 비 니들 실드다. 독 계통이라면 지속효과 때문에 죽을 수도 있다. 그래서 이번에는 마비 정도로만 해 둔다.

"으윽, 커헉……."

두 개째 방패에 부딪친 녀석은 마비되어 경련하고 있다.

"아직 안 끝났어."

기습을 노리고 기다시피 해서 제2왕녀에게 접근하는 도적.

"아니, 끝났어."

"아……."

그 도적 위에는 필로의 거대한 그림자. 도적도 눈치챈 모양이다. 어째선지 울고 있다.

아마 마음속으로 주마등을 보고 있거나, '세상에 대한 고별시'라도 읊고 있는 거겠지.

"메르는 내가 구해줄 거야!"

쿵 하고 필로가 도적을 짓눌렀다.

"해도 저물어 가니 마침 잘됐어. 네놈들 아지트를 불어."

전원을 결박하고서 묻는다.

"우리가 얘기할 거라고──."

"필로."

"이쪽입니다!"

"어, 어이! 왜 그러는 거야? 그렇게 불면 어떡해?!"

도적들 중에서도 상황 파악 못 하는 놈은 있는 법이군.

도적들 가운데 지난번에 조우했던 녀석은 처절한 얼굴로 설명을 시작한다.

"순순히 대답 안 하면 저 새의 먹이가 된다고!"

"말도 안 돼, 농담이지?"

"저 녀석이 농담을 할 것 같아?"

도적 하나가 나를 보며 말한다.

"저 녀석은 대체 뭐야? 뭔가 이상한 마법을 쓰던데."

"아직도 모르겠어? 방패잖아!"

"엑?!"

도적 녀석들도 이제야 상대가 누구인지를 깨달았는지, 하나같이 얼굴이 새파랗게 질렸다.

"식인 새를 데리고 다닌다는 그 악마?!"

"그래! 저 새는 사람을 머리부터 잡아먹는다고! 저 녀석이 잡아먹으라는 명령을 내리면 우린 끝장이야!"

"도적질도 다 살자고 하는 짓이잖아! 전 재산과 대장을 바치기만 하면 우리는 살아남을 수 있어!"

거짓말이 거짓말을 불러서, 내 악명은 점점 더 높아져만 가는 것 같군…….

라프타리아는 한심하다는 듯이 이마에 손을 짚고 있다.

"거짓말이라도 했다가는――."

"알았어! 그러니까 목숨만은 살려줘!"

내가 말을 다 마치기도 전에 도적들은 나를 아지트로 안내

한다. 물론 우리는 압도적인 전력 차로 아지트를 점거했다.

그날은 점거한 도적 아지트를 숙소 삼아 하룻밤을 묵고, 도적들이 모아 두었던 물자를 마음껏 만끽했다.

특히 반가웠던 것은 음식이었다. 요즘은 도피 생활을 하느라 식사라고는 마물 고기 같은 초라한 것들밖에 못 먹었으니까.

제2왕녀는 처음 아지트에 들어왔을 무렵에는 겁에 질려 있었지만 한동안 시간이 지나니 적응이 된 것 같았다. 아지트 안에 있었던 재물들은 금전만 중점적으로 몰수하고, 나머지 처치 곤란한 물자들은 한곳에 모아서 불태운다.

섣불리 버렸다가 도적들이 회수하기라도 하면 말짱 도루묵이니까.

결박당해 있는 도적놈들이 반쯤 실성한 듯 웃으며 절망하는 모습은 제법 재미있었다.

"그러고 보니 제2왕녀, 너 마법을 쓸 줄 알았었어?"

"응. 호신용으로 배웠어."

"어느 정도 쓸 줄 알지?"

앞으로의 여정을 고려해서, 제2왕녀도 싸울 수 있다면 파티에 집어넣는 게 나을 것이다.

"그리고 레벨은?"

"으음, 레벨은 18……. 중급 물마법까지는 거의 쓸 수 있어."

생각보다 낮다. 왕녀니까 좀 더 높을 줄 알았는데.

그나저나 중급 마법이라.

"물이 주특기야?"

"응."

하긴 머리카락도 파란색이니까. 그것과 관계가 있을지도 모르겠다.

"그리고, 땅 마법도 조금."

"호오……."

의외로 레퍼토리가 풍부한데.

"그러고 보니 네 언니는 바람 마법을 썼었지."

떠올리기도 싫다. 결투 중에 등 뒤에서 날아온 바람 마법 따위.

끄응, 괜히 떠올렸더니 짜증이 밀려오는군. 이 생각은 이제 그만해야겠다.

"언니? 언니는 불이 특기고 바람은 조금 정도."

뭐, 머리카락 색깔을 생각해 보면 그렇긴 하겠지.

"어머니는 불이랑 물 마법을 잘 쓰셔."

"흐음. 뭐, 상관없어. 일단 파티 신청을 보낼 테니까 가입해 둬."

"응."

딱히 의지할 생각은 없다. 하지만 만약의 경우를 대비한 보험이다. 싸울 수만 있다면야 없는 것보다는 낫겠지. 가능하면 제2왕녀의 힘에 기대지 않는 방향으로 가고 싶다.

"있잖아, 방패 용사님은 왜 그렇게 아버지를 화나게 만든 거야?"

"그러고 보니 얘기를 안 했었군. 네 언니가 나를 함정에 빠트린 게 원인이었는데——."

그날 밤, 나는 지금껏 쓰레기와 빗치에게서 받아 온 고난들을 모조리 제2왕녀에게 가르쳐주었다.

옆에서 필로가 무슨 그림 연극이라도 보는 것 같은 얼굴로 내 얘기를 듣고 있었지만, 그 얘기 중에 잘못된 건 아무것도 없었다.

거짓말도 속임수도 없다. 최대한 진실만을 얘기했다.

내 심정이나 원한도 약간 섞이긴 했지만, 그것도 교육의 일환이라 생각하면 될 것이다.

"아버지랑 언니는 도대체 왜 그런 짓을 한 거야! 그러면 방패 용사님이 험한 말을 해도 할 말이 없잖아!"

"그렇지, 그렇지?"

"어머니가 분명히 방패 용사님을 최대한 소중히 대해 주라고 얘기했었는데."

"하?"

무슨 소릴 하는 거야? 이 나라의 종교는 방패를 악마로 취급하는 거 아니었어? 여왕은 다른 건가?

"왜 그래, 방패 용사님?"

"아니, 네 어머니가 나를 어떻게 생각하고 있는 건가 싶어서."

"으~응…… 나도 모르겠어. 그치만 다른 용사들이랑 똑같이 대해 주라고 아버지한테 편지를 보내셨어."

제2왕녀의 얘기만 들어서는 확신하기 힘들지만, 아무래도 여왕은 나에 대해서 마음을 써 주고 있었던 모양이다. 뭐, 결국은 감싸 주지 못했으니, 쓰레기와 같은 죄인이지만.

"주인님, 필로가 태어나기 전에는 많은 일이 있었구나."

"그러게 말야."

"응?"

제2왕녀 녀석은 뭔가 어안이 벙벙한 표정이다.

"저기, 필로는 몇 살이야?"

"1개월 3주일 정도야."

"뭐라구?!"

뭐, 놀랄 만도 하지. 마물 기준으로 봐도 급성장에 속하니까.

"필로는 참 조숙하구나."

"에헤헤……. 칭찬해 줘서 고마워."

"방금 그거, 칭찬이냐?"

"그럼 내가 언니가 되겠네."

"뭐, 나이로 따지면 그렇지. 거기 있는 라프타리아는 네 또래 정도야."

"라프타리아 언니는 말이지……."

필로가 약간 실망한 표정으로 라프타리아를 쳐다보고 있다. 그 시선이 마음에 안 드는지, 라프타리아의 표정이 미묘하다. 필로는 툭하면 뚱딴지같은 소리를 내뱉으니, 그 심정도 이해는 간다.

"뭐, 뭔데 그러세요?"

"아인이니까…… 같은 나이라도 더 어른처럼 보여."

메르티가 필로의 말에 이어 감상을 늘어놓는다. 어쩐 라프타리아가 불쌍해 보이는데.

"우우……. 뭔가 패배한 것 같기도 하고 아닌 것 같기도 한 기분이 드는걸요."

"뭐, 만약에 라프타리아까지 나이 그대로의 외모였다면 나한테는 변태라는 딱지가 붙어 버렸을 것 같지만 말이야."

로리콘이라는 딱지 말이지. 필로와 제2왕녀는 둘 다 어린애니까. 여기에 라프타리아까지 어린애였더라면 완전히 어린 여자애들만 거느리고 다니는 꼴이 된다.

"그러니까 라프타리아는 지금 모습 그대로도 괜찮다고 생각하는데."

"나오후미 님……."

셋 다 어린애라면 롤리타 하렘이라는 소리를 들을 것만 같다. 그 용사 놈들이 나를 뭐라고 규탄할지.

"어쨌거나, 오늘은 여기서 푹 쉬고 내일 국경을 넘자고."

““오~!””

“네!”

“우와아…….”

북동쪽 국경에 있는 관문 부근을 둘러보던 나는 저도 모르게 중얼거렸다.

왜 그렇게 중얼거렸는가 하면, 국경을 따라서 엄청난 수의 기사들이며 병사들이 도사리고 있었기 때문이다.

이 정도면 전군을 다 동원한 거 아냐? 이 자식들, 혹시라도 다른 나라가 쳐들어오면 어쩔 작정이냐.

아니, 설마 전군을 다 동원한 건 아니겠지만, 그래도 많은 건 사실이다.

“방패의 악마 녀석은 틀림없이 실트벨트로 도주를 시도할 거다! 모두, 절대로 놈을 놓쳐서는 안 된다!”

“네!”

이것 참 정말이지……. 별 소란을 다 떠는군.

개미 새끼 한 마리 지나갈 틈도 없을 만큼 엄중한 경계가 펼쳐져 있다. 나 혼자만이라면 정면 돌파할 수 있을지도 모르지만, 지금은 라프타리아와 제2왕녀도 함께 있다. 아무래도 무리가 있을 것이다.

내가 정면으로 돌파하고, 다른 녀석들은 그 틈을 타서 우회해 들어가는 방법도 생각해 보았지만…… 무서운 건 다른 용사들이 있다는 점이다.

정면 돌파로, 그것도 저렇게 많은 수의 적을 상대로 시간을 벌면서 따돌릴 자신은 없었다.

그나저나 내가 실트벨트로 간다는 사실을 어떻게 알고 있었던 거야?

뭐, 녀석들 입장에서는 껄끄러운 나라이긴 하겠지만……. 아무리 그래도 상상 이상의 병력이다.

"이걸 어쩐다……. 관문을 지나지 말고, 길 없는 외딴 국경을 통해서 넘어갈까?"

"무리야……."

제2왕녀 녀석이 오도카니 중얼거린다.

"뭐가 무리라는 거야?"

"긴급 배치 명령이 발령된 것 같아. 국경을 넘으면 경보가 울려서 저기 저 사람들이 곧바로 달려올 거야."

"그거 버겁겠는데……."

적외선 경보장치 같은 게 머리에 떠오른다. 아마 그와 비슷한 설비가 이 국경을 따라서 설치되어 있는 것이리라. 저렇게 많은 인원이 토끼몰이를 하듯 몰아대면 들키는 건 시간문제다.

"필로의 다리라면 따돌릴 수 있지 않을까?"

"그래 봤자 저 사람들이 먼저 가서 가로막고 있을 거야. 경보선은 국경보다 훨씬 앞에 있으니까 들키면 못 따돌려."

"으음……. 자세히도 알고 있군."

"긴급 상황이 벌어질 때를 대비해서 기억해 두라고 어머니가……. 유지하는 데 힘이 많이 들지만, 긴급배치니까 아마 병력을 아끼지 않을 거야."

"그것참 꼼꼼하기도 하셔라."

살의가 솟구쳐 오른다. 어떻게 해서든 나를 놓치지 않을 작정인 모양이다.

"그렇다면, 어딘가 다른 나라를 경유해서 실트벨트로 도망치는 게 타당하겠는데."

가장 가까운 국경은 여기였지만, 지금은 수단 방법을 가릴 때가 아니다.

바로 그때, 짐차에 물건을 싣고 있는 마을 사람과 맞닥뜨리고 말았다.

변장하고 있으니까 괜찮겠지. 나와 제2왕녀는 마차 속에 숨어 있으니까.

"아……."

마을 사람과 라프타리아 사이에 뭔가 정체불명의 침묵이 흘렀다.

"방패 용사님."

들켰어?! 이걸 무슨 수로 따돌리지?

"경계하지 마십시오. 걱정하실 것 없습니다. 우리 나라는 용사님께 받은 식물의 씨앗 덕분에 다시 일어섰습니다. 그

때 일은 진심으로 감사드립니다. 저희가 이 나라 병사들에게 신고할 일은 없으니 걱정 마십시오."

자세히 보니 이 동네 사람이 아니다. 이웃 나라 녀석이다. 게다가 행상 중인 듯, 헌 옷을 꺼낸다.

"일행분은 조금 더 남루한 느낌으로 변장하시는 게 좋을 것 같군요. 워낙 예쁜 라쿤 종 아인이라 금방 들키겠습니다."

하긴 라프타리아는 라쿤 종이라는 아인 품종 중에서도 얼굴이 예쁜 편에 속하니까. 게다가 행상 때 접객 일을 맡기기까지 하는 바람에, 유명인이 돼 있었던 모양이다.

생각해 보면 처음에 라프타리아를 샀을 때 노예상은 이렇게 말했었다.

라쿤 종은 사람들에게 인기가 없는 종족이라고. 그러니까 라쿤 종임에도 불구하고 얼굴이 반반한 라쿤 종이 있으면 그게 바로 라프타리아라는 식으로 금방 들통이 난다. 아는 사람이 보면 한눈에 알아볼 수 있다는 뜻이다.

라프타리아를 두고 갈 수는 없으니, 위장수단을 바꾸는 수밖에 없겠군.

"그 마차는 너무 눈에 띄어서 도망을 다니기에는 위험할지도 모르겠습니다. 이 짐차를 드릴 테니 갈아타십시오."

"고마워. 역시 금속제 마차는 너무 눈에 띄어서 위험해. 이건 버리고 가는 수밖에 없어."

"그에에?!"

변신 중인 필로가 기묘한 비명을 지르며 고개를 붕붕 가로젓는다.

"그에! 그에!"

"어쩔 수 없잖아! 넌 들켜서 붙잡히고 싶냐? 그렇게 되면 제2왕녀의 목숨은 끝장이라고."

"그으……."

필로 녀석도 제2왕녀의 목숨이 위험하다는 소리에는 마지못해 침묵한다.

그렇게 소중히 여기던 마차였건만……. 역시 마차보다는 친구가 소중한 법이지.

"잘했어, 필로. 물건과 친구 사이에서…… 너는 인간으로서 더 소중한 쪽을 선택한 거야."

그렇게 말하며 다정하게 쓰다듬어 준다. 의미를 이해하고 한 선택은 아니었겠지만, 필로의 선택은 결코 그릇된 게 아니었다.

"그에?"

"사건이 해결되거든 꼭 되찾아 줄게."

"그에!"

꼭이야, 라는 말이라는 걸 알아들을 수 있었다.

"마차는 제가 맡아 두기로 하죠."

"미안하게 됐어."

"네. 나중에 근처 마을에 맡겨 두겠습니다."

"이 사례는 언젠가 꼭 하지."

"사례라면 이미 받은 거나 마찬가지입니다."

"그래? 좋아, 제2왕녀. 일이 이렇게 됐으니, 다른 옷으로 갈아입어. 안 그러면 한눈에 들통 날 테니까."

"으…… 응."

나는 그들에게 감사를 표하고, 은화 몇 닢을 건넸다.

이번엔 필로의 식비가 문제다. 도망 생활 때문에 배가 고프다고 난리다.

그리고 무엇보다 이동속도가 떨어지는 게 가장 두려운 일이다. 현재 우리의 가장 큰 강점은 필로에 의한 빠른 속도와 위장 능력이다. 길 가다 마주치는 현상금 사냥꾼이나 모험가를 일일이 상대하다 보면 끝이 없을 테니까.

제2왕녀는 싸구려 옷을 입는 것이 약간 내키지 않는 눈치였으나, 사태가 사태이니만큼 고분고분 고개를 끄덕였다.

그녀가 갈아입은 것은 마을 사람이 갖고 있던 아동복으로, 꽤 오래되어 보이는 물건이다.

제2왕녀는 외모는 딱히 달라진 게 없었지만, 옷이 좀 허름하다 보니 마을 사람이라고 해도 충분히 납득할 만큼 남루한 차림으로 보였다.

다만, 평소에 좋은 음식을 먹어서 발육이 좋은 체구와 보기 드문 파란 머리가 고귀한 신분을 드러내고 있다. 멀리서 봤을 때는 속여 넘길 수 있을지도 모르지만 가까이서 확인하면 들킬 게 뻔하다. 그렇다고 내버려 두고 갈 수도 없는 노릇이다.

좀처럼 일이 뜻대로 풀려 주질 않는군.

"다른 잡화는 보따리에 집어넣어 둬."

직접 들고 갈 수 있는 물건들만 가볍게 챙겨서 천으로 덮어 가린다. 거치적거려서 들고 갈 수 없는 물건은 마을 사람들에게 맡겨 두었다. 아무리 일이 순조롭게 풀려도 2주 이상은 걸리는 여정이다.

"아, 행상인이세요? 물건을 좀 사고 싶은데……."

이런! 병사가 이웃 나라 녀석에게 다가온다.

"방패 용사님……?"

큭, 병사에게 들켰다! 필로에게 명령해서 도망을——.

"저입니다. 파도 때 용사님과 함께 싸웠던……."

자세히 보니, 병사는 그때의 지원병이었다.

그러고 보니, 부탁을 받고 성으로 돌아가긴 했지만 쓰레기와 결별하는 바람에 제대로 사후 처리를 도와주지 못했었다.

약간 걱정하기는 했었는데, 역시나 우리에게 협력하는 바람에 이런 지방으로 좌천된 건가.

그때는 방패가 악마라는 얘기를 모르고 있었으니까. 생각해 보면 이들 입장에서 보면 상당한 결단이 필요한 일이었을 터. 출세의 길은 완벽하게 막혀 버리고 말았으리라.

"좌천돼서 온 거냐?"

"아뇨, 처벌은 받지 않았어요."

"그래? 하지만 국경 경비는 좌천 아냐?"

"꼭 그렇지만도 않은 것 같아요. 기사단의 태반이 여기에 결집해 있으니까요."

단지 나를 잡기 위해서?!

어이, 어이, 아무리 내가 실트벨트로 가는 게 싫어도 그렇지. 그 쓰레기, 해도 너무하는 거 아냐?

녀석의 목표가 뭔지 본격적으로 의심스러워지기 시작했다.

어쩌면 실트벨트라는 나라에 내가 모르는 뭔가가 숨겨져 있는 건지도 모르겠다.

그렇다면 어떻게든 가 봐야 한다. 적이 싫어하는 것이라면 이쪽 입장에서는 최선의 수일 가능성이 높으니까.

이유는 모르겠지만, 가서 확인해 보는 것만으로도 가치가 있을 것 같다.

"어쨌거나, 이쪽은 위험합니다. 한시라도 빨리 도망치세요."

"고맙다."

"기사단뿐만이 아닙니다……. 다른 용사님들도 이쪽에 와 계신 것 같으니까, 맞닥뜨리면 용사님이 곤란하실 거예요."

……확실히 그 녀석들의 실력은 나보다 훨씬 위라고 봐야 할 것이다.

글래스와 싸웠을 때는 직전의 전투에서 소모가 심했고,

느닷없이 등장한 글래스로부터 다짜고짜 필살기를 언어맞는 바람에 실력을 발휘할 기회도 없었던 것이었다.

무엇보다 녀석들의 동료는 클래스 업을 한 상태고, 이쪽은 하지 않은 상태다.

이런 상황에서 승리할 수 있을 거라고 생각하는 건 어리석은 짓이다. 섣불리 마주쳤다간 내 목숨이 날아갈지도 모르겠군.

"어쨌거나, 빨리 도망치는 게 좋겠어."

"의혹이 풀리기를 기원하겠습니다."

태연한 얼굴로 마을 사람들 및 지원병들과 헤어져서, 우리는 우회하기 위해 남쪽으로 돌아가기로 했다.

18화 설득

그 후로 한동안 나아갔을 때였다.

모토야스 일행과 이츠키 일행이 길 가는 마차며 짐차들을 살펴보고 있다. 역시 지원병의 말대로 와 있는 모양이다.

숨어있는 짐차로부터 살짝 바깥을 훔쳐본다. 마법을 쓸 줄 아는 녀석들이 뭔가 마법을 영창하고 있다.

"찾았습니다! 저기 저 짐차입니다!"

내가 어리둥절해 하며 불안한 예감을 느낀 직후의 일이었다.

모토야스와 이츠키가 우리의 짐차를 향해 달려온다.

큭?! 왜 들킨 거지?

아니, 아마 아까 그 마법을 쓰던 녀석들이 찾아낸 거겠지. 해석 마법 비슷한 것으로 추측된다.

나는 덮고 있던 천을 걷어 젖히고 짐차에서 뛰쳐나간다. 필로도 사태를 감지하고 필로리알 퀸의 모습으로 돌아왔다.

"역시나 있었군!"

근처에 있었던 것이리라. 렌 일행까지 쫓아왔다.

젠장……. 이건 상황이 불리해도 너무 불리하다.

"찾았어요! 메르티 왕녀님을 풀어주세요!"

이츠키 녀석, 자기가 무슨 정의의 사도라도 되는 듯한 얼굴로 나를 삿대질하고 있다.

"풀어주고 말고 할 것도 없이 딱히 가두고 있는 것도 아니라고."

"뻔뻔한 놈. 증거가 이미 다 나와 있어! 네놈에게 정의는 없단 말이다!"

"정의라……."

파도 때면 민간인들의 목숨은 기본적으로 기사단에게 몽땅 떠맡겨 놓는 놈들이 정의를 운운하다니.

정말이지, 자기들의 정의감을 채우는 것밖에 염두에 없는 녀석들이다.

잠깐⋯⋯. 곰곰이 잘 생각해 보면 이 녀석들에게 사정을 설명하는 방법도 있다. 일 처리가 허술해서 탈이긴 했을지 언정 렌이 역병에 시달리는 마을을 걱정했었던 건 사실이 고, 이츠키는 저래 봬도 정의감 하나만은 쓸데없이 투철한 놈이다. 이 점을 이용해 볼 수 없을까.

뭐, 어차피 애초부터 내 말을 믿을 생각 따위는 없을 테지 만.

그래도 일단 설명해 볼 가치는 있다.

요컨대 이 녀석들의 정의감을 다른 방향으로 돌리면 되는 것이다.

거대한 악의 음모를 저지하는 것.

게임 팬이 동경할 만한 시추에이션 중 하나다.

이 녀석들의 신용만 얻을 수 있다면⋯⋯ 혹은 국가에 대한 의심만 품게 만들 수 있다면, 좋은 포석이 될지도 모른다.

"너희가 하는 말이 진짜 옳은 일이라고, 정의라고 말할 수 있나?"

"무슨 소리냐?"

"제2왕녀는 보다시피 상처 하나 없이 살아 있어."

어디서 공격이 날아오더라도 보호할 수 있는 태세를 유지 하면서 제2왕녀를 용사들에게 보여준다.

걱정스러운 얼굴로 날 올려다보며, 제2왕녀는 힘주어 고개를 끄덕였다.

"검의 용사님, 창의 용사님, 활의 용사님, 방패 용사님은 결백하세요. 오히려 제 목숨을 지켜 주셨는걸요."

제2왕녀는 평소의 어린애 같은 말투가 아닌, 왕녀다운 목소리로 말한다.

그 말을 들은 세 사람의 얼굴에 동요의 빛이 떠오른다.

자신이 하고 있는 일이 실은 악의 소행을 거들고 있다. 그렇게 되면 정의감의 결정체들인 이 녀석들 입장에서는 어마어마한 굴욕이 되리라.

"제발 믿어 주세요. 이번 소동에는 거대한 음모가 숨겨져 있어요."

"하지만 메르티 왕녀님은 그자에게 끌려 다니고 있지 않습니까?"

"그건 제 목숨을 지키기 위해서, 제 쪽에서 데려가 달라고 부탁한 것입니다."

제2왕녀 본인이 직접 설명하자, 이츠키는 주춤거렸다.

"부자연스럽지 않습니까. 방패 용사님이 저를 유괴해서 무슨 득을 볼 수 있겠습니까?"

"그, 그건……."

이유라도 찾고 있는 건가? 시선이 이리저리 방황하고 있다.

"하지만, 이 녀석은——."

"용사님들은 메르로마르크국이 방패 용사님에게만 이상한 취급을 하고 있다고 생각하지 않으시는지요?"

"하긴……."

"어머니께선 말씀하셨어요. 지금은 사람과 사람이 서로 손을 잡고, 일치단결해서 재앙을 물리쳐야 할 때라고……. 지금 이 세계에는 용사님들의 소중한 시간을 이렇게 쓸데없이 허비하게 만들 만한 여유가 없습니다. 부디, 무기를 거두어 주세요."

용사 세 사람은 자신들의 본래 목적을 깨달았는지, 무기를 들고 있던 손에서 힘을 뺀다.

어느 정도 자각은 있는 것이리라. 자신들이 지난번 싸움에서 패한 것에 대해.

제2왕녀의 말마따나 우리는 빨리 스스로를 단련하고 무기를 강화해야만 한다. 진정 용사라는 사명을 완수하고자 한다면, 레벨과도 무기 강화와도 무관한 이 상황은 말 그대로 더없이 무의미한 시간이다.

"이제 알겠어? 이건 음모라고. 이제 내가 알고 있는 진상을 최대한 얘기하지. 나와 싸울지 말지는 그 얘기를 듣고 나서 결정해도 늦지 않아."

내가 그렇게 말한 순간, 빗치가 앞으로 나서서 쏘아붙였다.

"방패의 악마의 말을 들어서는 안 돼요!"

무슨 소리를 하려는 건가. 여동생을 걱정하는 척을 해서

포인트 벌이라도 하려는 건가?

"이번 사건이 밝혀졌을 때 분명 설명을 들으셨잖아요! 방패의 악마는 세뇌의 방패를 갖고 있다구요!"

"언니?!"

제2왕녀가 경악에 찬 표정으로 언니인 빗치를 쳐다보았다.

이 자식…… 추태도 정도껏 보이라고.

세뇌의 방패 좋아하시네. 그런 게 있으면 내가 뭣하러 이 고생을 하겠냐고. 남이 고생 끝에 얻은 걸 세뇌라는 한 마디로 치부해 버리다니 참 편리한 소리로군. 그나저나 세뇌라는 건 오히려 종교에서 흔히 쓰는 거잖아. 웃기는 자식.

"세뇌의 방패라는, 사악한 힘을 지닌 방패 얘기 말이군. 어째 좀 수상했는데……."

"언제 각성한 건지는 모르지만, 교회의 추측으로는 한 달쯤 전부터일 거라고 했어요."

행상 일이 궤도에 오르기 시작했을 무렵이다. 그 무렵은 주로 환자들에게 약을 팔던 시기였으니까. 대충 그쯤부터 신조의 성인이라는 소문이 퍼지기 시작했었다.

그렇군. 시간적으로는 딱 들어맞는다. 교회 측에서 그걸 갖고 자기들 마음대로 날조한 건가.

"상황이 증명하고 있잖아요. 가는 곳마다 정보가 뒤섞여 있고, 꼭 나오후미 씨한테 힘을 빌려주는 것 같은 행동을 취하고 있잖아요. 일반인인 그 사람들이 범죄자를 위해서 이렇게 일치단결한다는 게 말이 되나요?"

"온 나라 사람들이 다 이상해. 방패 용사가 그런 짓을 할리가 없다고들 하고, 어떤 팔팔한 할머니는 아예 방패 용사를 숭배라도 하듯이 칭찬 세례를 퍼붓고…….'

그 할망구 말이군……. 이 말만 듣고도 단번에 알 수 있다.

그나저나 도대체 무슨 소리를 하는 거야, 이 녀석들은?

최근 들어 많은 사람들의 도움을 받고 있는 건 사실이다. 하지만 그건 모두 네놈들이 뿌렸던 씨앗이 돌고 돌아서 이렇게 된 것뿐이라고.

자기가 모르는 것=적이라는 식의 책략은 좀 아니잖아. 이 녀석들 머리에는 도대체 뭐가 들어차 있는 건지.

"아마 가까이서 얘기를 하는 것만으로도 자기 마음대로 상대방을 세뇌할 수 있는 힘을 갖고 있을 거예요. 현재, 국가의 교회 관계자들이 힘을 모아서 세뇌를 풀 준비를 진행하고 있어요."

"그런 힘이 어디 있어, 이 멍청아!"

내 태클에 아무도 반응하지 않는다.

아니, 라프타리아를 비롯해서 필로와 제2왕녀까지도 어안이 벙벙한 표정이다.

요컨대 온 나라에 공고를 보냈는데도 정보는 모이지 않는데다, 나에 대한 평가가 워낙 높아서 이 녀석들도 고개를 갸웃거리고 있었던 것이다. 그런 그들을 수긍시킬 수 있는 증언으로써 빗치, 혹은 삼용교가 제창한 것이 '방패 용사가 세뇌의 방패를 소지하고 있다' 라는 것이다.

터무니없는 날조. 억지도 너무 억지다.

"방패 용사님은 그런 힘을 갖고 있는 거야?"

제2왕녀가 걱정스러운 눈으로 날 올려다본다.

"네 눈에는 나한테 그런 힘이 있는 것 같아?"

"으~응……. 없을 것 같아."

"좀 주저 없이 대답해 줬으면 했는데……."

그런 편리한 방패가 있었더라면 이렇게 고생할 일도 없었을 거 아닌가. 그야말로 마을 사람부터 병사, 기사단, 마술사까지 모조리 세뇌해서 나라를 강탈했겠지. 요컨대 상황이 이렇게 되기 전에 손을 쓰는 게 당연하다는 거다.

다시 말해, 지명수배 당해서 쫓기는 몸이 된 시점에서 이미 세뇌의 방패는 신빙성을 의심할 수밖에 없는 셈이다.

이 망할 용사들은 이런 간단한 것도 모르는 건가.

"라프타리아나 필로도 저 녀석의 힘으로 세뇌당해 있다는 거겠지!"

"아니에요! 저는 세뇌당하지 않았어요!"

"우리가 너희를 구해줄게."

"필로는 주인님이랑 같이 있고 싶어서 같이 있는 거라구!"

모토야스 녀석, 아직도 라프타리아와 필로를 포기하지 않은 거냐! 도대체 얼마나 여자를 밝히는 거야.

"잔말 말고 내 얘기나 좀 들어! 상황과 형편에 따라서는, 제2왕녀는 너희에게 넘길 수도 있어."

"응?!"

어째 제2왕녀가 뜻밖이라는 듯 얼빠진 목소리로 되묻는다.

"얘기를 들어 볼까."

렌이 앞장서서 물었다. 일촉즉발의 상황이다. 말실수는 최대한 피해야 한다.

"우선 전제로 둬야 할 건 세뇌의 힘 같은 건 없다는 거야. 우선 그것부터——."

"전 못 믿어요!"

"시끄러워! 너 들으라고 하는 얘기 아니라고, 부쇼군!"

내가 설명을 시작하기도 전에 이츠키가 가로막기에 고함을 쳐서 잠재운다.

한쪽의 일방적인 정보만 가지고 선악을 판별하는 위선자한테는 볼일 없다고.

"어쨌거나, 이건 음모야. 왕이나 이 여자나 교회 녀석이 제2왕녀를 암살해 놓고 내 탓이라는 누명을 씌우려고 했어."

"……얘기는 알아들었어. 그럼 너희의 신병을 넘기고 우리와 동행해 줘. 그 대신 절대로 위해를 가하지 않겠다고 약속하지. 조사할 수 있는 시간을 줘."

"저 말을 믿는 거야? 필로를 세뇌한 이 악인의 얘기를?!"

"맞아요! 저는 절대로 안 믿어요!"

"검의 용사님! 악마의 말에 귀를 기울이시면 안 돼요!"

겨우 렌이 내 말을 믿어 주려 하는 마당에, 빗치와 다른 용사 놈들이 끼어들었다.

"싸움 없이 끝낼 수만 있다면 그 방법이 제일 좋겠지. 진위는 나중에 가리면 돼."

렌 녀석, 쿨함을 의식하고 있는 녀석답게 냉철하게 상황을 분석하고 있다.

얘기가…… 통할 거라고 봐도 되는 건가?

"안 돼."

제2왕녀가 내 손을 꼭 움켜쥐고 가녀린 목소리로 애원한다. 그 손은 바들바들 떨리고 있고 얼굴은 더없이 창백하다.

"아마…… 죽일 거야."

그 말을 듣고 나는 상황을 파악한다. 분명, 제2왕녀는 우리와는 다른 취급을 받을 것이다.

아마 세뇌 해제 마법을 건다느니 하면서 국가의 마법사들에게 제2왕녀를 맡길 것이다. 그런데 이게 웬일인가. 세뇌 해제 마법을 걸려 했더니 흉악한 저주가 발동해서 제2왕녀기 절명하고 말았지 뭔가.

그런 시나리오가 뇌리에 떠오른다.

그렇게 되면 나를 믿으려 하고 있는 렌은 틀림없이 내가 범인이라고 확신할 것이다.

나에게 죄를 덮어씌우려 하는 걸 보면 빗치가 이번 사건에 한몫을 거들고 있을 가능성은 더없이 높다. 친동생까지 죽이려고 들지도…….

"살려줘……."

그것은 목이 멘 것 같은, 가냘픈 애원이었다. 이제야 간신히 무죄를 증명할 수 있을 줄 알았건만.

하아…….

"약속했었잖아?"

"에?"

그날, 강간 누명을 뒤집어썼을 때였다. 나를 믿어주는 사람은 아무도 없었다.

그리고 지금 제2왕녀는 생과 사의 갈림길에 서 있다.

세뇌라는, 제2왕녀를 죽일 수 있는 편리한 명목까지 갖고 있는 집단이 그녀를 노리고 있다.

나 참……. 그런 뻔한 부탁을 하다니. 그 정도는 나도 충분히 상상할 수 있다고.

제2왕녀의 죽음은 우리의 패배를 의미한다. 신용할 수 없는 타인에게 어떻게 맡길 수 있겠는가.

"미안하게 됐어. 난 도저히 너희를 못 믿겠어. 여기서 제2왕녀를 넘겨준다고 해도, 아마 너희는 이 녀석을 지켜줄 수 없을 거야. 나는 이 녀석에게 약속했어. 반드시 시켜주겠다고."

제2왕녀를 필로의 등에 태우고, 라프타리아에게도 타라

고 지시한다.

"필로, 내키지는 않겠지만 마차를 포기하고 이 녀석들한 테서 도망쳐!"

"네~에!"

"그럼 잘들 있으라고."

임전 태세를 취하고 있던 필로는 나까지 모두 탄 것을 확인하기가 무섭게 도약해서 내달린다.

"아, 잠깐!"

"하이퀵~!"

"어림없지!"

"이런——."

모토야스가 필로의 다리를 향해서 고리를 던진다.

필로는 거기에 발이 걸려서 자빠지고 말았다.

"우왓!"

"꺄!"

나와 라프타리아와 메르티는 앞쪽으로 고꾸라진다.

"아야야……."

재빨리 낙법을 취하고, 날아온 두 사람을 받아낸다.

필로의 '하이퀵'을 예측하고 방해하다니……. 모토야스 녀석, 성가신 짓을 해대는군.

"우우……! 에잇! 안 떨어져! 안 떨어져, 주인님!"

필로는 모토야스가 던져서 다리를 휘감은 고리를 벗겨내

려 필사적으로 버둥거린다. 하지만 전혀 벗겨질 기미가 보이지 않는다.

고리는 검은 금속으로 만들어진 것이었는데, 뭔가 효과가 부여되어 있는 모양이다.

그렇지 않다면 무지막지한 힘을 가진 필로가 벗겨내지 못할 리가 없다.

"도망치는 건 꿈도 꾸지 마. 자, 메르티 왕녀를 넘겨."

"누가 넘길 줄 알고?!"

네 옆에서 싱글벙글 웃고 있는 빗치가 이 사건의 주범이라는 건 명백하단 말이다.

제2왕녀가 맥없이 죽어서는 내 결백을 증명할 수가 없잖아!

"필로!"

"으, 응! 아…….."

필로는 일어서려 했지만, 어째선지 힘이 빠진 듯 자세가 무너지고 다시 다리가 휘청거린다.

"어라? 히, 힘이 안 들어가……. 우, 우우……."

필로가 어렴풋이 빛나더니, 어째선지 인간형 모습으로 변신했다.

"뭐 하는 거야?!"

"필로가 한 거 아냐. 멋대로 이 모습으로 변했다구!"

뭐라고? 유력한 용의자는, 모토야스가 필로에게 강제로

채운 발찌인데…….

"후후후, 필로가 계속 천사의 모습으로 지낼 수 있도록 국가의 연금술사한테 부탁해서 제작한 아이템이지. 그 발찌가 있는 한 나에게 폭력을 행사할 수는 없을걸."

"우~! 풀어 줘!"

모토야스는 필사적으로 일어서려 애쓰는 필로를 억지로 일으켜서 붙잡고, 우리 쪽으로 들이민다.

"연금술사들이 아주 잘해 줬어. 필로의 괴력까지 가둬 줬으니까."

큭……. 필로의 다리를 이용해서 도망칠 수 있을 줄 알았는데, 이런 사태는 미처 예상하지 못한 것이었다.

필로를 인간형으로 바꾸고 힘을 억누를 수 있는 능력을 갖추고 있다는 건가?

뭐야, 필로한테 딱 맞춘 것 같은 이 도구는! 그렇게까지 필로가 탐났던 건가……. 그러고 보니 천사가 자기 취향이라면서 열변을 토했었지. 그래서 필로를 얻기 위해서 책략을 꾸민 거라고 생각해도 될 것이다. 그게 하필 이럴 때 의미를 발휘하다니, 뭐 이딴 상황이 다 있단 말인가!

필로에게 채워진 발찌를 어떻게든 제거하지 않으면 도망칠 길이 없다.

"필로!"

"메르!"

필로와 제2왕녀가 서로를 외쳐 부르며 손을 뻗는다. 하지만 그 손은 끝끝내 서로 맞닿지 못한다.

"난 난폭한 공주님도 마음에 든다고. 괜찮아. 너도 이리로 오면 필로와 같이 지낼 수 있어."

"으으~!"

뭘 그렇게 여유를 부리는 거냐. 모토야스, 너한테 붙잡히면 필로와 제2왕녀 둘 다 인생이 끝장난다는 걸 좀 알아 먹어!

"이봐……."

"저기……."

"뭣들 하고 계신 거예요, 검의 용사님과 활의 용사님! 어서 방패 용사를 붙잡아요!"

"하지만……."

렌과 이츠키는 상황에 어찌 대처해야 할지 몰라 우물쭈물하고 있다. 이제 이 녀석들까지 공격해 오면 끝장이다.

뭐, 어쨌거나 가진 거라곤 정의감밖에 없는 녀석들이다. 우리가 미처 도망치기도 전에 모토야스가 발목을 붙잡고, 게다가 인질까지 잡고 있는 것처럼 보이는 이 상황에 편승하는 짓은 도무지 내키지가 않는 것이리라. 대충 짐작이 간다. 이걸 운이 좋다고 해야 하는 건지 모르겠군.

이제 어쩌지? 필로를 인질로 잡혔으니 함부로 도망갈 수도 없다.

모토야스 곁에는 빗치가 있다. 무슨 짓을 저지를지 알 수가 없다.

"조금만 기다려! 내가 바로 구해줄 테니까, 필로!"

"아, 멍청아!"

『힘의 근원인 내가 명한다. 다시금 이치를 깨우쳐, 물의 칼날과 같은 일격으로 저자를 절단하라.』

"쯔바이트 아쿠아 슬래쉬!"

제2왕녀가 마법을 영창하면서 모토야스 바로 앞까지 접근, 모토야스에게 마법을 내쏜다.

"이런!"

모토야스가 옆으로 펄쩍 뛰어서, 제2왕녀가 내쏜 아쿠아 슬래쉬를 피한다.

"우~! 이거 놔!"

하지만 그 순간에 필로가 버둥거리는 바람에, 뒤에서 옥죄고 있던 모토야스의 결박이 풀렸다.

좋았어! 하고 생각한 것도 잠시, 도망친 필로를 대신하듯, 모토야스는 제2왕녀의 팔목을 붙잡아서 뒤로 꺾는다. 그리고 곧바로 그녀를 빗치에게 넘겼다.

"마인! 소중한 동생이잖아? 꼭 지켜주라고!"

"메르!"

"필로! 이거 놔! 언니!"

필로가 제2왕녀에게 손을 뻗지만 그 손은 닿지 못하고, 모토야스가 다시 필로를 붙잡으려 했으므로, 나는 필로의 손을 붙잡아 끌어당겼다.

"놓아줄 수 없어요, 메르티. 당신은 방패의 악마에게 조종당하고 있는 것뿐이에요. 곧 세뇌를 풀어 드릴게요."

이때다!

"실드 프리즌!"

나는 재빨리 방패를 분노의 방패Ⅱ로 변화시키고 모토야스를 향해 내뻗는다.

"무슨──."

아직 때가 안 됐어. 분노를 억눌러야 해…….

"체인지 실드(공)!"

공격 능력이 높은 비 니들 실드를 전개한다.

"네놈과의 악연도 이제 끝이다! 받아라, 아이언 메이든!"

SP를 모조리 희생해서 모토야스에게 필살의 스킬을 날린다. 마음 같아서는 음탕한 왕녀한테 쏘고 싶었지만 지금은 그런 걸 가릴 때가 아니다. 이걸로 모토야스를 해치울 수 있다면 그것도 나쁘지는 않다. 빈사 상태로 만드는 정도면 딱 좋을 것 같기도 하다.

"어림없다! 유성검!"

"역시 당신 쪽이 악이었군요! 유성궁!"

이런──기껏 출현한 아이언 메이든을 향해, 렌과 모토야스가 각각 필살의 스킬을 날린다.

쩌적 하는 소리와 함께 아이언 메이든에 금이 가고, 닫히는 속도가 늦어진다.

"모두! 이 틈에 파괴한다!"

"네! 렌 님!"

"알겠습니다! 이츠키 님!"

"모토야스 님! 바로 구해 드릴게요!"

렌과 이츠키, 그리고 모토야스의 동료들이 저마다 아이언 메이든을 향해 공격과 마법을 발사했고, 아이언 메이든은 째질 듯한 소리와 함께…… 산산이 깨져 나가고 말았다.

크으……. 아이언 메이든을 쓴 반동으로 SP가 바닥났다.

"고, 고마워, 모두!"

체인지 실드(공)의 대미지를 받았던 모토야스가 모두의 도움에 웃음을 짓는다.

"우리를 잊으면 곤란하지."

"네. 자, 이제 제2왕녀는 구해냈어요. 온 나라 사람들에게 걸려 있는 세뇌를 어서 풀어 주세요."

렌과 이츠키가 모토야스 편에 가담하고 말았다. 게다가 빗치에게 제2왕녀를 인질로 빼앗겼다.

빨리 구출하지 않으면 제2왕녀의 목숨이 위험하다.

그러고 보니, 분노의 방패Ⅱ를 쓰면 필로가 폭주하게 돼 있었다.

하지만, 필로 자신에게는 아무런 변화도 없다.

응? 분노의 방패Ⅱ에서 뭔가 붉은 기운이 일렁이며 필로를 향해 뻗어 나갔다가, 바로 튕겨 나온다. 아마, 그 발찌에는 필로에 대한 가호 같은 걸 모조리 절단하는 효과가 있는 모양이다.

본인이 원호 마법으로 발찌를 파괴하지 못하도록 조치를 취한 것이 역효과를 냈군.

폭주한 필로는 제어가 불가능하다. 그럴 경우에는 분노의 방패Ⅱ로 싸우는 건 어렵다.

"라프타리아! 필로의 발찌를 끊을 수 있을 것 같아?"

만에 하나 제거할 수만 있다면, 곧바로 분노의 방패Ⅱ에서 다른 방패로 바꿀 예정이다.

"지금 시도하고는 있지만, 어려울 것 같아요."

라프타리아는 깡깡 소리를 내며 필로의 발찌를 검으로 찍고 있지만, 일이 뜻대로 풀리는 것 같은 분위기는 아니다.

이놈의 발찌는 도대체 얼마나 튼튼하게 만든 거냐. 그 노력을 좀 다른 곳에 기울이라고.

이제 어쩐다……. 지금은 SP가 없으니 스킬도 쓸 수 없다. 필로도 쇠약해져 있다.

그나마 믿을 만한 구석은 라프타리아지만, 라프타리아의 검과 마법으로 이 상황을 뒤집을 자신은 없다.

"주인님!"

"왜 그래?"

"필로, 이제 안 붙잡혀!"

"조금 전에 맥없이 붙잡혔던 녀석이 무슨 소릴 하는 거야?"

"괜찮아."

그러면서 필로가 날개 속에서 꺼낸 것은, 만약의 경우에 내가 마차를 끌라면서 무기상 아저씨가 건네주었던 글러브였다.

맞아, 그러고 보니 우리에겐 괴력을 낼 수 있게 만들어주는 편리한 도구가 있었지.

필로는 글러브를 손에 끼고 팔을 교차시킨다. 의식을 집중시키고 있다는 걸 알 수 있었다.

"이번에는 필로가 메르를 구해줄 차례야!"

"뭐야, 그 글러브는? 그걸로 나를 막을 수 있을 거라고 생각하는 거야? 필로는 참 귀엽기도 하지. 그런 장갑 따위로 나에게 당해낼 수 있을 리가 없는데."

"안 질 거라구!"

"아, 필로!"

내 저지를 뿌리치고, 필로가 모토야스를 후려쳤다.

"쿠헉……"

모토야스는 필로를 붙잡으려고 부주의하게 손을 내뻗고 있던 참이라, 맥없이 필로의 주먹에 복부를 얻어맞고 말았다.

모토야스는 배를 부여잡은 채 앞으로 몸을 웅크렸다.

"이, 이 정도는, 끄떡도…… 없다고."

"에잇! 메르를 돌려줘! 에잇!"

"큭…… 으…… 소, 소용없어!"

모토야스가 일어서서 거리를 벌렸다.

"필로, 진정하고 돌아와!"

"응!"

필로는 모토야스를 상대로 몇 번인가 위력을 시험해 보고 돌아온다.

"저 녀석들을 상대로…… 싸울 수 있을 것 같아?"

"필로만 믿어!"

"그럼 필로는 모토야스를, 나와 라프타리아는 나머지 두 용사와 그 패거리들을 상대한다! 그리고 빈틈을 봐서 제2왕녀를 탈환하는 거야."

모토야스는 어찌 됐거나 페미니스트다. 필로에게 난폭한 짓을 하지는 못할 것이다.

"나오후미 님."

"왜 그래?"

"한 가지 제안을 드릴까 하는데, 혹시 나오후미 님에게로 적의 이목을 집중시켜 주실 수 있을까요?"

"뭔가 생각이 있는 거야?"

"일단은요……."

흐음…… 라프타리아가 뭘 하려고 하는 건지……. 생각해 본다.

짐작이 간다. 라프타리아는 모습을 감추어서 적의 뒤를 잡는 전술에 능하다.

그걸 노리고 있는 것이리라.

"알았어. 최대한 노력해 보지. 그럼 가자!"

"알았어."

"네~에!"

"한번 해 보겠습니다!"

물론 셋이나 되는 용사를 물리치는 건 불가능할 것이다.

내 목적은 그게 아니다.

여기서 도망칠 수 있는 수단은 아직 남아 있는 것이다.

"라프타리아, 조금 떨어져 있어……!"

"네."

"간다!"

"타아아아아아아아아아아아아아아아아아아아아!"

선봉은 필로가 맡았다. 필로는 내가 지시한 대로 모토야스를 향해 내달린다.

하지만 모토야스도 필로가 위협적인 상대임을 이해하고 창을 고쳐 쥔다. 물론 진짜로 있는 힘껏 공격하지는 않을 테지만.

"자, 메르티, 잠시만 좀 잠들어 있을래요?"

빗치가 약물을 꺼내서 제2왕녀의 입에 쑤셔 넣으려 하고 있다.

내가 일본의 애니메이션이나 드라마에 나오는 이세계의 용사였다면 그게 단순히 수면제 같은 약이라고 생각했을 것이다.

하지만 빗치의 성격이나 입장을 아는 내 눈에는 그저 상대를 죽음에 빠트리는 약으로만 보인다.

"필로! 살려줘!"

"메르!"

필로가 죽을힘을 다해 글러브에 마력을 불어넣는 게 피부로 느껴졌다.

"하이퀵!"

순간 필로의 모습이 일렁거리는가 싶더니, 어느새 모토야스 앞에 나타나서 주먹을 휘두른다. 아니, 아저씨가 준 글러브에서 필로의 마력이 뿜어져 나와서 파르스름한 손톱 같은 형상을 이루고 있었다.

저건 뭐지? 마력이 단단하게 굳어진…… 건가?

"큭……. 뭐야! 마력이 상승했잖아?! 이러지 마! 필로!"

일방적으로 방어에 내몰려서 끙끙대는 모토야스. 파워 글러브의 손톱이 모토야스에게 명중한다.

모토야스를 저 정도까지 밀어붙이다니, 마력이 도대체 얼마나 상승한 거야?

"에잇! 이얏! 비켜!"

필로는 필로리알 형태일 때가 더 강하다. 하지만 저 손톱으로 싸우는 모습은 그에 못지않을 정도의 기개가 느껴진다.

지켜 줘야 할 이가 있기에 필로는 발찌 때문에 힘을 쓸 수 없는 상황에서도 마력으로 그것을 보충하며 싸우고 있는 것이다.

나는 모토야스 쪽에도 신경을 써 가면서 렌과 이츠키에게 의식을 집중한다.

이미 목표는 나 하나로 집중되어 있으니까. 섣불리 공격해 봤자 타격을 입힐 수 없다는 걸 아는지 그들도 좀처럼 나서지 않는다.

아니, 렌은 이 상황에 대한 의문이 풀리지 않은 상태라, 전력을 다하지 않은 채 상황을 지켜보고 있다.

이츠키는 나를 적으로 인식하고 있지만, 단체로 공격해 오려 하지는 않는다. 모토야스에 대한 엄호 사격이라도 할 줄 알았지만 생각해 보면 렌이나 이츠키나 정의감이 강한 놈들이다.

1대1로 맞상대를 하고 있는 녀석을 방해하는 건 자신들의 정의에 위배되는 행위라고 생각하는 것이리라.

내가 아이언 메이든을 사용하려 했던 것을 방해한 건 사망자가 발생할지도 모르기 때문⋯⋯이었던 걸까.

이 상황을 이용하지 않으면 바보가 아니겠는가.

라프타리아에게 눈짓을 보내고, 자연스럽게 나에게 주의를 집중시키기 위해 서서히 거리를 벌린다.

아직 도망치기는 이르다.

하지만 상대의 의식을 집중시키는 데에 의미가 있다.

"이 무기 사용법…… 이제 좀 알 것 같아!"

필로가 발톱을 앞으로 내뻗고 교차시킨다.

"토네이도……."

"할 수 없군……. 미안해, 필로. 살짝 아프겠지만 조금만 참아 줘!"

모토야스가 필로에게 창을 겨누고, 스킬을 내쏠 자세를 취했다.

"찌르기 난무!"

"클로――!"

필로가 발톱을 겨눈 채로 적을 향해 날아갔다. 도중에 빙글빙글 회전을 시작하고, 그대로 돌격한다.

"이런――."

필로의 돌격은 모토야스의 스킬을 통과해서, 모토야스를 날려 버리며 빗치를 향해 나아간다.

"안 돼애애애애애!"

저항하는 제2왕녀에게 필사적으로 약을 먹이려 애쓰는 빗치. 필로가 그리로 돌격하자, 빗치가 제 몸을 보호하느라 제2왕녀를 손에서 놓았다.

"메르!"

회전이 잦아들고, 필로는 메르의 손을 붙잡고 그대로 내달렸다.

"크윽……."

털썩하고 땅바닥에 내팽개쳐졌던 모토야스가 일어서서 필로와 제2왕녀를 노려본다.

"메르는 떨어져 있어. 필로가 창 든 사람을 물리치고 나면 여기서 탈출하자."

"응!"

필로는 다시 모토야스를 향해 손톱을 곤두세웠다.

이제 상황은 모토야스와 필로의 1대1 맞대결에서, 모토야스를 지원하는 빗치와, 필로에게 힘을 보태주는 제2왕녀까지 낀 다자간 싸움으로 변모했다.

그때, 지금껏 방관하고만 있던 우리의 싸움에 공이 울렸다.

"필로 힘내! 알 쯔바이트 아쿠아 샷!"

"언니보다 잘난 동생 따원 필요 없다구요! 쯔바이트 헬파이어!"

빗치와 제2왕녀가 마법으로 공방전을 벌이고 있다.

빗치 녀석…… 무슨 소리를 지껄이는 거야? 계승권이 낮은 걸 마음에 담고 있었다는 티가 확 나잖아.

좋아, 제2왕녀, 난 너를 지원하마. 저 녀석은 왕의 그릇이 아냐.

"쯔바이트 어스 해머!"

"쯔바이트 파이어 애로우!"

하지만 녀석들의 연대는 형편없어서, 필로 쪽이 아닌 제2왕녀 쪽으로 공격이 날아가고 있다.

"뭐 하는 짓이냐!"

제2왕녀를 향해 날아간 마법을 렌이 요격한다.

"구해내야 할 왕녀를 죽일 작정이냐?! 비록 세뇌당해 있다고는 해도 보호해야 할 대상의 레벨을 생각하란 말이다!"

그렇다. 제2왕녀는 렌과 이츠키, 모토야스에게 보호해야 할 대상인 것이다.

빗치의 꿍꿍이대로 말살하는 건 용사들이 용납지 않는다.

이건 기회다. 녀석들의 내분을 유도해야 할 타이밍이다.

"하지만 제2왕녀님은 이미 방패 용사에게 세뇌당해 있어요. 봐주면서 싸울 여유는 없다구요."

"아무리 그래도 그렇게 막 쏴대면 죽을 거 아냐. 따지고 보면 저 애는 우리를 공격하면서도 전력을 다하진 않고 있다고!"

제2왕녀가 내쏜 마법은 어디까지나 견제의 의미일 뿐이라, 필로와 모토야스 사이에 끼어들려는 자에게만, 충분히 피할 수 있는 범위 안으로 공격을 날리고 있다.

반대로 빗치와 그 패거리들은 제2왕녀를 죽이기 위해 마법을 영창하고 있다. 그 태도가 워낙 노골적이어서 렌이 꿰뚫어 본 모양이군.

"그다지 레벨이 높지도 않은 사람이 그런 마법에 맞으면 죽을지도 모르잖아!"

어쩌면 제2왕녀의 레벨 등은 사전에 파악해 두고 있었던 건지도 모르겠다.

"그건…… 그렇습니다만……."

빗치는 혀를 차고, 시선을 외면하며 마지못해 수긍한다.

"렌, 이츠키, 그 여자는 제2왕녀가 죽기를 바라는 거야."

"뭐라고?!"

"제2왕녀는 계승권 제1위라고. 그리고 그 여자는 2위지. 그 뒤는…… 말 안 해도 알겠지?"

"속으시면 안 돼요! 검의 용사님, 활의 용사님."

"왜 그렇게 당황하는 거지? 이건 다 사실이라고. 못 믿겠으면 너희 동료들한테 물어봐."

렌과 이츠키는 명백하게 동요하고 있다. 누가 봐도 알 수 있을 만큼 빗치가 동요하고 있으니까. 내가 일부러 거들먹거리는 말투로 얘기한 게 통한 건지도 모른다. 뭐, 실제로도 전부 사실이고, 조금만 조사해 보면 다 알 수 있는 일이다.

"이게 바로 세뇌의 힘이에요! 귀담아들으시면 안 돼요!"

꼴사나운 변명이로군.

"맞습니다. 죽어라! 방패의 악마!"

이츠키의 패거리 중 하나인, 요란한 갑옷을 입은 기사가 나를 겨누고 도끼를 치켜든다.

이 순간을 기다렸다!

"타아아아아아아아앗!"

"으랏차! 죽어라! 방패의 악마!"

나는 갑옷 기사의 공격을 방패로 막아낸다.

"지금이다, 이 틈에 다 함께 공격해!"

"""알겠습니다!"""

"어이, 멋대로 공격하지 마!"

"맞아요. 조심하지 않으면 모두 위험하다고요!"

렌과 이츠키의 저지를 무시하고, 이츠키의 동료들과 렌의 패거리들이 나를 향해 몰려들었다.

동료들 간의 연대가 전혀 이루어지지 않고 있다.

이건 절호의 기회! 이 녀석들, 내겐 아무런 반격수단도 없을 거라고 얕잡아 보고 있는 건가?

나를 중심으로 셀프 커스 버닝이 작동해서 주위를 불사른다.

"""끄아아아아아아아아!"""

"""꺄아아아아아아!"""

"뭐, 뭐야?!"

이츠키가 말문이 막힌 채 이쪽을 쳐다본다.

렌은 제2왕녀에게 날아드는 필살의 마법을 요격하느라 뒤처지는 바람에 불길을 모면할 수 있었다.

"크윽…… 몸이……."

갑옷 기사를 비롯한 이츠키와 렌의 동료들은 하나같이 몸을 못 가누고 있다.

"내가 끝까지 아무런 수도 못 쓸 거라고 생각하면 곤란해. 방패에는 이런 전투 방법이 있으니까."

"큭……."

렌은 검을 움켜쥔 채 신음한다. 그건 이츠키도 마찬가지였다.

동료들에게 회복마법을 걸어 주고 있는 것 같지만 안타깝게 됐군. 셀프 커스 버닝에는 회복을 지연시키는 저주가 걸려 있거든.

하지만 반격을 한 탓에 렌과 이츠키의 적의가 상승했다. 이제 교섭은 어려울 것 같다.

"헌드레드 소드!"

"애로우 레인!"

렌과 이츠키는 나를 향해 스킬을 내쏘았다.

렌이 헌드레드 소드라고 외치자 그의 상공에 수많은 검들이 출현해서, 나를 향해 쏟아져 내린다. 마찬가지로 이츠키가 하늘을 겨누고 활시위를 당기자, 화살이 빛의 비로 변해서 나를 향해 날아들었다.

원거리 범위 공격이라니.

"크윽……."

재빨리 방패를 위로 들어서 막아낸다.

큭…… 제법 아프다. 근육 속까지 쓰라리게 만드는 공격이다.

"역시 그랬군요."

"그래, 그런 것 같군. 저건 게임의 원래 사양에는 없는 힘인데."

"'근접 카운터 공격!'"

크윽……. 간파당하고 말았다.

그렇다. 셀프 키스 버닝은 만능으로만 보이지만, 근접공격일 때만 발동한다는 커다란 약점이 있다. 이것을 간파당하면 분노의 방패 II 는 위력이 반감되는 거나 마찬가지다.

적들 입장에서 나를 섣불리 공격하지 못한 건 셀프 키스 버닝이라는 따끔한 반격이 존재하기 때문이었다. 하지만 그걸 발동시키지 않고도 공격할 수 있는 방법이 존재할 경우, 적이 그 방법으로만 몰아붙이면 나는 일방적으로 패배하고 말지도 모른다.

적이 그 수단을 알아내면 나는 당연히 한층 더 불리해지고 마는 것이다.

그렇다면 계속 분노의 방패 II 로만 변형시켜 둘 수도 없는 노릇이다.

이대로 가면 나는 점점 궁지에 몰리기만 할 뿐이니, 분노의 방패 II 가 아닌 다른 방패로 바꿀 수밖에 없는 상황에 처할 것이다.

그렇다면, 녀석들은 시간이 다 될 때까지……. 아니, 녀석들은 내가 언제까지 분노의 방패Ⅱ를 유지할 수 있는지 알 수 없을 테니, 거기에까지 생각이 미치지는 못할 가능성이 크다.

내 패를 알려줄 필요는 없다. 허장성세도 엄연한 전략이다.

"왜 그러지? 네놈들이 아무리 공격해 와도, 나는 견딜 수 있다고."

"과연 그럴까요?"

"맞아. 전원이 일제 공격을 퍼부으면 방어를 뚫을 수 있을지도 모르고, 근처에는 국가의 병사들도 모여 있어."

칫, 역시 이 정도 도발은 안 통할 거라고 보는 게 좋겠군.

하지만…… 내 목적은 그게 아니란 말씀.

"내 공격은 반격할 방법이 없을 걸요! 이글 피어싱 샷!"

이츠키의 활에서 내쏘아진 화살이 독수리의 형태를 띠고 내 쪽으로 날아온다.

에너지로 구축된 독수리를 뚫어지게 쳐다본다. 그러자 화살 한 대가 보였다.

그것이 일직선으로, 그것도 상당한 속도로 날아온다.

스킬 이름으로 보아 관통 성능을 가진 공격일 가능성이 높다. 나도 온라인 게임을 몇 편 해 본 적이 있으니, 활 계열 스킬이 아주 낯설지는 않다.

피어싱은 구멍을 뚫는다는 의미가 있다.

그러니 이런 이름이 붙은 스킬이라면 관통 성능이 좋은

화살을 쏘는 공격일 테고, 그렇다면 저 화살을 정면으로 막는 건 위험하다.

그렇게 생각하면 이 관통 공격을 무효화하기 위해서는 사정거리 밖으로 도망치거나, 화살을 붙잡거나 해서 막거나 하는 수밖에 없다.

할 수 있을까? 안 하면 위험하다.

의식을 집중한다.

나는 날아오는 공격에 신경을 집중하고, 울부짖는 독수리 형태 에너지 덩어리의 머리를 가볍게 쓰다듬으며, 그 목을 졸라서 숨통을 끊었다.

"이럴 수가! 이글 피어싱 샷을 손으로 붙잡은 거야?!"

이츠키 녀석은 미처 예상치 못한 내 대응에 얼빠진 목소리를 낸다.

에너지로 구성된 독수리는 생각만큼 강하지 않아서 힘을 주니 산산이 부서져서 보통 화살로 돌아온다.

"이제 그만들 해. 렌, 너는 이제 알고 있잖아? 이 싸움이 뭔가 이상하다는 걸."

"이상하다니?"

"나에 대해서 이상하게 적개심을 가진 녀석들이 많고, 세뇌의 방패라는 수상쩍은 얘기를 퍼뜨리는 사건. 용사에게 그런 무기가 있다면 너희한테도 있어야 하는 거 아냐?"

"……."

그렇다. 가능한 한 교섭을 통해서 돌려보내야 한다.

작전을 실제로 실행하는 용사들이 뜻대로 움직여 주지 않으면 빗치로서도 어쩔 도리가 없다.

그렇게 생각한 직후, 빗치가 조명탄 같은 마법을 하늘 높이 내쏘았다.

"증원 병력을 불렀어요! 이제 국가의 병사들이 달려올 거예요."

큭……. 끝까지 포위망을 좁힐 생각인가.

"에잇! 이얍! 호우!"

"으……."

필로가 모토야스에게 연속 공격을 퍼붓고 있다. 그 움직임은 마치 춤을 추는 거 같다.

온몸을 회전시키며 주먹의 손등 쪽을 이용해서 후려치는 동작. 모토야스를 완전히 농락하고 있다.

인간형일 때도 의외로 잘 싸우잖아.

렌과 다른 용사들을 설득해 냈으면 좋았을 테지만, 그건 이제 힘들어진 건가?

그렇게 생각하고 있을 때, 병사들이 달려온다.

"자! 제2왕녀를 유괴한 방패 용사를 말살하세요!"

"""오!"""

병사들이 멀리서 활시위를 당겨 나를 향해 활을 쏜다.

"잠깐! 아직 얘기가──."

말을 마치기도 전에 나를 향해 화살이 쏟아져 내렸다. 게다가 그 화살들 사이에는 불화살이며 마법 따위도 뒤섞여 있었다.

나 혼자만 다른 사람들과 떨어져 있으니까. 바람 마법으로 컨트롤하고 있는 건지, 화살은 렌이나 다른 용사들 쪽으로는 가지 않고 똑바로 나를 향해 날아온다.

병사들의 공격은 용사들의 공격만큼 강력하진 않지만 성가시기가 짝이 없다.

"마인 양! 아직 얘기가 안 끝났습니다."

"아뇨, 렌 님, 방패의 말을 귀담아들으시면 안 돼요. 세뇌의 방패가 가진 힘에 휩쓸릴 거예요!"

언제까지 물고 늘어질 셈이냐……. 이 음탕한 공주는!

말로는 내 핑계를 대면서도, 실제로는 네가 제2왕녀에게 온 힘을 다해서 마법을 영창하고 있다는 걸 이미 다 알고 있다고.

어째 그 패거리 녀석들의 움직임이 이상하다. 뭔가 마법을 준비하고 있는 것 같은 느낌이다.

뭐야?! 보통 마법보다 위압적인 뭔가가 느껴지잖아!

"자! 이제 끝을 내 드리죠!"

빗치가 그 패거리와 함께 마법을 완성시켜서…… 내가 아닌, 제2왕녀를 향해 내쏘려 한다.

"합창마법———."

공중에 커다란 불덩이가 나타나 있다. 제2왕녀에게 그런 걸 퍼부으면 틀림없이 죽는다!

바로 그때——.

"커헉——."

"미안하지만, 그렇게는 안 돼요."

등 뒤에서, 누군가가 빗치의 어깨에 한 자루 검을 꽂아 넣었다.

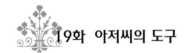

19화 아저씨의 도구

일렁이는 대기 속에서 모습을 드러낸 건 라프타리아였다.

내가 적들의 이목을 끌고 있는 사이에 마법을 사용한 모양이군.

절묘한 타이밍이다. 이제 위험한 상황이 조금은 호전된 걸까?

"네, 네 이년! 네가 지금 감히 누구에게 검을 꽂은 건지 알고는 있는 거야!"

빗치는 마귀 같은 표정으로 라프타리아를 노려본다.

"괜찮으십니까, 마인 양?"

"잠깐, 렌! 우왓!"

렌이 재빨리 빗치 곁으로 달려가서 라프타리아에게 검을 휘두른다.

나도 달려가려 했지만, 후방에서 엄호하고 있는 병사들이 내쏜 화살과 마법이 길을 가로막는 통에 다가갈 수가 없다.

빗치에게 꽂혀 있는 검은, 꽂는 방향이 잘못되었는지 잘 안 뽑히는 모양이었다. 뽑는 게 힘들다는 걸 깨달은 라프타리아는 예비용 검을 뽑아 든다.

"뭐 하는 짓이냐!"

"나오후미 님을 일방적으로 공격하려 하시던 분들이 무슨 말씀을 하시는 거예요!"

"아무리 그래도 그렇지!"

검과 검이 부딪치는 소리가 울려 퍼진다. 검술 경험 면에서는 렌이 더 우위다. 라프타리아의 검은 튕겨 나가고 말았다.

위험하다. 지금 라프타리아는 맨몸이나 다를 게 없다.

필로는 아직 모토야스와 싸우고 있고, 제2왕녀는 필로 지원에 여념이 없다.

게다가 조금씩 회복한 렌과 이츠키의 동료들이 제2왕녀에게 다가들고 있다.

불리하기 짝이 없다. 라프타리아가 자포자기한 듯 아저씨가 준 마법검으로 손을 뻗는다.

퐁 하는 소리와 함께 검신 없는 검이 모습을 드러냈다.

"아하하하! 뭐야, 그게! 바보 아냐?"

검을 뽑고 회복 마법으로 부상을 치료한 빗치가 손가락으로 라프타리아를 가리키며 웃는다.

하지만 렌과 이츠키의 반응은 그와는 달랐다.

"검신 없는 검? 모두! 조심해!"

"네!"

"어, 어떻게 된 겁니까?!"

렌의 말에 그의 동료가 묻는다.

"저건…… 마력검. 마력을 검신으로 바꾸는 강력한 위력의 검일지도 몰라."

"맞아요. 설마 저런 무기를 소지하고 있었을 줄이야……."

그리고 보니 무기상 아저씨가 주었던 메모에도 그런 글이 적혀 있었다.

"이번 여행을 시작한 후로, 아저씨가 의미도 없는 물건을 줄 리가 없다는 생각에 제 나름대로 약간 이것저것 만져봤어요."

라프타리아가 그렇게 중얼거리고 칼자루를 있는 힘껏 움켜쥔다. 그러자 눈부신 빛의 검이 출현했다.

빗치의 얼굴이 불쾌감으로 일그러진다.

"그럼…… 갑니다!"

라프타리아는 마력검을 앞으로 내뻗고, 렌, 그리고 빗치를 향해 내달린다.

"큭! 유성검!"

렌의 필살 스킬이 발사된다.

유성검은 검을 휘두른 궤적에서 별이 흩날리는 스킬인 모양이다. 아마 직접 베는 것만으로도 상당한 위력이 있는 걸로 보인다. 하지만 렌은 전력을 다해서 싸우는 게 아니고 우리를 저지하기 위해서 싸우고 있는 것뿐이라, 힘을 조절하고 있는 걸 한눈에 알 수 있을 정도였다.

그렇다 해도, 지금의 라프타리아에게는 치명적인 대미지가 될 수 있다.

내가 할 수 있는 일은 없는 건가?!

섣불리 다가갔다간, 아까부터 계속 엄호사격을 하고 있는 병사들의 공격에 라프타리아까지 휘말리게 된다.

그 와중에도 라프타리아는 유성검에서 흩날리는 별들을 회피해 가며 렌에게 접근했다.

"칼 놀림에 망설임이 있네요!"

"으…….."

이 전투의 의미에 대해 의혹을 갖고 있는 렌의 검을 피해서, 라프타리아의 검이 번뜩였다.

렌은 현기증이라도 인 듯이 얼굴에 손을 대고 비틀거린다. 그러다가 털썩 무릎을 꿇었다.

"그랬군요……. 아저씨가 이 검을 주신 건, 물질이 아닌 것을 베기 위한 것……. 사람을 베면 이렇게 되는 거였군요."

라프타리아는 뭔가 감을 잡은 듯, 렌을 베자마자 그 길로 빗치를 향해 내달린다.

"범죄자가 내 앞을 가로막다니 무엄한 것 같으니!"

빗치가 라프타리아를 향해 칼을 휘두른다.

"잠시 조용히 하고 계세요!"

라프타리아는 검신을 순간적으로 없애서 싸움이 검과 검의 힘겨루기 양상으로 전개되는 것을 회피하고, 그대로 몸을 젖혀서 종이 한 장 차이로 빗치의 검을 회피한다.

그리고 마력검의 검신은 빗치의 가슴에 빨려들듯 박힌다.

"큭, 꺄아아아아아아아아아아아아아!"

빗치의 비명이 울려 퍼진다.

그리고 빗치는 의식을 잃은 듯 손에서 검을 떨어트리고, 라프타리아에게 몸을 맡긴다.

라프타리아는 떨어져 있던 자신의 검을 발로 주워 올리고, 빗치의 몸을 방패 삼아 렌과 그 동료들을 향해 돌아선다.

""마인 양!""

"마인!"

렌과 이츠키, 모토야스가 일제히 빗치를 향해 소리를 지른다.

"검의 용사님? 아시겠지만 돌아가신 건 아니에요. 하지만 의식을 잃으신 건 사실이에요."

라프타리아는 빗치에게 검 끝을 겨누고 위협한다.

"부디, 나오후미 님의 말씀을 들어 주실 수는 없을는지요?"

"그, 그건……."

"지금 당장 인질을 풀어주세요! 그렇지 않으면 당신의 신변에도 위험이 미칠 거예요. 나오후미 씨에게서도 떨어지세요!"

이츠키의 외침에 라프타리아는 싸늘한 시선으로 흘겨본다.

"필로를 인질로 삼으셨던 분들이 무슨 자격으로 그런 말씀을 하시죠? 메르티 양도 인질로 삼았었죠? 그런 주제에 세뇌라니 뭐니 하는 수상쩍은 얘기를 믿으시는 건가요?"

"으……."

"그건 그렇고, 모르시겠어요? 아까부터 나오후미 님이 못 움직이고 계시잖아요."

빗치가 실신해서 적의 상황이 불리해진 마당이건만, 나는 여전히 라프타리아 쪽으로 다가갈 수 없는 상황이었다.

그것은 아까부터 그칠 기색을 보이지 않는 엄호사격 때문이다.

"지금 당장 사격을 멈춰!"

렌이 외치지만, 후방에 있는 병사들은 나에 대한 집요한 공격을 멈출 기미를 보이지 않는다.

"그만하세요! 부탁이에요, 단장님!"

"에잇! 그러고도 네놈들이 메르로마르크의 병사들이냐!

그러고 보니 너는 방패의 악마와 한패였던 놈이구나!"

단장으로 보이는 녀석에게 애원한 건 나와 함께 파도를 극복했던 지원병이었다.

"지금 당장 목을 쳐 주마!"

시야가 슬로모션으로 재생되었다.

천천히…… 그러면서도 확실하게, 나를 감싸려 했던 병사에게 검이 박히려 하고 있다.

제2왕녀 때와 똑같다.

그때는 운 좋게 구할 수 있었지만 지금은 내 손이 닿을 수 없는 상황이다. 도저히 구해줄 수가 없다.

"멈춰어어어어어어어어어!"

부하를 향해 검을 휘두르려 하는 단장의 모습에, 지금껏 억누르고 있던 나의 분노가 폭발했다.

그 직후, 아저씨가 준, 방패의 보석 위에 끼워 두었던 도구가 빛을 내며 깨져 나갔다.

"우와!"

도, 도대체 무슨 일이……? 어리둥절해하고 있다가, 내 주위에 빛의 결계 같은 것이 전개되어 있음을 깨닫는다.

뭐지, 이건? 범위는 나를 중심으로 3미터 정도. 의외로 넓다.

이건…….

이 결계는 병사들의 엄호사격을 막아내고…… 깨져 나가

서 그 조각을 사방으로 흩뿌렸다.

"우왁!"

그것은 렌을 비롯한 용사 전원과 그 동료들에게까지 날아
간다.

다행스럽게도 내가 동료라고 인식하고 있는 자에게는
날아가지 않는 편리한 효과가 있었던 듯, 라프타리아를 비
롯한 필로, 제2왕녀, 지원병에게는 생채기 하나 나지 않았
다.

그리고 그 조각들은…… 검게 불타올랐다.

행운이라고 치부하기에는 우연의 요소가 지나치게 많다.

아마, 아저씨가 준 도구가 내 방패와 모종의 반응을 일으
켰고…… 조각이 검게 불타오른 건 도구에 의한 반격에 분
노의 방패가 가진 효과가 깃든 것이리라.

설명할 수 있는 가설은 그것밖에 없다.

"이럴 수가——."

"으……."

이제 렌과 이츠키까지 검은 불에 그슬려서, 싸울 수 있는
사람이라고는 필로와 접근전을 벌이고 있던 모토야스밖에
남지 않았다.

"아자~!"

"다들 들어!"

"큭! 나오후미, 도망치지 마!"

상황이 불리함을 깨달은 모토야스가 필로에게서 한 발짝 이상 물러선다.

"모두 한곳에 모여."

"네~에. 자, 메르도 가자."

"으, 응."

생각지 못한 행운. 일단 지금은 도망치는 걸 우선시해야 할 상황이다.

다만, 멀쩡한 상태인 모토야스에게서 어떻게 도망쳐야 하려나…….

필로는 발찌 때문에 아직 인간형인 상태다. 타고 도망치는 건 불가능.

렌과 이츠키도 완전히 전투 불능 상태에 빠진 게 아니라, 어디까지나 검은 불길에 그을려서 부상을 입은 것에 불과하다.

"마인을 풀어줘!"

모토야스가 빗치를 걸머지고 있는 라프타리아를 향해 창을 겨눈다.

"어림없다!"

"나오후미 님."

나는 재빨리 모토야스 앞을 막아섰지만, 라프타리아는 내 등 뒤로 피하기 직전에 빗치를 떨어트리고 말았다.

모토야스의 시선이 빗치에게로 향한다.

인질이 있다는 것만으로도 우리 쪽이 유리한 상황이었건만.

손을 뻗어서 회수를 시도해 보았지만.

"마인!"

모토야스가 빗치를 꽉 끌어안는다.

큭…… 빗치를 인질로 삼을 수가 없게 됐다.

처음부터 다시 시작해야 하는 건가……. 하지만 상황은 서서히 더 불리해져 가고 있다. 더 이상의 싸움은 힘들다.

솔직히 이대로 가면 패배할 수밖에 없다.

바로 그때, 뭔가가…… 발밑으로 데구르르 굴러왔다.

폭탄? 재빨리 방패를 치켜들고 앞으로 나서지만, 푸슛 하는 소리와 함께 폭탄에서 뿜어져 나온 것은 폭발이 아닌 연기였다.

"우왁——."

"이건 또 무슨——."

연기 때문에 주위가 보이지 않았다. 한 발짝만 떨어져도 누가 누군지 분간이 안 간다.

포위돼 있는 상황에서 이런 공격을 하면 적과 아군의 판별이 어려워지잖아.

"이쪽이올시다."

"아, 이 목소리는……. 방패 용사님, 목소리를 따라가."

제2왕녀가 지시한다.

"괜찮은 거야?"

"응, 아마 괜찮을 거야. 라프타리아 양은 만약에 대비해서 환영 마법을 걸어 줘."

"아, 네!"

우리는 제2왕녀가 이끄는 대로 내달렸다.

"거, 거기 서! 어딜 간 거냐!"

나는 자리를 떠나기 전에 이렇게 말했다.

"렌, 너라면 이해할 수 있을 텐데. 이런 터무니없는 수단을 쓰는 걸 보고도, 범인이 나라고 장담할 수 있겠어?"

"……."

"바람 마법을 쓸게요! 같은 마법을 쓸 수 있는 분은 같이 써 주세요."

"기다려, 이츠키."

"왜 그러세요?"

"지금은……."

이츠키가 마법을 사용해서 연기를 날려 버리려 하고 있다. 그리고 렌이 그것을 말리는 것 같은 목소리가 들렸다.

괜찮을까? 그렇게 생각하며, 우리는 목소리가 나는 쪽으로 달려갔다.

이윽고 연기가 걷히고 보니, 우리는 어느새 렌을 비롯한 다른 용사들로부터 상당히 멀리까지 거리를 벌린 상태였다. 게다가 만약에 대비해서 라프타리아가 사용한 마법 덕분에,

상대방은 여전히 우리를 찾기에 급급한 상태다.

이 정도면…….

"그리고 이 로브를 쓰는 게 좋겠소이다."

정체불명의 목소리는 그렇게 말하며 우리에게 천을 씌워준다.

"괜찮을까?"

"쉿……. 조용히 해. 그럼 이동하자."

제2왕녀는 그렇게 말하고, 필로와 손을 맞잡은 채 달려갔다.

우리도 그 뒤를 따른다.

이렇게 해서, 우리는 용사들에게서 도망치는 데 성공한 것이었다.

그 후 어느 정도 시간이 흐르자, 결계는 사라지고 말았다.

어쨌거나, 이번 성과는 아저씨가 준 선물 덕분에 가까스로 궁지에서 벗어난 것에 불과하다.

다음에는 제대로 대처할 수 있을까? 용사들도 바보는 아니다. 곧바로 대책을 강구할지도 모른다.

다만…… 렌은 이 사태가 뭔가 이상하다는 것을 눈치챈 모양이었다. 그 점에 기대를 거는 수밖에 없다.

……어쨌든 지금은 생각하는 것보다 도망치는 걸 우선시해야 할 때다.

20화 그림자

"이 정도 오면 한동안은 괜찮을 것이올시다."

우리는 로브를 벗고 목소리의 주인공을 쳐다본다.

거기에는, 아까 이웃 나라와의 국경에서 얘기를 나눴던 마을 사람들 중 하나가 서 있었다.

아니, 그때는 말을 하지 않았던 녀석이다.

"너는……."

어째 딴사람처럼만 보였다.

"전에 어머니로 변장하고 있는 위장 무사 얘기를 했던 거, 기억나?"

"그, 그래……."

"그게 바로 이 사람이야."

"처음 뵙겠소이다. 메르티 제2왕녀는 어떻게 소인을 알아보는 것이오이까? 그림자 입장에서는 더없이 유감이올시다."

"내 생각엔 그 말투에 문제가 있는 것 같아."

"메르티 제2왕녀의 지명이니 어쩔 수 없는 것 아니오이까!"

"자기들끼리만 아는 얘기는 그 정도로 하고 좀 가르쳐주지 않겠어? 왜 우릴 구해준 거지? 네 정체는 뭐고, 목적이 뭐지?"

"소인은 메르로마르크 비밀경호부대 '그림자'의 일원이올시다. 다 이유가 있어서 구해준 것이오이다. 참고로 소인 개인의 이름은 없소이다. 굳이 말하자면 그림자라고 불러 줬으면 좋겠소이다."

그림자라니……. 왜 쓸데없이 폼을 잡는 거야? 그러고 보니 전에도 비슷한 녀석들을 만난 적이 있었지. 류트 마을에서 모토야스와 레이스를 벌였을 때였다.

이 세계 주민들과 이세계인인 나 사이에는 미묘한 사고방식 차이도 있는 걸까?

지적하고 싶은 것은 산더미처럼 많지만…… 일일이 신경 쓰지 말기로 하자.

"왜 구해준 거지?"

가장 궁금했었던 점을 물어본다. 일단 몇 가지 이유를 추측해 볼 수는 있지만 결정적인 건 하나도 없었다.

"그건 대답해 줄 수 없소이다."

"흠, 비밀주의라는 거군."

"굳이 말하자면 메르티 왕녀의 호위가 소인의 임무이올시다."

"그럼 임무 수행을 똑바로 하라고."

임무를 제대로 수행했다면, 이 녀석은 제2왕녀가 전투를 벌일 때 등장했어야 했다.

"그건 방패 용사님이 지켜주실 것을 알고 있었기 때문에 나서지 않은 것이었소이다."

"이 자식……."

"조금 전의 싸움은 상당히 위태롭기는 했지만 결과적으로는 성공했지 않소이까. 이제 다른 용사 분들도 사건에 대해 의문을 품게 될 것이올시다."

다시 말해 알면서도 잠자코 구경만 하고 있었던 거군. 참으로 유능한 녀석이다.

"그리고, 여왕 폐하께서 어느 나라에 머물고 계신지를 방패 용사님에게 가르쳐드리러 온 것이올시다."

자칭 그림자는 지도를 내보이며, 나라 남서쪽 방향에 있는 이웃 나라를 가리켰다.

실트벨트와는 완전히 반대 방향이다.

"현재, 여왕 폐하께서 계신 곳은 이 나라이올시다. 그리고 이 나라는 방패 용사님이 망명하려 하던 아인의 나라와는 정반대 방향이라 경비도 허술할 것이오이다."

"그야 뭐……."

어렴풋이 짐작하고 있었지만, 녀석들은 내가 다른 아인의 나라로 도망칠 거라고 생각하겠지.

그렇게 생각할 만한 근거로서 유력한 가설은, 아인의 나라에서는 삼용교회와는 반대로 방패를 숭배하고 있을 가능성이 높다는 점이다. 내가 성공적으로 망명해서 모든 사실을 알리면, 쓰레기나 삼용교 입장에서는 더없이 난처한 결과가 되는 셈이리라.

기필코 망명해서 쓴맛을 보여주고 싶은 생각도 들긴 하지만…… 그 삼엄한 경비를 뚫는 것은 불가능에 가깝다. 필로를 타고 가도 2주일이나 걸리는 여정이니, 다른 용사 놈들이 앞질러 가서 도사리고 있으면 일이 힘들어진다. 게다가 녀석들은 필로의 전투력을 저하시키는 발찌까지 갖고 있는 상황이다.

하지만 우회해서라도 가고 싶다.

"이번 사건은 그 뿌리가 아주 깊소이다. 가능하면 방패 용사님의 협조를 구하고 싶소이다."

"무슨 뜻이지?"

"지금, 삼용교회는 방패 용사님의 활동 때문에 빈사 상태에 빠져 있소이다. 그래서 이런 무모한 사건을 꾸며낸 것이오이다."

"빈사 상태라고? 도저히 그렇게는 안 보이던데……."

"메르티 왕녀 암살 미수 사건 후의 국민들 분위기를 보면 알 수 있을 것이오이다."

하긴, 각지에서 이 나라 녀석들이 나를 감싸 준 덕분에 지금까지 살아남을 수 있었던 것이긴 하다.

──어쩌면 신앙이 흔들리고 있는 건가?

"이제 알겠지? 범인은 아버지가 아니라는 걸 말이야."

"이 자칭 그림자가 거짓말을 하고 있는 걸지도 모르잖아. 무턱대고 이 녀석을 믿을 수는 없어."

뭐, 만약에, 라고 가정을 붙여서 얘기해 보기로 하자.

"만약에 그 말을 믿는다고 치면, 세뇌라는 억지스러운 논리를 밀어붙이려고 한 데에는 그런 이유가 있었다는 거군."

최근까지 내가 벌였던 활약……. 즉 약을 판매하거나, 곤경에 처한 마을 사람들을 도와 왔던 것들이 큰 영향을 끼친 셈이다. 본의는 아니었지만, 다른 용사들이 원인이 되어 일어난 문제를 해결했던 것도 한 원인이었으리라.

방패 이외의 다른 용사들을 숭배하는 녀석들 입장에서 보면, 이건 신앙을 뒤흔드는 사건이다. 이럴 때 내가 진짜로 악인이고 세뇌가 사실이라고 대대적으로 증명해 내기만 하면 신앙은 회복된다. 하지만 내가 결백을 증명하는 날에는, 삼용교회는 괴멸적인 타격을 입게 된다.

"어찌하시겠소이까? 이대로 실트벨트로 망명해서 도움을 구하시겠소이까?"

"그건……."

뭐랄까, 남에게 공을 넘기고 자기는 평온하게 지내는 식은 내 성미에 안 맞는다. 그리고 만약에 내가 망명한 결과 실트벨트와 메르로마르크 사이에 전쟁이 터지고, 그 상황에서 파도가 오기라도 한다면 역시 나는 적진 한가운데로 소환되는 신세가 된다. 내 입장에서 그건 최악의 상황이다.

생각해 보면 나를 이렇게 함정에 빠트리고 괴롭혀 온 놈들이다. 아마 빗치도 이 교회의 수하에 불과할 것이다. 제2왕녀 말로는 쓰레기 왕은 거기 해당되지 않는다는 모양이지만.

어찌 됐건 다짜고짜 망명을 강행해서 녀석들에게 따끔한 맛을 보여주는 것보다는, 지금까지 나를 믿어 줬던 녀석들이 완전히 내 쪽으로 돌아서도록 만드는 게 가장 효과적일 것 같다. 잘만 풀리면 시간도 절약되고, 더 확고한 결과를 얻을 수도 있다.

그런데…….

"내가 여왕을 만난다고 해서 너희에게 무슨 득이 있지? 삼용교회가 아예 괴멸해 버릴지도 모른다고."

"그건 대답해 줄 수 없소이다."

그림자라는 녀석은 어디까지나 내게 여왕에 대한 정보만 가르쳐줄 뿐, 그 이후의 행동 방침에 대해서는 대답하지 않을 작정인 모양이다.

하지만 이 녀석들이 여왕의 수하라는 건 의심의 여지가 없다.

제2왕녀와도 접점이 있고, 여왕의 측근이기도 하니 여왕에게 불리한 일은 하지 않을 터. 그렇다면 내가 여왕과 만남으로써 여왕에게 모종의 이득이 가게 된다는 뜻이 된다.

솔직히 여왕이라는 녀석의 목적이 도무지 짐작 가지 않는다.

제2왕녀의 말로 유추해 보면, 타국과의 전쟁을 최대한 피하려 하고 있다는 건 알 수 있다.

그리고 방패의 악마라는 전승이 뿌리 깊게 자리 잡은 이 나라에서 나를 걱정해 주는 걸 보면, 재앙의 파도에 대해서도 깊은 관심을 갖고 있다는 걸 알 수 있었다.

그림자는 이렇게 말했다. ── '협조를 구하고 싶다' 라고.

여왕의 방침과 삼용교회의 생각이 일치하지 않는다.

흐음……. 한 가지 확실한 건, 여왕은 적이 아닐지도 모른다는 점이다. 아군일지 어떨지는 의문이 남지만, 현 상황을 타개하기 위해서는 도박을 걸어 보는 것도 나쁜 수는 아닐 것이다.

"딱 한 번만이야."

"그게 무슨 말이오이까?"

"나는 네 도움을 받았어. 그러니 딱 한 번만 믿어 주지. 여왕을 만나면 되는 거지?"

이렇게 해서 이 우습지도 않은 장난질을 끝낼 수만 있다면, 기꺼이 응할 수 있다.

"다른 사람 생각을 곧이곧대로 따르는 건 내키지 않지만, 그게 가장 좋은 방법일 것 같군. 만약 속임수 따위를 쓴다면……."

"그야 물론 알고 있소이다. 그럼 소인은 일단 떠나도록 하겠소이다. 언제 교회 측 그림자가 올지 모르니까."

"교회 측에도 있는 거야?"

"우리는 그리 단결된 조직이 아니올시다. 그러니 충분히 주의하는 게 좋을 것이오이다."

"어떻게 조심하라는 거지?"

"방패 용사님의 그 의심 많은 성격이 열쇠가 될 것이올시다. 만약에 소인과 말투가 비슷한 자가 나타난다면, 방패 용사님은 그게 진짜 소인이라고 곧이곧대로 믿을 것이오이까?"

하긴, 다음에 또 만나면 그때도 다시 따지고 들 것이다.

"그럼 이만 실례하겠소이다."

'소이다'는 그 말을 남기고 순식간에 사라져 버렸다.

말투는 우습지만 일 처리는 확실한 녀석 같다.

"저 녀석, 믿어도 되는 건가?"

솔직히 약간 의심스럽다.

"괜찮아……. 어머니가 믿는 사람이니까."

"그 어머니라는 녀석부터가 난 아직 이해가 잘 안 되는데."

쓰레기나 빗치와는 사고방식이 다른 모양이지만, 무슨 생각을 하고 있는지 도무지 종잡을 수가 없다. 지금까지 제2왕녀와 그림자에게서 얻은 정보로 미루어 보면 아군 같기는 하지만, 목적이 뭔지 짐작이 안 간다.

무엇보다, 제2왕녀 암살 음모나 삼용교회와의 관련성이 없다고 확신할 수 없다는 점이 치명적이다.

여왕이 이 모든 음모의 원흉, 오직 날 죽이는 데에 혈안이 되어 있는 녀석이라면 더 이상은 어찌해 볼 도리가 없다.

우리는 실트벨트와 반대 방향으로 갔다가 일망타진당할 뿐. 믿기 싫은 가설이지만, 제2왕녀 자체가 이미 버려진 패일 가능성도 있다.

하지만 여왕이라는 녀석의 생각을 한 번쯤 알아볼 필요는 있다.

일단 흑백이 가려지면 내가 나아가야 할 길도 보이기 시작할 것이다.

"일단, 갈 곳은 결정했어."

"네, 가요."

"응. 가자, 필로."

정처 없이 국외 탈출 방법만 모색하던 단계보다는 한 발짝 전진한 셈이다.

우리는 남서쪽을 향해 발걸음을 옮겼다.

"응. 그치만 필로는 좀 피곤해. 양손도 아프고, 마력도 다 떨어졌는걸."

필로는 풀썩 주저앉아서 피로를 호소한다.

"그러게 말이에요……. 그나저나 짐차와 짐은 모두 다 두고 와 버렸네요."

"그건 어쩔 수 없지."

돈과 휴대용 식량, 요리용 간이 나이프 이외에는 모조리 두고 오고 말았다.

게다가 라프타리아의 도구까지…….

뿐만 아니라 필로는 아직 인간형 상태다. 어떻게 해야 이 발찌를 풀 수 있지?

"라프타리아, 이 발찌를 어떻게 좀 풀어볼 수 없을까?"

"해 보기는 하겠지만……."

라프타리아는 필로의 다리에 채워져 있는 발찌로 손을 가져가서 풀어내려 시도한다.

하지만 뜻대로 되지 않는 모양이다.

"어렵네요."

약간 불안하다. 하지만 그 불안을 표정에 드러낼 수는 없다.

"내가 해 볼게."

제2왕녀도 손을 든다.

"마법으로 부술 수 없으려나?"

그러고 보니 내 세계에는 수압 절단기라는 게 있었지.

높은 수압을 이용해서 어지간한 물건은 다 절단할 수 있다고 했던가.

내가 그런 생각을 하는 동안에도, 제2왕녀는 필로의 발찌를 만지작거리며 살피고 있었지만…….

"이거 안 되겠는걸. 연금술사나 세공 기사가 아니면 못 부수는 것 아닐까?"

"에~!"

필로가 노골적으로 싫은 티를 낸다.

뭐, 의미도 없이 인간 형태로 고정돼서 힘도 제대로 못 쓰게 됐으니, 그야 싫을 만도 하지.

"세공 기사 말인가요?"

"그래. 마법적 가호가 걸려 있는지도 모르니까, 열쇠만 딴다고 풀릴지 보장할 수 없는걸."

"세공 기사……."

라프타리아가 내 쪽을 쳐다본다. 뭐야? 뭐, 세공은 할 줄 알긴 하지만.

"나오후미 님, 세공을 할 줄 아시죠? 한번 해 봐 주시지 않겠어요?"

"뭐, 할 줄 알기는 하지만, 그 기술로 열쇠를 따 본 적은 없다고."

세공용 철사가 있기는 하니까, 일단 한번 시도라도 해 볼까.

필로의 발찌에 나 있는 해제용 구멍에 철사를 집어넣는다.

만약에 이게 성공하면 내 기능에 열쇠 따기 같은 쓸데없는 항목이 붙는 걸까?

혹시나 싶어 마력을 담아서 시도해 본다. 응? 뭔가…… 마력에 반응하는 부분이 있는데?

액세서리 상인에게 배웠던 요령을 병용해서 딸깍딸깍 철사를 쑤신다.

발찌에 걸려 있는 가호는…… 뭔가 복잡한 식이 있는 것 같지만, 무시하고 힘으로 파괴할 수도 있을 것 같다. 아니, 정확히 말하자면, 내부 구조를 부수면 오히려 해제할 수 없는 게 보통일 테니, 품질 자체를 저하시킴으로써 필로에게 걸려 있는 효과를 지우는 방식이랄까?

마력을 최대한으로 부여해서 걸쇠에 철사를 걸친다. 그러자 딸깍 하는 소리와 함께 발찌의 품질이 떨어진다. 애니메이션에서 전기 충격기를 이용해서 전자 잠금장치를 파괴하는 것 같은 식이랄까?

"아."

퐁 하고 필로가 필로리알 퀸의 형태로 변신했다.

"이제 네 완력으로 해결할 수 있겠지?"

"응!"

필로가 발찌가 채워져 있지 않은 한쪽 발과 날개로 발찌를 있는 힘껏 잡아당겼다.

"저렇게 무지막지한 방법으로 할 필요는……."

"시끄러워. 지금 방법 따질 때가 아니잖아."

"주인님, 고마워!"

"앞으로는 조심해. 모토야스라면 여러 개 더 갖고 있을 테니까."

이걸 제거하는 데는 시간이 걸린다. 전투 중에 제거하긴 어려울 거다.

"응!"

그리고 우리는 몸을 숨겨 가며 남서쪽을 향해 걸음을 내디뎠다.

설득이 통한 건지, 렌과 이츠키가 쫓아오는 기색은 없다. 아니면 어디선가 감시하고 있든가.

뭐, 세뇌 능력 운운하는 소리는 아무래도 너무 억지였으니까. 모토야스는 오히려 더 끈질겨졌지만.

어찌 됐건, 세 용사 중에서 가장 강해 보이는 렌과 원거리 공격 능력을 가진 이츠키가 없는 건 다행이다. 모토야스는 필로가 대처할 수 있고, 제2왕녀가 함께 있는 이상 이츠키도 전력을 다해서 나를 덮치지는 못할 것이다.

하지만 그걸 제쳐 두고서도 문제는 산더미다.

"이제 어쩐다……."

우리는 앞으로의 방침에 대해 의논했다.

 **에필로그 이름**

우리는 진로를 남서쪽으로 잡고 나아갔다.

짐차가 없는 필로에 타고 이동하다 보니, 장거리 이동은 아무래도 불편하다.

"어디서 짐차라도 슬쩍해서 쓸까?"

어차피 현상 수배범 신세다. 짐차 정도는……. 하지만 그것도 좀…….

"싫어~!"

필로가 노골적인 반발을 보인다.

"나쁜 짓을 해서 구한 짐차는 끌기 싫다구!"

그렇군. 필로리알의 감각에서 보면 허용 범위를 벗어난 행위인지도 모른다.

"훔치는 건 좀 그렇지만, 계속 필로를 타고 가는 것도 힘드네요."

"제2왕녀도 그렇게 생각해?"

"우우……."

제2왕녀 녀석은 내 질문에 토라진 듯 고개를 홱 돌렸다.

뜬금없이 왜 이러는 거야?

"좀 위험하긴 하지만 라프타리아가 어딘가 가까운 마을에 가서 짐차를 사 오는 게 제일 무난하려나…….'

일단 탈 수 있는 녀석이기만 하면 된다. 그 그림자라는 녀석에게 부탁할 걸 그랬나?

"이런, 이제 곧 해가 지겠는데. 이제 슬슬 휴식을 취할까?"

"응! 아⋯⋯."

제2왕녀는 고개를 끄덕이려다가, 이번에도 내 얼굴을 보고는 불쾌한 표정을 지었다.

도대체 뭐가 불만이란 말인가.

꼬르륵⋯⋯ 하고 필로의 배가 울었다.

"배고파."

"필로는 먹보라니까."

제2왕녀가 손가락으로 필로를 툭 하고 튕긴다.

"에헤헤."

정답게 지내는 건 좋지만, 그 동작이 꼭 시시덕거리는 커플 같아서 부아가 치민다.

불 피울 준비를 마치고 그날의 식사를 시작한다.

"받아, 제2왕녀."

내가 오늘의 저녁밥을 만들어서 건네주려고 했지만 제2왕녀 녀석은 언짢은 얼굴로 거부한다.

도대체 왜 이러는 거야?

"메르는 안 먹어?"

"안 먹어. 그치만⋯⋯."

제2왕녀 녀석은 어째 나를 흘깃 쳐다보고는, 말하기를 주저하는 것 같다.

뭐가 불만인데?

"왜 그러세요?"

"아무것도 아냐."

라프타리아가 물어봤을 때에야, 제2왕녀는 낚아채듯이 저녁밥을 받아 갔다.

"왜 그래, 메르?"

"우……."

분위기가 이상한 걸 감지한 필로가 물어보자, 제2왕녀는 곤혹스러운 얼굴로 입을 다문다.

"난 세뇌 능력 같은 건 안 갖고 있어."

"그게 아냐!"

그 말을 끝으로, 제2왕녀는 홱 하고 고개를 돌려 버린다.

뭐랄까, 평상시의 태도는 달라진 게 없었다. 인간 형태의 필로와 즐겁게 담소를 나누고, 라프타리아와도 웃으며 대화를 주고받는다.

이상하게도 나를 대할 때만 어째 불쾌한 표정을 짓거나 무시하는 것이다.

나 원 참, 도대체 왜 이러는지 모르겠다니까.

"──라고 하지 마."

"응? 왜 그래, 제2왕녀?"

제2왕녀 녀석은, 어째선지 떨리는 목소리로 조그맣게 뭔가를 말했다.

"방금 뭐라고 한 거야?"

"제2왕녀라고 부르지 말라구!"

눈물이 그렁그렁한 눈으로 나를 쳐다보며, 제2왕녀가 소리친다.

"도, 도대체 갑자기 왜 그러는 건데?"

"내 이름은 제2왕녀가 아냐! 메르티라구!"

"엉? 그런 당연한 소리는 새삼스럽게 왜 하는 건데?"

"방패 용사님이 내 이름을 안 부르는 게 잘못이라구! 처음에는 분명히 메르라고 불러 줬으면서!"

제2왕녀 녀석…… 긴 여정의 스트레스가 폭발한 건지, 머리를 마구 쥐어뜯으며 히스테릭하게 절규했다.

필로와 라프타리아가 절규하는 제2왕녀의 모습에 눈을 끔벅거리며 놀라고 있다.

"알아들을 때까지 몇 번이든 말해 줄게! 나한테는 메르티라는 이름이 있다구! 그런데 방패 용사님은 계속 제2왕녀라고만 부르잖아. 그건 내 지위일 뿐, 내 이름이 아니란 말야!"

"뭐야? 이름으로 안 불러주는 게 섭섭해서 그러는 거야?"

"그런 뜻이 아냐! 왜 방패 용사님은 나만 혼자 따돌리는 거야?!"

"따돌린다고? 그야 내 파티 입장에서 보면 너는 외부인이잖아."

"그치만 지금은 고락을 함께하는 동료라구! 지위 이름으로 부르지 마!"

"……너도 날 계속 방패 용사라고 부르고 있잖아."

제2왕녀의 논리라면 자신도 잘못하고 있는 셈이다.

내 이름은 방패 용사가 아니니까.

"그럼 앞으로 나도 나오후미라고 부를 거야. 그러니까 나오후미도 날 부를 때는, 메르티라는 이름으로 불러!"

하아…….

"자! 어서 불러 보란 말야! 나오후미!"

어째 대놓고 존칭을 쏙 빼 놓는 게 영 거슬리는데.

애당초 제2왕녀 녀석은…… 라프타리아한테는 '씨' 자를 붙이면서, 왜 나는 그냥 막 부르는데?

하지만 이 녀석이 극존칭으로 대하던 빗치를 떠올린다. 그 빗치는 날 부를 때 용사님이라고 불렀지만.

여기서 섣불리 반론하려고 했다가는 괜히 일만 더 시끄러워질 것 같고, 메르에게는 그 용사 놈들과의 싸움 때 필로를 지키기 위해 싸워 준 공도 있다.

가짓말을 하지도 않았고, 병사들에게 습격당하기 전까지 나와 쓰레기 사이를 중재하려고 애쓰기도 했다. 그리고 돌이켜보면 모토야스가 시내 한복판에서 날뛰었을 때 도와준 것도 이 녀석이다.

지금껏 내게 거짓말을 한 적도 없었고, 딱히 나에게서 필로를 빼앗으려는 것 같지도 않다.

이 세계 인간은 믿을 수가 없다고만 생각했었지만, 이 녀석이라면 믿어도 될지도 모르겠다.

필로는 천진난만하지만 사람을 보는 안목은…… 있다고 생각한다. 그런 필로가 믿고 있는 친구니까, 나도…… 조금은 믿어 봐야겠다는 생각이 든다.

"알았어, 메르티. 이제 됐냐?"

"꼭 지켜야 해!"

"그래, 그래, 알았다니까."

나 참, 고작 내가 제2왕녀라고 부른 것 때문에 그렇게 토라져 있었던 거냐. 성가신 녀석이다.

"필로 깜짝 놀랐어."

응. 이 녀석은 시끄럽긴 하지만 히스테릭하지는 않지. 뭐랄까, 어린애 특유의 시끄러움이다.

그래도 둘은 닮은 부분이 있다. 요컨대, 그 나이답다는 점이다.

"메르티 왕녀님도 마음에 두고 계셨군요."

"라프타리아 씨도 왕녀라고 부르지 마!"

"알았어요, 메르티."

"응!"

뜬금없지만, 라프타리아의 경우는 어땠을까. 나를 이름으로 부르기 시작한 건, 쌍두흑견과 싸웠을 때부터였다.

그렇게 생각하면 서로를 이름으로 부른다는 건 신뢰의 증표……인 셈이군.

"라프타리아, 넌 성가시게 안 굴어서 참 좋아."

성가셨던 건 처음 얼마 동안뿐이었고, 그 후로는 그다지 자기주장을 하지 않고 함께해 준다.

필로와는 달리 견실한 싸움을 펼치는 스타일이라, 방패인 나와의 상성도 좋다. 무엇보다 행상 일을 할 때는 내 대신 장사를 하기도 하는 등, 상당히 공헌해 주기도 한다.

"그거, 칭찬이라고 하신 말이에요?"

"아냐?"

"진심으로 말씀하시는 거군요. 하아…….."

"왜 그래, 주인님?"

필로는 어떨까?

어쩐지 필로한테 이름으로 불리는 건 좀 내키지 않으니까, 그냥 이대로도 괜찮을 것 같다.

"필로는 날 이름으로 부르지 마."

"왜~!"

"후후, 필로만 혼자 따돌림 당하는구나."

"왜, 왜, 왜?! 왜 필로만 이름으로 부르면 안 되는 건데~?!"

"그럼 불러 봐."

"나오후미~!"

다짜고짜 그렇게 막 부르기냐. 게다가 뭔가 말투가 엄청나게 어설프다. 라프타리아보다도 위화감이 더 강하다.

"역시 안 되겠어. 게다가 그렇게 막 부르는 건 좀……."

"우~!"

"자, 자, 진정해, 필로."

"그치만~"

"그래, 메르티 말마따나, 나를 주인님이라고 부르는 건 너밖에 없어, 혼자 따돌림 받는 거라고 할 수도 있겠지만, 반대로 필로만의 특별한 점이라고 표현할 수도 있어."

"우~!"

"그럼, 내가 길러 준 부모인 셈이니까, 아빠나 아버지, 아버님 같은 건?"

"에…… 어쩐지 싫어~."

"왜 싫은 건데?"

뭐, 이런 덩치 큰 녀석이 부모라고 부르면 내 입장에서도 어색하고 싫지만.

"아버지라고 부르는 것보다는 주인님이 나아~."

"아, 그러서? 그럼 그렇게 부르면 되잖아."

뭔가 필로만의 독자적인 개념이라도 있는 건가? 뭐, 알게 뭔가.

"나오후미."

"왜 그래?"

메르티가 고개를 돌려 내게 말한다.

"다시 한 번, 이름으로 불러줘."

"응? 왜 그러는 건데, 메르티?"

메르티는 고요하게 눈을 감고, 귀를 기울이듯 내 목소리를 듣고 있었다.

"아무것도 아냐."

"……이상한 녀석이군."

나 참, 시끄러운 녀석이 하나 더 늘었군.

그렇다고 해도 불쾌하게 느껴지지 않는 건, 단순히 마침 지금 기분이 좋기 때문이라고 치자.

"그럼, 내일에 대비해서, 오늘은 일찌감치 자 두자고."

이거야 원. 최근 며칠, 역병이 돌던 마을부터 시작해서, 메르티와 만나게 된 후로 참 파란만장한 시간이었다.

죽음의 위기를 몇 번을 넘긴 건지, 목숨이 몇 개가 붙어 있어도 모자랄 지경이다. 짜증 나는 일도 있었지만 이렇게 도주 여행을 계속할 수 있게 됐으니 아직은 괜찮다.

신뢰할 수 있는 사람이 한 명 더 늘어난 걸 솔직히 기뻐하자.

그 빗치의 동생을 믿게 되다니 내가 생각해도 놀라운 일이지만.

믿다 보면 내 결백도 증명되고 이 괴로운 여행도 극복해 낼 수 있을 거라는, 근거 없는 자신감이 샘솟는 기분이다.

지금은…… 조용히 쉬기로 할까.

……내게는 믿음직한 동료가 있으니까.

번외편 최고의 친구를 만나기까지

제 이름은 메르티 메르로마르크. 메르로마르크국 제2왕녀이자 계승권 제1위인 왕녀입니다.

견문을 넓히기 위해, 어머니와 함께 세계 각국을 여행하고 있답니다.

어머니의 임무는, 메르로마르크가 전쟁에 휘말리지 않도록 다른 나라와 외교를 벌이는 일입니다.

저는 그런 어머니의 일하는 모습을 배우기 위해 함께 다니는 거죠.

그날은, 어머니가 제게 새로운 일을 가르쳐주실 거라는 기대에 가슴이 부풀어 있었습니다.

아버지의 편지를 받은 어머니가 제게 주실 일이 어떤 건지는 이미 알고 있었습니다.

솔직히 말하면 저도 아버지를 싫어하지는 않지만 조금 불쾌한 것도 사실입니다. 옛날에는 훌륭한 분이셨다는 무용담은 수없이 많이 들었지만, 언니를 너무 예뻐하신 나머지 언니의 말이라면 뭐든 다 들어 주려고 하시는 모습에 환멸을 느끼게 됐으니까요.

지금의 아버지를 보면 그 무용담들이 도무지 믿어지지가 않습니다.

다만, 전쟁 때는 아주 강한 분이셨다는 것만은 어머니와 지적 유희를 하고 계실 때의 모습을 보면 알 수 있습니다.

어머니가 아무리 끙끙대며 머리를 쥐어짜도 하품을 해 가며 두시는 아버지에게 당해내지 못할 정도니까요.

그렇다고 어머니가 약하신 것도 아닙니다. 저는 어머니가 지적 유희에서 아버지 이외의 다른 사람에게 지시는 걸 본 적이 없는걸요.

제가 아무리 공부해도 이기지 못하는 어머니를 아버지는 가볍게 능가하고 계신 것입니다.

사랑하는 아버지이기는 합니다. 가정을 아끼는 마음은 대단하다고 생각하지만, 철부지처럼 구는 언니를 꾸중하지 않는 건 이해가 안 갑니다.

참고로 지적 유희에서 가장 약한 건 언니. 일부러 봐주는 아버지를 이기고 기뻐하는 건 좋습니다만, 조금이라도 강한 상대와 대결할 때면 압력, 매수, 비겁한 수단 등, 끝없이 잔꾀를 부립니다.

지적 유희란, 국가에 따라 각각 다른 여러 놀이의 총칭입니다. 원래는 과거의 용사님이 이세계로부터 전래시킨 놀이라고 합니다. 어머니 말씀으로는, 그 당시에는 체스라고 불렀다고 하더군요.

압력이나 매수가 통하지 않는 저와 대결할 때는 어떻게 하느냐 하면.

"제일 약한 말은 특수능력으로 모든 걸 한 번에 움직일 수 있다는 규칙이 있다구!"

라면서 모든 말을 움직였을 때는 얼마나 황당했는지 모릅니다.

그럼에도 저에게 이기지 못하자 놀이판을 반대쪽으로 돌려 버렸습니다.

"기동성이 높은 말의 능력이야! 적과 아군을 뒤바꿔 버리는 능력이라구! 그리고 이 능력 때문에 이번도 내 차례야!"

거기까지는 좋지만, 자기가 좋은 말을 잡았을 때에도,

"적을 속이고, 왕의 눈앞으로 도약할 거야!"

그런 소리까지 하면서 왕 바로 앞에 말을 가져다 놓았을 때는 한심해서 말문이 막혔습니다.

"그럼…… 적과 아군이 반대로 되는 능력을 쓸게요."

제가 같은 능력을 사용할 거라고는 미처 생각 못 했던 걸까요?

"그럼……."

"이번에도 내 차례죠? 자."

적과 아군을 뒤바꾸는 능력으로 말을 잡아서, 쓸 수 없게 만들었습니다.

"……."

언니는 짜증이 가득한 눈길로 저를 노려보았습니다.

자기가 추가한 규칙을 제가 사용하니 이렇게 나온단 말인가요?

"이건 나밖에 못 쓰는 거야. 그러니까 되돌릴게."

"그럼 그건 더 이상 공평한 게임이 아니에요. 이런 건 아버지랑 실컷 하세요."

제가 일어서자, 언니는 울분을 못 이겼는지 놀이판을 내팽개쳐 버렸습니다.

도대체 무슨 생각을 하면서 사는 걸까요.

그런 두 사람에게 나라를 맡겨 두고 왔으니, 불안해서 견딜 수가 없습니다.

당연한 얘기지만, 나라 운영은 유능한 측근들에게 맡긴 상태이니, 실질적으로 두 사람은 장식일 뿐입니다.

자, 원래 하던 얘기로 돌아가죠.

약 두 달 전, 세계를 위협하는 재앙의 현상인 파도가 도래했습니다.

그때도 저와 어머니는 여전히 해외를 여행하는 중이었습니다.

본국으로 돌아가기 전에, 파도에 대항하기 위한 세계 회의에 참석하게 된 것이었습니다.

어머니와 함께 포브레이라는 나라로 가서, 각국과 회의를 했습니다.

저는 어머니의 일하는 모습을 지켜볼 겸, 다음 대의 나라를 지키기 위함이라는 명목으로 참가하게 되었습니다.

용사를 소환한다는 것은 권력을 과시하기 위한 것임과 동시에 외교 면에 있어서도 강력한 견제력으로 작용하는 것입니다.

그 의식을 실행하는 순서에 대해 논의했습니다.

그리고…… 각국에서 실시하는 소환 의식을 확인하기 위해, 나라의 수뇌진이 따라가게 되었습니다.

첫 번째 소환은 포브레이에서 치러졌습니다.

하지만 의식은 실패. 용사는 나타나지 않았습니다.

"어머니……. 차라리 용사 소환을 마치고 나서 얘기하는 게 나은 것 아닌가요?"

"나라와 나라, 사람과 사람 사이에는 합리성만으로는 설명할 수 없는 복잡한 규칙이 있는 법이랍니다."

각국이 벌이는 소환 의식에 저희도 잠깐씩 참가하게 되었습니다.

그리고 나중에 판명된 것은, 어이없게도 우리나라인 메르로마르크가 무단으로 소환 의식을 실행했다는 것이었습니다.

안 그래도 세계가 혼란스러운 마당에 이 영향 때문에 엄청난 국제문제가 발생하고 말았습니다.

그 뒤에는 큰일이었습니다. 어머니에게 암살자가 보내지고, 회의에서는 늘 규탄당하고.

게다가 범인은 아버지와 교회 관계자라지 뭐예요? 아마 언니도 관련되어 있겠지요.

"메르로마르크의 암여우 자식! 용사를 독점하다니 무슨 꿍꿍이냐!"

상대가 삿대질을 하며 이렇게 고함을 치는데도 한 발짝도 물러서지 않은 채, 부채로 입매를 가리고 이렇게 대답하는 어머니의 모습을 보았을 때는 저도 놀랐습니다.

"세계정복……이라고 대답하면 재미있을 것 같네요."

"뭐가 어째?!"

"이런, 이런, 사성용사를 전부 데리고 있는 우리나라에 전쟁이라도 거실 생각인가요?"

"크윽……."

저는 어머니가 내심 초조해하고 계시다는 걸 알고 있습니다.

몸 상태도 좋지 않아서, 열 때문에 식사 때는 음식도 제대로 못 삼키시는 상태였습니다.

그런 걸 들키지 않으려고, 회의 때면 나라를 지키기 위해 항상 강경한 태도로 대꾸하는 것입니다.

저는…… 어머니의 그런 굳건한 의지를 존경했습니다.

"뭐, 조건에 따라서는 흔쾌히 용사를 넘겨드릴 수도 있어요. 조건에 따라서는 말이죠."

"어차피 그 조건을 지킬 생각도 없는 주제에!"

"으음? 세계가 위기에 직면해 있는 마당에, 제가 자국의 이득만 생각하고 있다는 건가요? 혼자 앞서 나가려고 한 나라가 우리나라밖에 없었던가요?"

어머니의 대꾸에 상대도 말문이 막혔습니다.

국가에서 비밀리에 수집한 자료를 어머니가 제시했기 때문입니다.

"포브레이 왕은 어떻게 생각하시는지?"

어머니가 포브레이의 임금님에게 그렇게 말을 던졌습니다.

솔직히, 포브레이의 임금님은 기분 나쁜 인물입니다.

꿈틀대는 고깃덩어리 같은…… 가까이 다가가기도 싫은 돼지 같은 괴물입니다.

"푸흐흐흐, 메르로마르크 여왕이여……. 내가 뭘 원하고 있는지, 너라면 알고 있을 텐데?"

"……네. 그 조건만 받아들이면 되는 거죠?"

그 조건이라는 말에 각국은 숨을 죽였습니다.

그 조건을 받아들이면서 어머니가 얼마나 괴로운 결단을 내렸는지 저는 알고 있습니다.

여기까지 교섭하기 위해서 정말이지 힘겨운 길을 걸어 왔습니다.

"그럼 각국 여러분은 우리 메르로마르크에 사자를 보내셔서, 용사님들의 의향을 존중하는 범위 안에서 내방을 부탁드리도록 하시지요."

각국 수뇌진은 어머니의 말에 고개를 끄덕였습니다.

이것이 세계회의 후에 메르로마르크에서 용사를 소환한 며칠 후의 일이었습니다.

그리고 1주일 후……. 사성용사 전원이 제안을 거절하리라고, 그때의 저는 전혀 예상하지 못했습니다.

"얘기가 다르지 않소!"

용사 초빙 준비를 하고 있던 나라들은 어머니에게 따지고 듭니다.

그리고 그 와중에, 방패 용사님에 대한 지나치게 가혹한 대우가 문제가 되었습니다.

메르로마르크 국내에서 기를 쓰고 방패 용사님을 배척하고 있다는 식으로.

"듣자 하니 용사님들께서는 우리나라의 패악을 알아보시고 그걸 제거하는 데 힘을 기울이고 계신 것 같습니다. 정말 죄송합니다만, 한동안 더 시간이 필요할 듯합니다."

"이 암여우년! 거짓말을 하다니!"

방패 용사님을 신봉하는 아인의 국가, 실트벨트 대표가 벌떡 일어섭니다.

"으음? 실트벨트 대표님께서는 방패 용사님께 직접 접근 거부 선언을 들으셨다고 알고 있는데요?"

"크윽⋯⋯."

"푸흐흐흐⋯⋯ 괜찮지 않은가. 멋대로 하게 내버려 두도록 해. 용사는 아직 강해져 가는 과정이라고 들었으니까."

포브레이 왕이 그렇게 어머니를 지원해 주었습니다.

"실트벨트에서 온 자여. 과거에 방패 용사가 너희 나라에서 며칠 동안 생존했는지 벌써 잊어버렸을 거라 생각하는 건가?"

실트벨트 대표는 울분에 차서 주먹을 그러쥡니다.

용사는 정중하게 대접해야만 한다는 것. 그것은 오랜 옛날부터 정해진 규칙입니다.

하지만 선대 방패 용사님은 실트벨트에서 소환되어, 몇 달 만에 돌아가시고 말았습니다.

사고인지 음모인지, 아니면 정말로 몸이 허약한 분이셨던 건지. 확실하게 밝혀진 건 없지만, 이 얘기는 잊을 만하면 언급되어 실트벨트를 곤경에 빠트리곤 합니다.

"때가 무르익기를 기다리는 수밖에 없겠죠. 그걸 무시하시고 일을 저지른다면…… 자국의 폐부를 드러내는 꼴이 될 텐데, 그래도 괜찮으시겠어요?"

"크윽……."

울분에 차서 저희를 노려보는 대표들의 눈길에 저는 겁에 질리고 말았습니다.

이와 같이, 메르로마르크는 각국의 규탄을 뒤집어써서 언제 전쟁이 벌어져도 이상할 게 없을 상황이었습니다.

어머니가 그런 각국을 필사적으로 설득하고 다독이는 가운데 두 달이 경과.

방패 용사님이 타국의 달콤한 조건을 거절한 이유를 잘 모르겠습니다.

메르로마르크에서는 끔찍한 대접만 받고 있는데…….

어머니도 보고를 듣고는 곤혹스러운 표정을 지으셨습니다.

"메르티, 일을 하나 해 줘야겠어요."

"네! 무슨 일인가요?"

"우리 메르로마르크국으로 돌아가서, 방패 용사님에 대한 차별을 중지시키도록 올트크레이에게 주의를 주러 가 줬으면 해요."

이 일에 대해서는 저도 이미 들은 바가 있었습니다.

아버지는 언니와 결탁해서 방패 용사님을 부당하게 차별하고 계십니다. 그리고 방패 용사님이 불리해지도록 획책하고 있다고 합니다.

사전에 저지된 계획들까지 치면 밤하늘의 별만큼 많을 정도입니다.

어머니도 나라에 병사를 보내서 말려 보셨다고 하지만, 아버지가 모조리 무시하시는 바람에, 아버지에게 의견을 내놓을 수 있는 저에게 이 임무를 주신 것입니다.

어젯밤, 어머니는 마법을 이용해서 아버지의 초상화 여러 장을 처분하셨습니다.

이대로 가다가는 부왕의 폭주에 어머니의 인내심도 한계에 달해서 불화가 일어날 것입니다.

그것만은…… 기필코 저지하고 싶습니다.

"맡겨 주세요!"

저는 등을 꼿꼿하게 펴고 대답했습니다.

"그럼 믿어 볼게요."

"네!"

이렇게 해서 저는 메르로마르크로 가기 위해 마차에 오르게 되었습니다.

메르로마르크로 가는 길에, 이따금씩 휴식을 취하곤 했습니다.

마차에 탄 사람이나 마차를 끄는 필로리알에게 휴식시간을 주기도 하고, 어머니에게 경과 보고도 하기 위해서였습니다.

"그럼 소인은 경과 보고를 위해, 아주 잠시 동안이오만 자리를 비우도록 하겠소이다. 메르티 왕녀, 절대로 여기서 이동하면 아니 되오이다."

"네, 알고 있어요."

그림자 한 명이 제 호위를 위해 동행하고 있습니다.

그림자란 겉으로 드러내놓고 할 수 없는 임무를 수행하기 위한 비밀부대의 명칭으로, 비밀리에 호위 임무 등을 맡아 하고 있습니다.

원래는 교대로 경호를 맡기로 되어 있지만, 요즘 들어 여러모로 바쁘다 보니 이번에는 그림자 한 명만이 저와 함께 하고 있습니다.

그래서 제 경호를 맡고 있는 그림자는 보고를 위해 종종 자리를 비우고는 했습니다.

"후우……."

마차 여행은 싫어하지 않지만 따분하기도 합니다.

그림자가 돌아오기를 기다리는 동안, 따분해서 하품이 나올 정도였습니다.

따분함을 견디다 못해 마차 창밖으로 고개를 내밀었을 때, 저는 어떤 생물을 발견했습니다.

"아!"

"무, 무슨 일입니까?!"

제 목소리에 시종이 놀랐습니다.

저는 마차에서 내려서 길에서 떨어진 초원 풀숲을 헤치고 나아갑니다.

"그아그아."

그렇습니다. 거기에는 야생 필로리알이 빈 마차를 끌고 걸어가고 있었습니다.

필로리알은 마차를 끄는 조류형 마물입니다.

용사의 탈것으로 사역되는 신성한 생물로서 전 세계에 서식하고 있습니다.

저는 어머니에게서 용사에 대한 여러 가지 전승을 배웠는데, 그 전승에 등장하는 것들 중에서도 필로리알은 제가 가장 좋아하는 마물이었습니다.

필로리알의 공통점으로는 '마차를 끄는 걸 좋아한다' 라는 점이 있습니다. 자세한 건 잘 모르지만 뭔가를 끌지 않으면 안절부절못한다는 모양입니다.

저는 자주 마차 여행을 하다 보니 필로리알과 노는 것이 취미가 되어 있었습니다. 그걸 계기로 지금은 필로리알을 더더욱 좋아하게 되었습니다.

"방금 그건 무슨 종이었을까? 처음 보는 생김새였는데."

제가 지금 풀숲에 숨어서 보고 있는 건 한 마리 필로리알입니다.

날개가 하늘 같은 푸른색이었습니다.

얼핏 보고 판단하기에는 필로리알의 일종으로 보였지만, 저런 색깔 조합은 지금껏 본 적이 없었습니다.

깃털이 돋아 있는 모양도 다르고 근육의 형태도 뭔가 달랐습니다.

무엇보다, 정수리에 돋은 기다란 장식 깃털이 눈에 띕니다. 분명 진귀한 필로리알이 틀림없습니다.

어떻게든 친구가 될 수 없을까? 진귀한 필로리알과 친해지고 싶은데.

진귀한 필로리알의 등에 올라타서 함께 달리고 싶어!

야생 필로리알은 약간 겁쟁이 같은 구석이 있는 마물입니다.

하지만 먹보이기도 해서 말린 고기나 건초만 있으면 친해질 수 있습니다.

그래서 저는 이럴 때에 대비해 말린 고기를 휴대하고 다닙니다.

말린 고기를 가만히 꺼내 들고, 풀숲 밖으로 나왔습니다.

"그아?"

필로리알이 저를 발견했습니다.

저는 경계를 사지 않도록 천천히, 말린 고기를 한 손에 든 채 필로리알에게 다가갔습니다.

"먹으렴, 필로리알아."

필로리알은 저를 경계하면서, 천천히 다가왔습니다.

쿵쿵 하고, 제가 들고 있는 고기의 냄새를 맡았습니다.

하지만…….

"그아!"

타타탓! 하고 소리를 내며, 필로리알은 달려가 버리고 말았습니다.

"아, 잠깐!"

저렇게 희귀한 필로리알이랑 꼭 친구가 되고 싶어!

달리는 걸 좋아하는 필로리알은 자신을 쫓아오는 상대밖에 인정하지 않는 습성도 갖고 있습니다.

저는 마차로 돌아가서 시종에게 명령했습니다.

"저 필로리알을 쫓아가 줘!"

"하, 하지만!"

"부탁이야!"

제 말에 시종은 곤혹스러워했지만, 곧 고개를 끄덕이고 고삐를 힘껏 당겼습니다.

이 마차를 끌고 있는 것도 필로리알입니다.

"그아~!"

필로리알이 소리 높여 울고, 하늘색 필로리알을 뒤쫓기 시작했습니다.

"거기 서!"

도망치는 하늘색 필로리알을 쫓아서, 저는 마차를 타고 달렸습니다.

이윽고 길은 점점 험한 숲길로 변하고, 산길에 접어들었습니다.

"거기 서! 잠깐만 서 줘!"

하늘색 필로리알은 신이 난 듯 껑충껑충 달려갑니다.

무시무시하게 빠릅니다. 마차를 끄는 필로리알은 이미 지치기 시작했는데 말입니다.

"스톱."

"네? 아, 알겠습니다!"

"그아…… 그아……."

저는 마차에서 내려서, 마차를 끄는 필로리알에게 물을 먹이고, 물 마법으로 열을 식혀 주었습니다.

"괜찮니?"

"그아!"

너무 무리하게 혹사시켰습니다. 더 이상 쫓아가는 건 포기해야 할지도 모르겠습니다.

그렇게 생각하며, 앞서 달려가는 필로리알을 쳐다봅니다.

하늘색 필로리알은 마치 저희가 쫓아오기를 기다리기라도 하는 것처럼 멀리서 이쪽을 바라보고 있었습니다.

장난치고 있는 거라 생각하는지, 신이 나 보입니다.

"뛸 수 있겠니?"

"그아!"

마차를 끄는 필로리알이 기운차게 대답해 주었습니다.

"그럼 출발!"

다시 마차에 타고 지시를 내립니다. 추격전이 재개되었습니다.

하늘색 필로리알은 신나게 달려갑니다.

너무 빨라서 쫓아가는 게 고작. 희귀하면서도 발이 빠르다니 굉장해요.

"──이런!"

저는 잊고 있었던 사실 하나를 깨달았습니다.

저희는 반환점을 돌듯 비탈을 내려갑니다. 급경사의 비탈에 난 연속 커브길입니다.

하늘색 필로리알은 산 아래쪽을 달려가는 중입니다.

여기부터는 사람이 들어가서는 안 될 영역입니다. 마물 중에서도 흉악한 드래곤이 사는 구역이기 때문입니다.

필로리알은 드래곤과 더없이 사이가 나쁜 마물입니다.

다시 말해 하늘색 필로리알은 지금, 그 드래곤의 구역에 들어가려 하고 있는 것입니다.

달리는 데 정신이 팔려서 눈치채지 못하고 있는 게 분명합니다.

"어서 말려야 하는데……. 할 수 없지!"

좀 치사한 방법이지만, 저는 마차에서 뛰어내려서 벼랑에서 몸을 던졌습니다. 하늘색 필로리알을 향해 도약했습니다.

위험하지만 자기 몸 정도는 마법으로 지킬 수 있습니다.

"메르티 님!"

시종이 소리쳤지만, 이미 때늦은 일입니다.

저는 곧바로 하늘색 필로리알에게 달려들었습니다.

"그아?!"

"미안해, 필로리알아! 그치만 여기부터는 드래곤의 구역이라구!"

"그아!"

파닥파닥 발버둥 치는 필로리알.

하지만, 때는 이미 늦었습니다.

"끄아아아아아아아!"

하늘에서 드래곤이 내려왔습니다.

마차보다도 훨씬 큰 드래곤입니다.

드래곤의 우렁찬 포효와 필로리알의 울음소리가 일대에 울려 퍼집니다.

필로리알은 경계태세에 들어갔습니다.

드래곤은 강인한 비늘이 돋아 있는 흉악한 마물입니다.

하늘을 날 수 있고, 검으로도 흠집을 내기 힘든 비늘을 갖고 있고, 강력한 이빨과 발톱을 갖고 있습니다.

그리고 강한 사람들이 사용하는 마법과는 다른 종류의 마법을 쓸 줄 압니다.

그런 강력한 드래곤이 저희 눈앞에 있었습니다.

이걸 어쩌지? 저는 필로리알이 다치지 않도록 하려고 앞으로 나섰습니다.

"제, 제가 상대하겠어요!"

나는 레벨은 18밖에 안 되지만, 강력한 물 마법을 쓸 줄 아는걸.

가장 강력한 마법을 사용하면 쫓아내는 정도는 가능할지도 몰라.

시종도 가까이 있고, 마차에는 이런 상황에 대비한 도구도 있을 거야.

드래곤은 흥분한 상태로 저희를 공격하려는 듯 다가오고 있습니다.

이대로 섣불리 반격했다가는 당장에라도 덮쳐들 게 분명해요. 차분하게…… 대처해야만 해요.

"와, 와아아아아아아아아아악!"

시종은 겁에 질려서 도망치고 말았습니다.

말도 안 돼. 여기서 시종이 도망치면, 마차에 있는 드래곤 상대용 도구를 가져다줄 사람이 없잖아.

"그아!"

마차를 끄는 필로리알이 드래곤으로부터 저를 보호하려고 달려왔습니다.

그 필로리알은 본국까지 마차를 타고 가면서 친해진 필로리알. 그게 제 일방적인 착각이 아니었다는 게 기뻤습니다.

그 필로리알이 저를 보호하다가——

"그…… 아……."

마차를 끄는 필로리알의 목에…… 드래곤의 이빨이 깊숙이 박혀 들고…… 마차를 끄는 필로리알이!

"안 돼!"

울컥한 저는 떨리는 몸을 기력으로 억누르고, 마법을 시전합니다.

『힘의 근원인 내가 명한다. 다시금 이치를 깨우쳐, 물의 칼날과 같은 일격으로 저자를 절단하라.』

"쯔바이트 아쿠아 슬래쉬!"

제 손에서 만들어진 물의 칼날이 드래곤에게 명중.

약간의 상처를 입히는 데는 성공했지만 치명상에 이르지는 못했습니다.

비늘에 약간 흠집이 난 정도였습니다.

내가 이렇게 무력했었단 말야?

"그아!"

하늘색 필로리알이 드래곤을 걷어찼습니다. 하지만 드래

곤에게 물려 있는 필로리알이 걱정돼서 있는 힘껏 걷어차지
는 못하는 것 같았습니다.

　저는, 드래곤을 향해 다시 마법을 영창하기 시작했습니다.

『힘의 근원인 내가──.』

"끄아아아!"

"아──."

드래곤은 성가시다는 듯 꼬리로 저를 후려쳤습니다.

"꺄!"

가볍게 얻어맞은 것 같은 느낌이 드는가 싶더니, 제 몸은
놀라우리만치 멀리 나가떨어져서 나뒹굴었습니다. 얻어맞
은 부분은 파랗게 멍이 들어 있었습니다.

"우…… 우우……."

가까스로 몸을 일으키고, 저는 다시 힘을 주었습니다.

"그아……."

드래곤은 하늘색 필로리알에게 한 대를 더 걷어차여서 비
틀거리며, 물고 있던 필로리알을 놓쳤습니다.

"끄아아아아아아!"

드래곤은 하늘색 필로리알을 쫓아가는 데 정신이 팔려서
제 쪽은 보고 있지 않습니다.

저는 천천히, 쓰러져 있는 필로리알에게로 다가갔습니다.

제법 상처가 깊어서 당장 죽어 버릴지도 모릅니다.

어서 빨리 마차로 가서──.

"끄아아아!"

또 다른 드래곤이 출현해서, 쓰러져 있는 필로리알을 향해 발톱을 휘두르려 하고 있습니다.

이대로 뒀다간 필로리알이 죽고 말 것입니다.

저는 무아지경으로 마법을 영창하기 위해 의식을 집중시켰습니다.

"그렇게는 안 돼요———."

앞으로 나서서 구하려고 했습니다. 하지만 드래곤이 날갯짓으로 바람을 일으켜서 저를 날려 버리고 말았습니다.

"꺄!"

나무에 부딪혀서 의식이 몽롱해질 지경입니다.

드래곤이 일으킨 바람에 마차가 쓰러지고 부서졌습니다.

그냥 잠자코 있었더라면 바람에 휘말려들지도 않고 무사히 도망칠 수 있었을지도 모릅니다.

하지만 저는 필로리알을 그냥 두고 갈 수 없습니다.

어린 시절부터 일 때문에 바쁜 어머니와 함께 자주 여행을 다녀야 했던 제게, 마차를 끄는 필로리알들은 가장 친한 친구였으니까. 친구의 위기를 외면할 수는 없습니다.

"우……. 아……."

몸은 삐걱거리고 정신은 몽롱했지만, 저는 손을 뻗었습니다.

비록, 아무것도 할 수 없더라도……. 적어도 필로리알만은…….

『힘의 근원인 내가 명한다. 다시금…… 이치를 깨우쳐, 물의 칼날과 같은 일격으로…… 저자를 절단하라.』

"쯔바이트 아쿠아 슬래쉬!"

마력을 최대한으로 담아서, 저는 드래곤을 향해 마법을 내쏘았습니다.

그리고 마법을 내쏜 저는, 기력이 다해 앞으로 고꾸라지고 말았습니다.

"끄아아아——."

멀어져 가는 의식 속에서도 드래곤의 절규는 들려왔습니다.

가능하면…… 제 마법으로 퇴치되어 주었기를…… 염원했습니다.

"나를 지켜 줘서 고마워."

목소리가 들려왔습니다. 누구의 목소리인지는 모르겠습니다.

보드라운 바람이…… 세차게 몰아치는 것 같은, 그런 감각을 느끼면서, 제 의식은 멀어져…… 갔습니다.

"그아!"

"어라……?"

정신이 들고 보니 하늘색 필로리알이 저를 쳐다보고 있었습니다.

　그리고 필로리알의 마차 안에는 부상을 당한 필로리알이 있습니다.

　아직 살아있습니다.

　주위를 둘러보니, 아까 있던 산이 아니었습니다. 어딘가의 초원 같았습니다.

　"나를 구해준 거야?"

　"그아!"

　하늘색 필로리알이 고개를 끄덕였습니다.

　보아 하니 하늘색 필로리알이 저와 부상당한 필로리알을 데리고 드래곤으로부터 도망쳐 준 것 같았습니다.

　"구해줘서 고마워."

　"그아!"

　하늘색 필로리알은 활기차게 대답하고, 저를 핥아 주었습니다.

　저도 하늘색 필로리알을 쓰다듬습니다.

　필로리알은 기분이 좋은 듯 눈웃음을 짓습니다.

　그리고 저는 다친 곳이 없는지, 스스로의 몸을 살펴보았습니다.

　커다란 외상은 없었습니다. 옷이 찢어진 곳도 없었습니다. 타박상 같은 걸 입지 않았을까 걱정했는데……. 그때, 하늘색 필로리알이 중상을 입은 필로리알의 목 언저리에 날개를 드리우고 있는 모습이 보였습니다.

회복마법을 쓸 줄 아는 모양입니다. 굉장해…….

보답을 겸해서 저는 갖고 있던 말린 고기를 두 필로리알에게 주었습니다.

그리고 잠시 하늘색 필로리알을 타고 주위를 달리다가 문득 깨달았습니다.

"맞아……. 나……."

그림자가 그 자리에서 기다리고 있으라고 그랬었는데.

이걸 어쩌지. 마차는 망가져 버렸고……. 필로리알은 다쳤으니까 날 태울 수 없을 텐데. 필로리알에 새겨져 있는 마물문은 내가 건 게 아니라서, 부상을 당한 상태에서는 무리하게 일을 시킬 수도 없습니다.

"그아?"

"미안해. 나, 이제 슬슬 가 봐야 해."

잠시 곁길로 새긴 했지만, 그림자와 합류하거나 빨리 메르로마르크로 가야만 해.

"그아그아."

저와 함께 필로리알도 하늘색 필로리알을 향해 울었습니다.

"그아아아!"

하늘색 필로리알은 연신 고개를 끄덕이다가 목청을 높여 울었습니다.

그러자 주위에서 수많은 필로리알이 줄줄이 나타나는 게 아니겠어요?

이렇게 많은 필로리알이 있었다니. 저는 놀랐습니다.

그리고 세 마리의 필로리알이 하늘색 필로리알에게로 다가옵니다.

뭔가 태도가 정중하게 느껴지는 건 제 착각이 아닐 것입니다. 분명, 이 하늘색 필로리알은 어머니와 마찬가지로 한 무리의 우두머리인 게 틀림없는 것 같았습니다.

"그아!"

""""그아!""""

하늘색 필로리알은 제게 날갯짓을 해서, 세 마리 필로리알에게 가도록 신호를 보냅니다.

"으음……."

저는 하늘색 필로리알에서 내려서, 세 마리 필로리알에게로 갑니다.

그러자 세 마리 필로리알은 제 앞에서 자세를 낮추고, 타라는 듯 울었습니다.

"데려다줄 거야?"

"그아!"

세 마리 필로리알이 꾸벅 고개를 끄덕였습니다.

"그아!"

하늘색 필로리알이 날개를 흔들고 있습니다.

"고마워!"

제가 마음을 담아 감사를 표하는 동시에, 세 마리 필로리알이 내달렸습니다.

필로리알들과 신비로운 체험을 했습니다. 평생 동안 추억이 될 것 같아요.

세 마리 필로리알은 제 목적지가 어딘지를 알고 있는 듯, 메르로마르크 국경을 지나서 계속 앞으로 나아갔습니다.

그러다가 도중에 지쳐서 휴식을 취했습니다. 아마 메르로마르크 동쪽 마을 부근의 초원이었을 겁니다.

"""그아?!"""

누군가가 다가오는가 싶더니, 세 마리 필로리알이 경악해서 비명을 질렀습니다.

그러고는 뭔가를 발견하는 것과 동시에 내달려서 도망치고 말았습니다.

"아……."

이제 헤어지는 거야? 이런 곳에서 두고 가면 곤란한데……. 그런 생각도 들었지만 여기부터 메르로마르크 성까지는 얼마 안 되는 거리……. 마차를 타면 갈 수 있으려나?

"뭔가 먹음직스러운 새란 말야~. 사람들이 키우는 걸 볼 때마다 그런 생각이 들더라구."

"저건 네 동족이야."

그런 목소리가 들려왔습니다.

"지금이라면 쫓아가서 해치울 수 있어, 주인님~."

저는 목소리가 나는 쪽으로 다가갑니다.

거기에는…… 필로리알로 보이지만 뭔가 이상한 아이가 있었습니다.

폭이 넓고, 흰색과 분홍색 깃털이 푹신푹신해 보이고, 아주 커다란 몸을 갖고 있습니다.

파랗고 투명한 눈동자……. 뭔가 즐거운 표정을 가진, 티 없이 순수해 보이는 필로리알입니다.

하늘색 필로리알도 진귀한 존재였지만, 이런 아이는 난생처음 봤습니다.

저는 정신없이 필로리알에게 다가갑니다.

"와아…… 필로리알이니?"

"후에? 필로 말야?"

"말을 할 수 있는 거야?"

사람의 말을 할 줄 아는 필로리알과 만나다니 꿈만 같아!

이것이 제가 필로와 만나기까지 겪었던 신비로운 일이었습니다.

필로와 처음 만났을 때부터 최고의 친구가 될 때까지도 이런저런 일들이 있었지만, 그건 다음 기회에 따로 얘기하기로 하겠습니다.

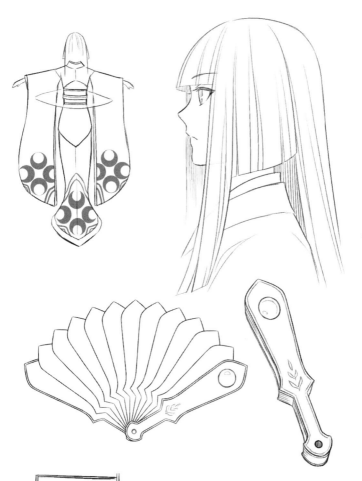

글래스

캐릭터 디자인안
메르티

메르티

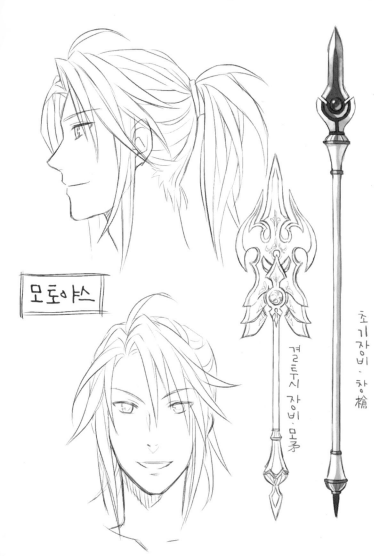

모토야스

결투시 장비 · 모총

초기장비 · 창 槍

초기장비 · 활

이츠키

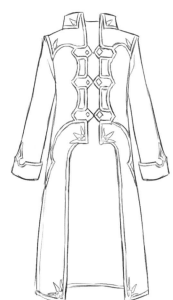

초기장비·검劍

렌

방패 용사 성공담 3

2014년 11월 05일 제1판 인쇄
2019년 03월 07일 제8쇄 발행

지음 아네코 유사기 | **일러스트** 미나미 세이라 | **옮김** 박용국

펴낸이 임광순
제작 디자인팀장 오태철

편집부 황건수 · 신채윤 · 이병건 · 이홍재 · 김호민
디자인팀 한혜빈 · 김태원
국제팀 노석진 · 엄태진

펴낸곳 영상출판미디어(주)
등록번호 제 2002-000003호
주소 403-853 인천광역시 부평구 평천로 132 (청천동)
전화 032-505-2973(代) | **FAX** 032-505-2982

ISBN 979-11-319-0225-7
ISBN 979-11-319-0033-8 (세트)

Tate no yuusha no nariagari 3
ⓒ Tate no yuusha no nariagari by Aneko Yusagi
Edited by MEDIA FACTORY
First published in Japan in 2013 by KADOKAWA CORPORATION, Tokyo.
Korean translation rights arranged with KADOKAWA CORPORATION, Tokyo.

노블엔진(NOVEL ENGINE)은 영상출판미디어(주)의 라이트노벨 및 관련서적 브랜드입니다.

일본 현지 누계 판매 부수 430만 부를 돌파한 인기작!
온라인 서점 알라딘 일본 소설 3위! 추리/미스터리 4위!

'만능감정사 Q의 사건부' 실사 영화화!
린다 리코 역으로 일본 인기 드라마 백야행의 히로인
아야세 하루카가 열연!

만능감정사 Q의 사건수첩 6

중소 공장이 만든 옷을 전 세계적으로 유명한 점포에서 유통시킬 수 있다고 호언장담하는 여자가 나타났다. 아마모리 카렌, 26세. 해외 경찰도 주시하는 그녀의 또 다른 얼굴은 바로 '만능위조사'였다. 그녀가 꾸미는 최신이자 최대의 위조품 MNC74란 무엇인가. 가마쿠라의 저택에 초대된 린다 리코를 기다린 것은. 이상하면서도 목적을 알 수 없는 수많은 감정 의뢰였다. 리코에게 최대의 라이벌이 등장한다. 오리지널 장편 'Q 시리즈' 제6탄!

만능감정사 VS 만능위조사
린다 리코에게 최강의 라이벌이 등장한다?!

©Keisuke MATSUOKA 2010
カバーイラスト/清原紘
KADOKAWA CORPORATION, Tokyo.

마츠오카 케이스케 지음 /주원일 옮김
문학으로 탐닉하는 엔터테인먼트

사람은, 영혼은 분명 죽음보다 강하다.

베이비 굿모닝

"저는 사신입니다. 당신은 조금 전에 죽을 예
정이었습니다. 그런데 정말 죄송스러운 일이
지만 수명을 삼 일 더 연장했습니다."
여름의 병원. 입원 중인 소년 앞에 나타난 것
은 미니스커트에 하얀 티셔츠 차림의 소녀였
다. 사신에게는 매달 영혼을 얼마씩 모아야
한다는 '할당량' 이 있고, 깨끗한 부분만 모아
다가 새로운 영혼으로 만든다 = '페트병의 재
활용 같은 것' 이라고 하는데……

"새로운 생명은 항상, 그것은 절망적일 정도
로 이상한 곳, 죽은 자들의 영향에서 벗어날
수 없는 곳에서 태어난다."

ne**P**op

코노 유타카 지음 / 한신남 옮김
문학으로 탐닉하는 엔터테인먼트

3일간의 행복

나의 삶에는, 앞으로 뭐 하나 좋은 일 따위는 없다고 한다. 수명의 "감정 가격"이 1년에 겨우 1만 엔뿐이였던 것은 그 때문이다.

미래를 비관해 수명의 대부분을 팔아버린 나는, 얼마 안 되는 여생에서 행복을 잡으려고 혈안이 되지만 무엇을 해도 엉뚱한 결과를 낳는다. 헛돌기만 하는 나를 차가운 눈으로 바라보는 "감시원" 미야기. 그녀를 위해서 사는 것이야말로 가장 행복한 것임을 깨달았을 때, 나의 수명은 2개월도 남지 않았다.

**인터넷에서 엄청난 화제를 모았던
에피소드가 마침내 서적화.
(원제 : 『수명을 팔았다. 1년당 1만 엔에.』)**

미아키 스가루 지음/ 현정수 옮김
문학으로 탐닉하는 엔터테인먼트

습도 8페이지

"8페이지인 이유는, 너무 길면 질리기 때문이에요. 삶에 즐거움이 있다는 건 무엇보다 중요하죠. 또한 즐거움은 짧을수록 좋아요. 다음을 기다리게 되잖아요? 8페이지가 적당해요. 거기서 분량이 더 있으면, 저는 어느 순간 만족해버려서 견지 씨의 소설을 더는 기다리지 않게 될 거예요."

안 팔리는 소설가 '견지'. 슬럼프에 빠져 허덕이던 중, 아버지가 남긴 빚과 친구 여동생의 치료비를 떠안게 된다. 갚을 능력이 없어 줄담배만 피우던 그는 다리에서 뛰어내리 려는 한 여성 '노이'를 만난다. 그리고 그녀를 위해 '소설가의 게임'을 시작하게 되는데……

ne**Pop**
반시연 지음/ 만다린 일러스트
문학으로 탐닉하는 엔터테인먼트

누구라도 이 세계 어딘가에 의지할 사람이 있다.

『창공시우』, 『초련혜성』의 저자가 그리는, [무지개]의 청춘 연애 미스터리.

영원홍로 (永遠虹路)

"노아의 방주 이야기에서 이어지는 건데, 못된 인간을 모두 없앤 뒤에 두 번 다시 홍수로 인간을 멸하지 않겠다고 신이 한 약속의 증거가 무지개야. 네 이름에는 그런 애정이 들어있어."

"저는 계속 제 이름이 싫고 저 자신을 좋아할 수 없었어요. 하지만 오빠가 가르쳐준 무지개의 약속이 제게 복음이 되었어요. 그러니까 이제 누가 뭐라고 하든 상관없어요. 오빠가 멋진 이름이라고 말해주기만 한다면, '나나(七虹)'는 행복해요."

〈작중 발췌〉

잊을 수 없는 첫사랑.
약속의 「무지개」를 통해
영원을 꿈꾸는 여인의 이야기.

 아야사키 슌 지음/ 한신남 옮김
문학으로 탐닉하는 엔터테인먼트

아직은 서투른 초등학생 소녀들의 '친구 만들기'.

자신이 벌써 다 성장했다고 믿었던 우리들의 조금은 부끄러운 과거.
친구란 무엇일까? 친구는 어떻게 만드는 것일까? 친구란 필요한 것일까?
누구나 한번쯤은 생각해 보았을 우정과 친구의 진정한 의미를 다시 묻는 이야기!

노자키 마도의 유쾌하고 신비한 〈우정〉 미스테리

퍼펙트 프렌드

'친구라는 건 멋진 것이다.'

주위에 있는 동년배들보다 조금 머리가 좋은 초등학교 4학년생 리자쿠라.

담임인 치리코 선생님에게도 인정받는 그녀는 등교를 거부하고 있는 소녀 '사나카'의 집에 찾아가 볼 것을 부탁받는다.

리자쿠라는 낙천적인 소녀 야야, 소극적 사고방식을 지닌 히이라기코와 같이 그녀의 집으로 찾아갔는데, 모습을 나타낸 사나카는 이미 대학교 졸업까지 끝내서 학교에 갈 가치를 느끼지 못하는 엄청나게 조숙한 천재 소녀였다.

그런 그녀에게 리자쿠라는 학교와 친구가 얼마나 중요한지에 대해 설명하는데……

초등학생 소녀들이 자아내는 〈우정〉 미스터리!

노자키 마도 지음/ 구자용 옮김
문학으로 탐닉하는 엔터테인먼트